花城年选系列

江冰 编选

我曾截留过一个眼神

2022中国微型小说年选

花城出版社

中国·广州

图书在版编目（CIP）数据

我曾截留过一个眼神：2022中国微型小说年选 / 江冰编选. -- 广州：花城出版社，2023.1
（花城年选系列）
ISBN 978-7-5360-9829-9

Ⅰ.①我… Ⅱ.①江… Ⅲ.①小小说－小说集－中国－当代 Ⅳ.①I247.82

中国版本图书馆CIP数据核字(2022)第221883号

出 版 人：张 懿
责任编辑：欧阳蘅　李珊珊
责任校对：梁秋华
技术编辑：凌春梅
封面设计：张年乔
封面绘画：鲤清鹤白

书　　名	我曾截留过一个眼神：2022中国微型小说年选 WO CENG JIELIU GUO YI GE YANSHEN: 2022 ZHONGGUO WEIXING XIAOSHUO NIANXUAN
出版发行	花城出版社 （广州市环市东路水荫路11号）
经　　销	全国新华书店
印　　刷	佛山市迎高彩印有限公司 （佛山市顺德区陈村镇广隆工业区兴业七路9号）
开　　本	787毫米×1092毫米　16开
印　　张	18.75　1插页
字　　数	270,000字
版　　次	2023年1月第1版　2023年1月第1次印刷
定　　价	59.80元

如发现印装质量问题，请直接与印刷厂联系调换。
购书热线：020－37604658　37602954
花城出版社网站：http://www.fcph.com.cn

目 录

1	江冰	左手是灵感资源,右手是艺术新风(序)
1	申平	砸缸的人
4	刘国芳	我闻到油香了
7	谢志强	皮鞋
10	刘建超	将军岭
13	司玉笙	遥远的牵手
17	陈毓	琴声起
20	夏阳	梦境
23	非鱼	河上有风之柳某寅
27	周洁茹	一次出游
34	徐东	星空
37	岑燮钧	驴叫
41	安石榴	在卧铺车厢
44	陈敏	中国面馆

48	许锋	关于《小鸡撒尿路径分析》
51	邢庆杰	白日焰火
54	芦芙荭	走失的赵东
58	金晓磊	舒服
61	刘立勤	青衣明晓乐
64	肖建国	万物有灵
67	庞滟	去趟彩电塔
70	俞生辉	蚯蚓
73	李宣	黑匣子
77	水鬼	超度
81	肖雯	证据充分
84	王溱	第101个自己
87	吴越	失明症
90	刘晶辉	刻小说的西西弗斯
93	叶骑	存亡之战
96	孙在旭	树
99	莫小谈	秋风
102	砌步者	无名义工
105	张建春	祖父瓷
108	梁爽	理发
111	陈树龙	念头与冲动
114	肖曙光	柴门闻犬吠
117	冷清秋	天涯若比邻
120	奚同发	再来一碗
124	苏美霖	青春的魔咒
127	朱红娜	缴枪

130	徐建英	青花如意陶
133	朱文彬	一句话
136	赵宏欣	悠扬的琴声
140	胡天翔	杨小雨
143	沈婧懿	下雨天出门远行
146	余青	任意门
149	赵伟民	我曾截留过一个眼神
152	许嫒	天医星
155	谢松良	继任者
158	秋泥	吃瓜
161	陈树茂	遇见苏东坡
164	赵文辉	厨师的父亲
168	田光明	村庄的婚礼
172	李伶伶	多了两只羊
175	陈小莲	翻鱼
178	朱宏	父亲的曲线回乡策略
181	莉璎	感觉
184	安晓斯	锅巴肉片
188	王立红	蝴蝶女孩
191	楸立	护镖
195	李伶伶	荒凉
198	崔立	黄山的雾
201	薛培政	较劲
204	王琼华	井水有点咸
208	郑俊甫	来了个家伙叫田叔

211	尹湘涵	梨花
215	原上秋	俩老头儿的醉梦时光
218	范子平	篾匠的儿子
221	田玉莲	身影
224	孙春平	师惑
228	云裳	似水
231	徐水法	是节东篱菊
234	脱微娜	手足
237	王培静	守墓的老人
241	冯焕绮	庭有枇杷树
245	李群娟	忘药精灵
248	张凯	我奶这辈子
251	袁炳发	无痕
254	张洪霞	洗澡
257	侯发山	想你的时候问月亮
260	宗玉柱	旋覆花
263	刘帆	月亮深处的故乡
266	骆驼	再上九鼎山
269	娟子	这个秋天没有风
272	孙奎建	这水
276	宗玉柱	醉虎滩

左手是灵感资源，右手是艺术新风（序）

江冰

广州的秋天，就是夏天与冬天——或者说是热季与凉季之间的一个过渡，一个界限模糊的过渡。但荔枝、龙眼等岭南佳果上市，却提示人们：丰收就在眼前。所以，此时检阅一年的创作，心情属于秋天。

疫情中的年度，既漫长又短暂。什么作品会在文学史进程中留下印记？变动不安的气息与生命隔离的体验，会为文学留下什么？我们很难断言。但，从量变到质变，积沙成塔，汇流成河。当然，一个年度的时间单位——在文学史漫长的历程中微不足道，但，我依然坚信年选检阅淘洗选优——是有意义的文事。

请允许我先对微型小说（小小说）年选作品来一次巡游点评——

申平的文思愈发老到了，他的《砸缸的人》到传统故事中去找资源，是当下微型小说创作的一个路子。中华文明五千年，有多么丰厚的历史资源和文化资源可以开掘。司马光砸缸，大家熟悉的一个典故。但申平独树一帜，从人格清廉角度，写了一个颇具悬念的故事。人物性格刻画丝丝入扣，读来颇具韵味，同时又呼应了当代主题。由此也可见出微型小说作家可以用不同的方式介入当下，书写时代。

刘国芳的《我闻到油香了》，在日常生活与寻常情节中，开掘出意义。无聊的老人退休后回老家去，先看别人弹棉花，再看街上榨油坊。对话稀松平常，人物没有冲突，情节亦无跌宕；但看到满山遍野的山茶树，却渐渐焕发出诗意。老作家善于从庸常生活中发现点什么，写得从容舒缓，却别有一番韵味，让人感到一份发现与书写生活的深厚功力。

谢志强是微型小说界的老作家了。他的小说常常能够在角度和细节上别出机杼。《皮鞋》也是以小见大，让人回味。首先进入沙漠，细节诱人；断粮的过程，写得活灵活现。见到维吾尔族羊倌，由于语言不通，他们表现"饿"的方式，读来有趣。但你料不到的是结尾，在并没有什么逆转和悬念的前提设置下，自然而然地点到了红军长征。奇特的构思，在并不奇特的语境下，让红色文艺得到了一个奇妙的表达。

陈毓的小说总让我期待。《琴声起》写了一个来西安独自闯荡生活的古琴少女一天的经历。没有跌宕起伏、大喜大悲，参加一个并不熟悉的雅集。她个人的喜悦心情，是雅集的主题——为慈善机构募捐——这一高尚行为在少女心中的反响。进院子，她的平底靴走过青砖地面，无声而恰当——和悦气息在雅集弹琴时直抵高潮。陈毓的文字了得，常常能在寻常情景中出奇制胜。她对古琴的描写，让人想起白居易等大师的笔法。平常女孩于琴声中获得升华，并与西安这座古城水乳交融地融为一体。结尾的蜡梅与大雪，让平常的生活情景有了一个近乎诗意的提升：温暖而动人，让人遥想那座善良而美丽的城与人。

夏阳的《梦境》让人出乎意料。一个"梦套梦"的结构，其中藏獒与蝙蝠似乎蕴含深意。他避开了第一个梦，却发现房间里全是水，足足有半尺深，于是他起床去找城中村的屋主人。作为租客的他，不幸又遇到了一只藏獒。此时，我们才与作者同时清醒过来：原来还是梦境。妙在结尾，点明了作品主人，在外打工多年，终于回到老家建造了一栋三层楼的小别墅。但他住进来的第一个晚上噩梦连连，形象地表达了打工者在外飘荡，人生坎坷艰辛不易的人生处境。这是当下打工者——具有典型意义的梦境，让人回味不已。或许，亦可成为一个时代的噩梦片段吧？夏阳的小说构思，令人击掌叫好。

非鱼的《河上有风之柳某寅》写了一个扑朔迷离的人物，他像一块宝石，具有无数个切割面，闪烁着不同的异样光芒。微型小说狭小的篇幅中刻画一个人物，实属不易。但非鱼采用这种似是而非的写作路数，最后以人物意外死亡收场。从农村闯荡到江湖的柳某寅，可以视作非鱼的一次艺术贡献：当下时代一种"混江湖"的典型人物——出身于底层，顽强拼搏，没有什么家庭背景，却能够在社会上风生水起。人们很难知道他们真正底牌以及内心痛苦，如何与表面的潇洒狂放构成反差。这个世界，充满了诡异，也充满了秘密。笔下人物内心的悲凉，在非鱼看似不经意的笔调下，有了一个悲剧性的呈现。

周洁茹的《一次出游》给我的强烈感受依旧是"都市感"。人生活在大都市，处于什么样的状态？他们失去了和乡村与自然亲密无间的关系，但似乎在都市里又不能像鱼游水那般潇洒自如。总有一点隔膜，总是跟不上时代的快节奏。生活中失去自我的荒谬感——周洁茹在微型小说中独树一帜的表达。

以周洁茹为参照，我们还可以看出微型小说作者大多生活在基层，而我眼中的基层则是中国内地的乡村、小镇和县城。所以，少有大都市的感觉。周洁茹的作品恰好弥补了这一缺陷。

就《一次出游》来看，凯莉一上来就想跳车，她与周围环境始终格格不入。这样一位小资情调、女性独立的都市白领，她的感受似乎跳出了人类正常的人生轨迹，生活少有目标，生命少有欢乐。

年轻女孩子最看重的恋爱、爱情、婚姻，在她的面前几乎是一张毫无色彩的白纸。虽然她遇到了并不讨厌的男人Q，但对方同样是一个毫无热情甚至没有欲望的男子。两相交互，年轻的生命几乎失去向前走的热切欲望。

这样的都市到底是否适合人类居住，人类在这样的都市中，到底应该如何焕发自己的生命力？周洁茹一次一次书写，一次一次追问，让我们在平庸的生活中不得不低头反思。

固执于自己的单一视角，沉溺于个人心理独立情境中，周洁茹的写作特点在微型小说领域亦是一种艺术风格的丰富。

读完周洁茹，再读徐东。你可以看到这两篇写都市人的作品，有一种若隐若现的联系。如果说周洁茹是绝望，那么徐东则是在平庸的生活中努力挣扎，重获信心再次上路。徐东的《星空》虽然并无惊艳笔触，但他总是能够把个人心理、都市场景以及生活细节，很好地融合在一起。让人在庸常的生活中间，获得一种诗意的升华。

岑燮钧的《驴叫》与作者的名字一样别致。这个取材于古代中国幕僚文人的故事——因为三声驴叫而显出作品的趣味与内涵。程士成——这个中国文人的形象，承传了传统文人——立德、立功、立言上的选择，用三次驴叫来表达人生历程。读之趣味盎然，却又有言外之意。

几声驴叫的描述相当精彩，令人回味。文末，一头驴被唤回，更是意外之笔，令人莞尔一笑。小小说如何写得生动，如何在日常生活的题材中别出新意，《驴叫》是一次有益的尝试。

安石榴的《在卧铺车厢》是一篇有回味的作品。小小的卧铺车厢写了几个人物，似乎很难出新。但作者在做了长长的铺垫之后，虽然并没有什么惊奇的情节，但结尾目光清澈的小伙子，对于别人喝了他买的啤酒一事的宽容，却是给我们留下了一个美好的回味。平静清澈的大眼睛，笑盈盈的，没有一丝丝被冒犯的怨气。值得一提的是，安石榴对于小伙子的描述相当克制，轻轻的一笔荡开，却让我们由此联想到人生中的仁慈宽厚与斤斤计较，甚至日常生活中的戾气化解。文学清澈灵魂、明朗人心的作用，由此亦可见出。

陈敏的《中国面馆》，如果将时间地点换到中国内地，显得平凡，但面馆是开在美国洛杉矶，于是就有了非凡的意义。对于非裔女人和儿子关系的处理，并不出意外。但其中表达的一个精彩处在于老板姜东对于干儿子偷钱的关系处理——蕴含了中国仁慈与诚信的传统道德。不经意间歌颂了中国传统道德，在世界范围的不同人种之间依然展示其特殊的魅力。于是，一篇知恩图报的作品，由于跨越了大洋而具有了域外题材的特色。

许锋的《关于〈小鸡撒尿路径分析〉》一文，让我们重新读到久违的讽刺风格。阮侬——乱弄；乌合论丛——乌合之众；曹堡主编——草包主编。整个的情节，实际上是我们熟悉的当下学术界花钱买版面发论文不良习气的一个漫画式的呈现。妙在这样的一位教授，居然真的跑回家乡捉鸡实验鸡拉屎拉尿，荒谬至极，却不知羞耻，以至于连她抓的鸡都羞愧地投河。作品结尾让人心为之一沉，由讽刺而走向悲凉。

如此风格的讽刺小说，当下比较稀罕。讽刺原本为杂文的气质，但微型小说同样也是讽刺文学的重要同盟军。

芦芙莊《走失的赵东》让我内心一动。这篇作品只写了场面——近乎单调乏味的生活，几乎没有情节、漫画式的人物，但对人生却有那么一点感悟、一点回味，令人陷入思索。微型小说的一个功能，就是从一个小的角度、一个小的事件，去谈一个小的感受：不嫌小，就嫌陈旧肤浅。

世上万事万物都是由微小启动。所以他不惧小，却能够把小谈到大，由小展开一个无限的世界，由小囊括我们长长的一生。这或许就是《走失的赵东》在艺术上给我们的一点启示。

刘立勤的《青衣明晓乐》，胜在对中国传统戏曲的描写。一个舞台上的明星，如何活在戏里，又活在社会中。她个人的遭遇，最后也通过戏来表达。她离婚了，独立了，走出了悲剧性的人生。只是在表达上稍为直白了一些。我们需要更加巧妙的艺术表达方式。

肖建国的《万物有灵》中，也有同样的表达问题。肖建国的作品胜在对茶独到而深刻的认识。人与茶，茶与人，他们之间相通的东西有点神秘，却有灵气；有那么一点"不确定"——却可以在人的内心中找到回应。

微型小说家就要凭着自己对生活的独到认识，用更加"艺术的方式"把它表达出来。什么才是更加"艺术的方式"，值得我们共同探讨。

庞滟的《去趟彩电塔》恰到好处地切入当下的疫情生活。曾经恩爱的两夫妻，婚后十年，疫情隔离生活，让他们像刺猬一般的呆在了一起。纯情的小青希望爱情美丽如初，却因为手机的密码，生出恐慌感。于是，有了惊恐的梦。作品的好处在于：将小青的梦与现实中的恐慌交相呼应。当然，作品的结尾是一个和谐处理，表达了小青的愿望：回到那一条"生长春天的路"。

微型小说如何在艺术表达上更加丰富：在现实与虚拟、现实与梦幻、现实与心理之间，自由出入，游刃有余——是拓展微型小说艺术世界的必经之路。

2001年生的俞生辉让人想起残雪，他的《蚯蚓》意向丰富而混乱，情绪夸张而宣泄。现实与心理、虚拟之间的界限被打乱了。一个人生故事在家庭中得以呈现，但这种呈现已经超越了现实中的时空，在阴阳生死之间任意出入。读者能明显感到西方现代派对其的影响，写作手法显然与前辈作家迥然不同。

年轻作者李宣的《黑匣子》展示了疫情期间一种特殊的心理。运用类似现代派的手法，在日常活动中聚焦一种心理，对其进行夸张式渲染，尖锐地强化并提供多重解读的可能。这种描写与现实体验之间的勾连或明显，或隐晦，构成语言迷宫般奇异的艺术效果。当然，一旦这种体验与现实之间距离太大，可能就会因为阅读习惯而失去部分读者。但无论如何，青年作者的艺术探索值得肯定的，或许可以对微型小说艺术表现手法相对单调——起到一个补充活力的良好作用。

一口气读完水鬼的《超度》、肖雯的《证据充分》、王溱的《第101个自己》、吴越的《失明症》，仿佛一下掉进了一个有点魔幻、变幻不定、神神道道的大坑。他们的作品显然与前辈的微型小说拉开了一定距离，别开生面地展现了另一个艺术世界——

水鬼的作品向来从传统文化资源中取材，《超度》一篇并非他最好的作品，前面铺垫稍长，一个杀人越货的假和尚，结尾恶人遇到恶事。但并没有伦理评价，情节戛然而止。可以肯定的是，作者并没有丧失对善恶的判断，只是这种评判藏在艺术营造的雾霾之后。

《证据充分》里，年轻的肖雯呈现了一个假案错案、一个变幻不定的场面。结尾同样没有结论，作者隐蔽了自己的立场，仿佛第三者——旁观冷静地叙述一个冤假错案。

比较起来，王溱的《第101个自己》更加现实一些，但作者的构思巧妙：无数个自我同时现身，身影变幻莫测；甚至每人有一把枪，可以在人生战场上枪战；每一个自己，又是自己犹豫不决人生选择的一个侧面。这样的表现，在王溱的笔下完成了一个由童话转而魔幻的走向，抵达女性自身反思与批判的深度。

吴越的《失明症》与王溱的《第101个自己》一样，也是一个颇具现实意义的当下女性生活境遇。但其写法也有奇特处。把女性设计为"阶段性失明"，其中有前辈的宿命般的人生轨迹，一个问号凸显出来：难道城市的女性在重蹈旧辙？

四位作者不约而同处在于：隐蔽自身的立场，没有直截了当地下结论，答案隐蔽在迷雾之中，毫不犹豫地将选择权利交给读者。

刘晶辉的《刻小说的西西弗斯》，让我联想到戏剧三大表演体系的布莱希特的"陌生化效果"和"间离方法"。戏剧大师在演员、角色、观众三者辩证关系上主张：演员高于角色，驾驭角色，表现剧中人物而不是演员融化于角色之中，随时进入角色，随时跳出角色，面对观众，若即若离，自由驰骋。这篇小说里的小说家就是这样一个可以"入乎其内又出乎其外"的角色。至于为何是丈夫复活，结论留给读者。

叶骑的《存亡之战》是一部短小的关于人类生存的寓言，似乎可以归纳为生态文学。有趣的是，作者借微型小说形式表达了论说文一般的激情。但思路却是跌宕起伏：野猪向人类发起最后的决斗之前，它们发现人类正在争论，于是，野猪选择了和解。人类也因此离开了山林，选择了退让。结尾处出现一个人类孩童，天使般地抚摸野猪，亲切地表达小小地球上不同种群之间的和谐相处。把微型小说写成一种寓言，在寓言中表达一种相对抽象的理念，是这一部作品的成功之处。

孙在旭的《树》写了一种我们十分熟悉的思乡情绪。但它的好处在于散文般的写实，自然地跳跃到小说想象般的幻境中。寻常主题的艺术处理，在一种奇幻的表达中得到了提升，让我们对树的想象，有了一个极大的拓展。但我对这篇作品一开场就写明"为了托起明天的大树，我每向上生长一寸，你就向下延伸一尺"，似乎过早揭开谜底，稍微不满。艺术的跨越有时不必有过多的交代，今天的读者已经具备相当水准的阅读理解能力。

莫小谈的小说创作，近年来有两个进入：一是对传统文化国粹的进入；二是对人生感悟深层次的进入。《秋风》一篇同样是在这个创作路径上的探索。云舒在现实的人间中活得艰难，一直在寻找人生的解脱，在禅意与开悟之间犹豫彷徨。最后，她依旧下了西山，回到人间。她的人生状态到底什么样？归无禅师说：云舒还是那个云舒。莫小谈或许借《秋风》又布了一个迷魂阵，虽阵容不大，格局却是不小。借国粹精华入小说空间，无形中提升了作品的容量与底蕴，给予读者更大的想象空间。

什么是传统文化？学者认为："我们祖先创造，经过一代又一代先民接力传递，穿越一个又一个时代的筛选和过滤，从过去一直延传到现在，在我们现实生活中依然具有生命力，表现我们民族的自我和特色，需要一代代中国人继续传承下去的那些东西。"当下倡导承传中华优秀传统文化，那些依旧活跃在中国人人生中的东西，与文化经典一样，值得去芜存菁，值得开掘承传，值得感悟认识，发扬光大，存之久远。

由此看来，文学或许可以帮助读者去了解我们自己的文化，以及处于这一文化传统中的每一个人。

张建春的《祖父瓷》写重传统情义，不以小利而忘大义的传统道德。整个描写流畅，细节也有分量。但作品路径稍显一般，缺少让人怦然心动的力量。传统道德千年延续，其中美好的东西值得一写再写。从中开掘出一番新意，是今天微型小说作者共同努力的目标。

梁爽的《理发》写1990年的故乡，笔下展示了故乡小镇一幅图画。用理发推出了舅舅——心目中美好男青年的形象，但这个形象破灭在今天的小镇生活中。此作的好处在于写出中国乡镇的当下变化：经济发达了，美德却消失了。细节与场面的前后比较，水到渠成，流畅自然。

冷清秋的《天涯若比邻》用微型小说常见的结尾翻转法写自己母亲的寂寞与孤独。众多细节把一个乡村母亲的生存状态表达得淋漓尽致，可惜缺少一点发人深省的艺术力量。

奚同发的《再来一碗》，开篇北方风扑面。北方人家常的油泼辣子片面，写得细致入微、温暖动人。叙述角度巧妙，阴间与阳间互动。一对老夫老妻之间的真挚情感，通过一碗面写得淋漓酣畅。更为难得处在于，父母爱情传递到城市儿孙，亲情好家风，传统好美德——在作者的笔下得到完美阐释。

苏美霖的《青春的魔咒》写的是"二次元"一代年轻人的生活。

他们在网络中如鱼得水,在现实中却屡屡碰壁。忧郁症,剧本杀,无法面对现实,构成青春成长的障碍。但此作却在一个失去联系的过程中间写了现实人间挚友的情感,用网络的结婚来拯救彼此。现实的情感与网络的忧郁如何达成一种互动,是《青春的魔咒》的精彩之处。虽然作品总体显得清浅,少了些回味。但对"网络一代"的人生状态书写——题材开拓上颇具新意。

朱红娜的《缴枪》,不大篇幅里写了三代人对于猎枪的态度。猎枪在猎人的生活中,犹如另一个生命。这种猎人与猎枪的情感写得淋漓尽致。但妙在作品的结尾:第二代猎人交枪时,身上的猎人气味随之消失。这一结果,就是他避开了黑熊的侵略。黑熊没有闻出猎人气味,而猎人装死——变成一棵大树。黑熊在这棵大树上爬来爬去,不亦乐乎。更妙处还在于,猎人的儿子从南方回来,看到父亲变成一棵大树,也看见树上的黑熊,立马趴在地上装死。这个有趣的结尾并没有明指什么,却给予读者以想象。当猎枪上缴后,猎人不再成为黑熊的对立面,他与黑熊和解,终于能够和谐相处了。

徐建英的《青花如意陶》不经意地写出了道光年间的斗陶遗风。为了一件陶器,可以让曹家两代人为此心痛牵挂。曹家女儿甚至为此赔上青春。中国古代遗风内含一些殊异的人情世故,今天看来,弥足珍贵。只是作品结尾曹雪泪水无声滑落时道:"青花如意瓶,相传一瓶可抵半城。"——最后还是回到了"价值连城"的确认——不无遗憾,小说与珍贵人情拉开距离。

如何在中国古代传统行业中,寻觅到一些值得回味的人情世故,并同时确认"情义无价"的人生观?这个尺度的把握,当是微型小说家回望传统时需要思考的问题。优秀的文学,其实就在传达彰显某种价值观。

秋泥的《吃瓜》,题材是传统美德孝道。妙在用一个西瓜与老奶奶的对话,人物情感于对话中有跌宕起伏:人物关系多边互动,唤醒奶奶的意识，有孙子细心的诱导。靠对话来表达情感互动，是微型小说常见的手法。由此也可见出传统现实主义写法的功力所在。

李伶伶的《多了两只羊》，写的是放羊人马哈的传统美德。"不得不义之财，得利须有道"的传统美德主题直截了当。此文妙在对发现羊、养羊、亡羊、失主找羊过程的描写，跌宕起伏，妙趣横生，颇具生活气息。马哈的人物性格以及传统美德一以贯之，作品主题熠熠生辉。

海南陈小莲《翻鱼》写法上显出新意。好似一种复调，两条线索，同步写两个情景：自己的故事与邻座的故事，最后，收束到"鱼不能翻"理念上。读来有趣，不烦琐，却灵动，给读者留下一个想象的空间。

王立红的《蝴蝶女孩》用一种浪漫的写法，直抵人与生态的主题。此为当下社会热点，人与自然的关系也是当代写作"永恒的主题"。但这个主题如何写得富有诗意、从什么角度切入、如何合乎文学的气质，值得作家去琢磨和探讨。

楸立的《护镖》叙述的是中国传统道德的故事。一诺千金、投桃报李、滴水之恩涌泉相报——中国传统美德有无数个故事存世。此文结尾耐人寻味：无论岁月流逝，但传统美德芬芳久远。

王琼华的《井水有点咸》完全是中国传统乡镇的场景，人物言行、气场氛围与中国传统章回小说渊源同在，让我们倍感亲切自然——引入革命主题也是水到渠成。

原上秋的《俩老头儿的醉梦时光》让人想到热播的电视剧《山海情》。故土难离是中国乡村多少年的一种情感，但这种情感在原上秋的笔下却有了当代的色彩。离开故乡，创造新的家园，但同时又怀念旧日的时光。这种情绪在小说中有生动的表达，也是一个时代的缩写。

范子平《篾匠的儿子》写出了传统社会拜师学艺与现代教育教师授课相似又不完全一样的情结，通过"拜师学艺"传统情感在今天的变化，来表达一种时代的进步。看是微小涟漪，却有岁月巨变。这也是微型小说介入生活表达时代的上佳笔法。

孙春平的《师惑》写师生两代人如何对人情世故做出自己的选择。妙在结尾用"hu"字给我们留下想象的空间，是推麻将的和了，还是"难得糊涂"的糊？总之是一种投机取巧揣摩人心的世故。这里有对师生关系的思考，也是一种对于社会的讽刺与批判。这种批判是柔性的，又是发人深思的。

巡游式的点评，到此告一段落。两个简单结论，结束此文——

第一，到传统文化中去寻找灵感与资源。中华文化博大精深，中国又是文学的大国。先秦时文史哲不分家，先秦散文、司马迁的《史记》，以及汉赋、唐诗、宋词、元曲、明清小说，其实都蕴含着描述中国人生存与精神状态的无数个精彩片段。

由此寻找灵感，去观照当下的中国人的精神状态，形成一种参照、一种比较。可以肯定，它们就是灵感的源泉、不竭的资源。

第二，艺术追求永远在路上。从整体上看，微型小说（小小说）与当下的短篇小说在艺术上有十年的差距。

也许，这个结论稍显武断。

但微型小说（小小说）多由基层作者完成，他们的生活空间难免限制了他们的想象力与视野。

这一点必须认真面对。

如何在今天接受八面来风，接受来自各个艺术领域的艺术新风，接受手机时代阅读变化的现状，并且承认在文学创作的领域也有"技术的含量"以及变化发展的过程，是每一位创作者值得认真考虑的问题。

比如，即使我们完全使用魏晋笔记小说的语言与手法，仍然难逃当下的影响。新科技、新媒介、全球化，我们很难忽略，也没有必要逃避。

我们处在一个充满焦虑和不安的年代，科技的进步又在激发着我们对未来世界的探寻。二次元似乎还没有焐热，元宇宙又冲撞到我们面前。我们需要接受的信息，是古人的十倍、百倍、千倍。

全球疫情让我们重新思考人类的处境——隔离状态下，我们反思自身，百感交集，感慨万端，无数暗示与隐喻纷至沓来。而所有这一切，又构成微型小说（小小说）最为新鲜的素材。古今合一、中西交融，恰是面前这个时代无可回避的课题。

小说家有责任在这里发现些什么，唤醒人们内心对未来的向往与信心，并抚慰人们的心灵。手机阅读时代或许给予我们这些小体量、短篇幅的艺术品更多展示与传播的机会。

今天的小说家遇到了两样珍贵的东西：一是优秀传统文化，让我们有可能向来自遥远的传统致敬并学习；一是开放的世界，让我们有可能接触到全球文化艺术各方面的革新创造与艺术新风。左手灵感资源，右手艺术新风——左右逢源成为可能。

这是我们的福音，也是我们的机遇，等待我们去一试身手、大展宏图。让我们抓住这一机会，艺术地传达我们对世界的看法，并在中国文学的地界上，努力争取属于微型小说（小小说）应得的艺术地位。

简而言之，如何融入中华文学传统，同时兼容并蓄世界文学以及文化艺术多个领域的新风变化，在艺术表达上精益求精，努力跟上当下短篇小说的步伐——我以为是微型小说（小小说）界——既实在又值得去争取的艺术目标。

人生有涯，学海无边，艺术永无止境。

我们永远在路上。是为序。

2022 年 9 月于广州

砸缸的人

申平

哐啷！一声响亮，那口大缸被砸破了。缸里流出来的，不仅是水，还有千古流传的故事。

砸缸少年千古留名。

五十年以后，那位少年已进入老年。在当年被称为西京的洛阳城里，在一处简陋的宅院前，他，又站在了一口缸前。

这是一口被金纸包裹得严严实实的大缸，是他的老管家背着他，同意人家安放在这里的。安放者什么也没说，只留下一张"门状（名片）"就走了。"门状"上的字也很简单：翰林学士王拱辰。

王拱辰，他当然知道。这人在仁宗皇帝时代和自己先后中进士，并因在殿试时勇敢说出考试题目他以前曾经做过，被赐"诚信状元"称号。后来曾出使契丹，以学识阻止战争。在神宗皇帝时代，他也和自己一样，因反对变法，受到王安石的排挤。

上午，王拱辰登门拜访，老管家也曾通报。那时候，他在地下室里正文思泉涌。听到王拱辰的名字，他犹豫了一下，但还是拒见了。一是他的确没工夫，二是他早就知道，现在的王拱辰已经不是过去的王拱辰了。听说他在洛阳最繁华的地段，一直在修建一座豪宅，光中堂就有三层楼高，巍峨壮丽。不怪人说"王家钻天，司马入地"。

现在，司马光绕着那口大缸，驴拉磨一样转了几圈，又伸手去撕被金纸包得紧紧的缸口。但是那金纸很厚，还在缸沿儿上箍了一道铜丝，把金纸绷得鼓面一样紧，人手根本抓不住。推一推，重如泰山，敲一敲，闷闷的没有声响。

这缸里到底装的是什么呢？

你去，给我找一块石头来！或者，是一把锤子。他转头对老管家下达了命令。

但是老管家却没有动，他嗫嚅了半天，终于鼓足勇气说：君实秀才，人家好心好意给你送来一口风水缸，你要砸……不好吧？

不好，有什么不好？他鼓起眼睛问老管家。

这个是聚财的。老管家说，你看咱家，也太穷了吧。夫人有病，都没钱抓药了。

人穷不能志短，乱收东西，非君子之德也！再说，我也得知道这缸里装的是啥呀！

人家说了，十日后方可打开，否则就不灵验了。

以下几天，司马光的生活完全被门外那口大缸打乱了。以前他总是一更睡，五更起，直接到他那间地下室里去编修《资治通鉴》，可以说是心无旁骛。但是现在，那口缸却不断在他眼前晃来晃去。送缸人的用意，缸的内容，都开始让他分心。

而且，自从这口缸安放到他家门口以后，前来拜访他的人不知为什么络绎不绝。后来他接到京城一位朋友的密札，才知道自从哲宗皇帝继位之后，便由最信任他的高太后辅佐朝政，人们疯传，他即将奉旨进京去当宰相了。

怪不得……

五天以后，夫人不幸去世。也不知道一下子从哪里冒出来那么多人前来吊唁，而且人人都不空手。悲伤之中的司马光让老管家把所有的礼品礼金都登记造册，一点不动，然后他悄悄把自己家里仅有的五亩地典当了，开始为夫人准备后事。

出殡那天，路两边人山人海，有人竟然喊出了"司马相公"的口号。

司马光分明感觉到，正有一口无形的大缸，铺天盖地向他的头上扣过来。这口缸比王拱辰放在他家门口那口缸还要神秘，还要危险。这两口缸最后叠加在一起，悬在他的头上，直搞得满腹经纶的他六神无主，坐卧不安。他知道，他必须马上砸缸了。

但是全家上下没有一个人支持配合他。他想在院子里找个铁器，或者找一块石头，根本就找不到。老管家，还有他的养子司马康，早已带人"坚壁清野"了。

砸个缸，居然这么难，要不……不行！这缸非砸不可。不然，我这一世英名，就要毁于一旦了。

凌晨，天刚微亮，官道上就有一个老者走走停停，寻寻觅觅。最后，他怀抱一块石头，一步步走回自家门前，他气喘喘地把石头举起来，对着那口大缸用力砸去。

砰！第一下，竟然没有砸破。石头反弹，险些砸到他。啊，这缸难道是铁缸？

管他！再砸！哐啷，缸破了……

天亮了，许多人聚在司马宅前看热闹。但见那口大缸里流出来的，果然是黄白细软之物。破缸上还摆着一份礼单，写着一行大字：司马只要清白，钱财自来认领。

（原载《经典美文》2022年第2期）

我闻到油香了

刘国芳

他退休后经常往老家去,很偏僻的一个小山村,有些远,但对他而言,远不是问题,他开着车,半个小时就到了。在老家,他把老房子打扫了一下,还栽了些菜。做这些的目的,就是打发时间。但大多时间,他还是觉得闲,觉得无聊。村里没什么人,有时候他在村里走来走去,也看不到什么人。偶尔看到一个,也像他一样是上了年纪的老人。老人当然会跟他打招呼,跟他说:"又回来啦?"

他说:"回来啦。"

老人又说:"大家都往城里跑,你却往乡下跑。"

他说:"在城里也没什么事,闲得慌。"

老人说:"反正你有车子,方便。"

他后来经常往外走,当然在乡下走。通常,他会开车出去,然后把车停在某一个地方,再漫无目的地走着。这天走着走着,就到了凤岗镇。在街上,看见做棉被的,便在那儿看,一看许久,还跟人家说话,他说:"以前棉花是用弓弹,现在用机器。"

对方说:"时代不同了。"

他问:"哪样好?"

对方说:"都好。"

他仍在那儿看,又问:"蚕丝被、丝光棉被、棉花被,哪样好?"

对方说:"你要我说,我还是觉得棉花做的被子好。"

他说:"不是说蚕丝被好吗?"

对方说:"你看见哪里有养蚕的?"

他忽然明白了,说:"你是说没有真正的蚕丝被?"

对方说:"真正的蚕丝被很少。"

这天,他整个下午都在那儿看人家做棉被,天不早了才离开,走的时候,他忽然觉得这样打发时间挺好的。

又一天,他看见凤岗街上有一家榨油坊,他又在那儿看,也是一看许久,还跟人家说话。他说:"这榨的是什么油?"

对方说:"山茶油。"

他说:"还榨什么油?"

对方说:"菜籽油、花生油都榨。"

他说:"哪种油最值钱?"

对方说:"当然是山茶油。"

他说:"这山上漫山遍野都是山茶树,满树的茶籽,它榨的油更值钱?"

对方说:"山茶油对身体好哇。"

这天也是一看许久,一个下午,又这样打发了。

回去的时候有一条山路,山上真的是漫山遍野的山茶树,秋天了,满树的山茶籽。他停下车,去看那些山茶树。忽然,他发现好多山茶籽都落在地上。他有些不解,不知道这么好的茶籽为什么没人摘。正迷惑时,有人走过,他便问:"这树上的茶籽怎么没人摘呀?"

来人说:"乡下人都出去打工了,没人顾得上这些。"

他哦一声。

这天,他在老家山上也看到很多茶籽落在地上,他觉得可惜,一一捡起来，捡了许久，竟捡了好多。

这些茶籽，后来都晒在他门口，有人见了，问他："你捡这些茶籽做什么？"

他说："榨油呀。"

这些茶籽，后来真被他拿去榨油了，提着油回来，他跟村里的老人说："这是我捡的茶籽榨出的茶油。"

他又说："你们山上就有茶树，去摘呀，不摘浪费了，茶油是好东西。"

老人说："镇上才有榨油机，那么远，我们怎么去？"

他说："我开车送你们去。"

他这样说，村里的老人便去摘茶籽。他说到做到，真开了车，送老人去镇上榨茶油。不仅如此，每次去榨油时，他都认真地看，还问："榨油机要多少钱一台呀？"

对方说："几万吧。"

他问："哪里有卖？"

对方说："你也想开榨油坊呀？"

这话说对了，他真想开榨油坊。

他后来真在村里开了榨油坊，这下村里人榨油不用去镇上了，不仅是村里人，附近村里的人，也会拿着茶籽来榨油。

一个村，浸在油香里。

这时候，山上的茶籽有人摘了，有一天他出门，看见山上到处都是摘茶籽的人。

这天又有人来榨油，是两个人，一个说："这么小的一个村，有榨油坊？"

一个说："有，我闻到油香了。"

（原载《安徽文学》2022年第3期）

皮鞋

谢志强

出发前,所有的一切,应对沙漠的一切,都准备得很周密。可是,事到临头,傅队长觉得还差什么,却又琢磨不出。等到进入沙漠,他终于想到:要是带个维语翻译就好了。

师部决定开发塔里木(维语意为可开垦的荒原),组织了一个探险队。傅队长是老红军,他凭经验,带了一张地图(二十万分之一的中国地图),一辆马车(木轱辘大车)。还有羊皮水囊、军用水壶,盛着水。他说那个地方,塔克拉玛干,意思是进去出不来,要是一个月不见我们回来,就给我们开追悼会吧。

进塔里木没有现成的路,一行五人,轮换着坐马拉的大车(车轱辘的直径有一米二)。天黄,地黄,树黄。枯死的胡杨树像沙包喷出凝固的沙柱。

一天三顿饭,一顿饭一个大灶坑。将有柴灰的灶坑作为标记,免得回来迷路。阿克苏到阿拉尔(维语意为岛)有一百二十多公里,他们花了七天。

阿拉尔在塔里木河北岸。北岸,层层叠叠的枯树败叶都腐烂了,跟沙子混在一起。乘独木舟过了河。远处是巨浪一般的沙丘群，那是塔克拉玛干沙漠。傅队长抓一把沙土，像吃炒面一样，放在舌尖上舔一舔，不咸。他说：含盐碱量低，好地。他的挎包装了一小袋一小袋的土样。

返回北岸，麻袋空了——超过预先计划的时间，光顾着勘探荒原，那是未来长庄稼的土地，却忘了眼前的干粮已经消耗完了。大家饥肠辘辘，唱起了"空城计"。喝饱了水，水在胃里咣当响，像羊皮囊里的水，不一会儿又"饿"了。

傅队长拿着望远镜四处搜寻，遍地是死亡的颜色——塔克拉玛干被称为死亡之海。他们仅仅在沙漠的边缘。他看见了一群羊，仿佛天上的云朵落在地上了。沙漠活了。

放羊的是一个维吾尔族中年男子。傅队长走到他面前，说了句汉语，发现他表情疑惑。看出对方听不懂汉语。预先认为只是人与沙漠的关系，料不到出现人与人交流的问题。

傅队长指指嘴，摸摸肚子，弯弯腰，表示出一个"饿"的样子，然后，掏出纸币，指指羊。

羊倌看懂了，却摆摆手，摇摇头。

傅队长用钱买不成羊，弄不清到底因为什么。他对四个队员嘀咕了几句，像是下命令。

于是，五个人如同操练，立即躺倒在沙丘的一面上，还闭上眼，不是睡，分明采用另一种方式，表现"饿"的样子，饿得不能动了。

傅队长眯缝着眼，观察着羊倌的反应。

羊倌做出了双手往上指的动作，要他们站起来。同时，他的目光好奇地盯在傅队长的脚上。

傅队长穿着一双翻毛皮鞋。他站起，顿顿脚，指指羊，又指指鞋，手势像有一根细绳要把两样东西牵系在一起——我的鞋，你的羊，要我的鞋，就用羊换。傅队长加大了手势，很夸张。他第一次感觉语言乏力。

显然，羊倌看中了皮鞋。在戈壁沙滩放羊，多石头（鹅卵石），多刺（骆驼刺）。皮鞋护脚。

羊倌也打起手势。傅队长看懂了其中的意思：不能用皮鞋换羊，羊少了，公家要找我的麻烦。换鸡蛋吧，我家有很多鸡蛋。

傅队长需要证实鸡蛋的真实性。他模仿母鸡"咯咯嗒"叫，天下所有的母鸡"传捷报"都用同一种语言；继而，比画着鸡蛋的形状，好像他手中捡起刚生出的鸡蛋。

队员都站起来，看着傅队长的双臂像翅膀那样扇动，模仿着鸡生蛋后的欢喜和骄傲，费那么大的力气，落实在鸡蛋上。都憋不住，笑了。

羊倌也笑了，而且点点头，拖长了口音：哦——傅队长知道，路的远近与那"哦"的拖音的长短有关。羊倌指着远处，那里有他的家。羊群朝他所指的方向移动。天上有一堆白云。太阳如大火球，悬在中空。

傅队长的皮鞋换了一百个鸡蛋，还付钱买了一大摞馕。他赤着脚，只说：这也是皮鞋嘛，父母给的，磨破了还会恢复，这可是磨不坏的皮鞋呀。为了证明沙漠的热度，每个人将五枚鸡蛋埋入滚烫的沙地。沙子煨熟了鸡蛋，又香又嫩。其间，傅队长割了麻袋，像编草鞋那样，动作麻利，编织出一双布鞋，套在"皮鞋"上，不烫脚了。

当晚，围坐着篝火，四个参军的大学生要求傅队长讲讲红军长征，那么长的路，要费多少鞋？傅队长简单地说：长征路上，也和少数民族交流过，二万五千里长征，穿破了多少双草鞋，已说不出个准数，但都是就地取材，自编自穿，可我这双"皮鞋"还好好的呢。

（原载《安徽文学》2022年第1期）

将军岭

刘建超

将军离休，按待遇是可以到部队干休所休养的。

将军不去干休所，硬是把噘着嘴老大不愿意的夫人拽回了豫西老家，一个叫秃岭的山村。

秃岭村因为有光秃秃的山岭环抱而得名。

正是深秋，将军和夫人是坐着铁轱辘牛车，慢慢腾腾沿着刻满深深车辙坑坑洼洼的土路颠簸进村的。

夫人看着光秃秃的山岭，看着眼前两间墙壁斑驳瓦片零落的房子，坐在车上她就嘤嘤地哭了。将军夫人可是生长在大城市的人，原本是想和将军留在城市里享受幸福晚年的，没想到让将军带回到穷乡僻壤的山村。

将军却显得很兴奋，他对夫人说，老婆子，你想想，有房子住，有地种。这可是天下最幸福的事情啊！

夫人抹着眼泪，开始拾掇屋子。

村子里的人听说在外当了大官的将军回到了故乡，带回来的还是城市里的媳妇儿，都围拢到将军的屋里叙家长里短。

将军抽着乡亲卷的"喇叭筒"说，我这大半辈子都在外面闯荡了。回来就是想拼上后半辈子植树开荒，把咱这光秃秃的山里变成绿洲。

村里人打着呵呵，一笑了事。谁信啊，秃岭干旱缺水，几辈人都在这山里熬穷日子，谁能改变得了。在外边享福了，回来净说大话。

将军还保持着军人的习惯，每天清晨起床，跑步出操。早饭后就扛着镢头头铁锨去岭上挖树坑，将军自嘲说自己是"锨头部队"。坡岭地硬石头多，一镢头下去就是个白点。镢头敲在石头上，冒着火星，震得手臂发麻、虎口出血。将军不皱眉头，晚上收工就像打了胜仗一般，嘴里还哼着歌。

将军画了一幅秃岭的地图挂在墙上，挖成一个树坑就画上一面小红旗，将军说这叫持久战，终有一天红旗要插满山头。

冬日黄昏，将军和夫人围坐在炉火旁。

将军说，挖好的十八个树坑，明年开春就可以种树了。夫人点点头。

将军说，咱先种上苹果树，开出的荒地种上春小麦。夫人点点头。

将军说，咱这干旱少雨，光靠天吃饭不行。我找专家看过了，咱岭上也能找到水源，打几口机井就能解决问题。夫人点点头。

将军搓着手，看着昏暗灯光下的夫人不说话了。

夫人拉开皮箱，把存折放在将军手里。

将军找来打井队，在光秃的山岭上凿出了三眼机井，当哗啦啦的水浇灌进干裂的土地上，暖暖的春阳看到了将军脸上的欢笑和夫人眼中的泪花。

节假日，将军把在城里工作的孩子召集回村里，一起上山挖坑种树。孩子们手上打了血泡，望着荒凉的秃岭发呆。

将军说，知道当年我为什么去当兵吗？

孩子说，为了解放全人类。

将军笑了，说，那时可没有这个觉悟。当兵，就是为了能吃饱肚子。这秃岭村十年九不收，年年都要外出逃荒要饭。十五岁那年，将军讨了一块玉米饼子，揣在怀里往家走，不想饼子掉在了路上。富家一个孩子，一脚踢给了他带着的大灰狗。将军又饿又急，与那富家孩子扭打在一起，打伤了那孩子，不敢回家了，就跑出去当兵，参加了八路。连里没有给将军发枪，却发给他一把镢头。班长说，在南泥湾开荒种地打粮食吃饱肚子，也是为抗战。别看将军年纪小，却体格健壮，开荒种地满把子的力气。开荒种地的表彰大会上，将军和班长都被评为劳动模范，是王震旅长亲自给将军戴上了大红花。

将军说，当年日本鬼子、蒋匪军封锁我们，那么艰苦恶劣的环境下，我们自力更生把荒无人烟的南泥湾变成了陕北江南。现在生活条件这么好，我就坚信能让这秃岭变成花果山。

日子在将军的手掌间摩擦，墙上地图标注的红旗数量越来越多，地面栽种的苹果树、桃树开始挂果了。村民看到了希望，越来越多的人加入到将军的"镢头部队"。

将军的几个老战友专程来看望他。走进村口，他们向正在清理猪粪的老农打听将军，老农笑着说，远在天边近在眼前啊，你们几个连老战友都认不出来吗？

这才看清满面黝黑，挽着裤腿一身泥水的老农就是他们的老首长老将军啊。

晚上，他们几个就坐在院子里的石桌旁，吃着自家种的蔬菜，自家养的土鸡，大碗喝着甘洌的高粱酒，讲述着峥嵘岁月，大声高唱着"解放区呀么呼嘿，大生产呀么呼嘿"，直把月亮震得躲进云里，秋风呼呼地送来凉爽。

将军的孙子大学毕业，听从将军的安排，回家乡创业，绘制了创业规划，要把秃岭建成农业生态园。

将军欣慰地笑了，他对儿孙说，我没有什么可以留给你们的，我留给你们的只有这张还没有插满红旗的地图。我这把老骨头就埋在这片秃岭上了，我要看着你们把这块土地摆治好，看着秃岭村的人脱贫致富。

现在要去秃岭村可好走了，下了高铁，坐上乡村旅游大巴，沿着最美乡村公路往南三十里，路过果园、花木林，走过宁静如镜的人工湖就看到生态园的招牌了，不错，就是它——将军岭生态园。

（原载《中国铁路文艺》2022年第2期）

遥远的牵手

司玉笙

初秋的阳光下,那个老男人已在村外的小河边徜徉许久。

河边有几行桑树,其中两棵最粗壮。那人就在林间出出进进,而后站在河堤上来回端详,掏出手机换着角度拍照,好像在考察什么。有路人经过,他就问,你是乐桑村的吗?

路人看看他,用当地方言回了一句,就过去了。他听得懂,就轻叹一声,再往村里望一眼……

几十年前,一个男孩作为下乡知青,插队落户到这个村。这男孩会唱歌会谱曲,大队文艺宣传队就把他作为骨干使用。每到农闲,宣传队就到各生产队巡演。演出结束往往都过了午夜。知道男孩一个人住在牛屋旁的仓房里,大队专门安排生产队指定一户社员负责男孩的夜饭。

那户社员家与牛屋就一路之隔。夜间演出回来,院门总是虚掩着的,轻轻一推就开了——这是事先约定好的。

摸进厨房,饭菜就盖在地锅里,端起来还热。每吃到嘴里,耳畔就响起这户女主人的声音,别嫌糙米粗豆,要得管你个饱!除了女主人,还有一个女孩脆亮的声音飘过来，小王哥，得空了也教教俺唱歌。

那时候，女孩正上初中，放学回来就帮女主人做饭洗衣喂猪，采桑养蚕也是一把好手，村里人都喊她佃妹子。

那天夜里回来后，男孩依旧去那院里取饭，当掀开锅盖时，一股热气带着异香直扑鼻面，端起来一看，除了两个米团，还有大半碗炕好的蚕蛹子！

男孩捧着碗正在发愣，忽听得院子里有什么响动，抬头一看，一个熟悉的身影一闪，消失在正屋门内。

几天后，他遇见佃妹子，说，那天的蚕蛹子真好吃。

对方笑笑，看看四周低头不语。

他又问，你喜欢唱歌？

娘说了，想唱歌到桑树底下去，风一吹，那就是最好的歌。

哦，我明白了。

第二年开春，男孩从城里带回来一棵桑树苗，栽到小河边。有人问起，他就说，这是新品种，长大了，风一吹就唱歌。

不过两年，那桑树已拳头粗，枝条蓬散，形似妙伞；叶子宽阔，如同神掌。而最先采摘这桑的就是佃妹子。她边采边唱，声如暖风拂耳。

就在这年冬天，男孩穿上了绿军装，戴上大红花去部队了。

上高中的佃妹子放寒假回来方知此事，就问娘，小王哥走时谁送他哩？娘说，能去的都去了。咱家没给他送个啥？送了，一捧蚕蛹子。热的凉的？凉的，放心窝里焐焐就热了。

佃妹子听了，扭脸跑回屋里。

次年春，那棵桑树旁又多了一棵同品种的树苗。一高一矮，迎风颔首相揖，枝头触碰犹如大手牵小手……

佃妹子，你还好吗？

屏蔽回忆，老男人突然对着桑林大喊一声，好像要唤回那个远去的岁月。

你这一喊怪吓人的！一个声音在背后说。

扭头一瞧，是一位老农，骑坐在一辆老旧的三轮车上，也在看树。两人眼光一碰，同时发问，你是？

相互一抖身份，老农惊讶得上眼皮都斜了，急急地跳下车。哦，你就是那个会唱会弹的小王！

你就是会计毛蛋哥！

四只手紧紧地搦在一起，道道青筋蚯蚓似的鼓动。

老了哩，要不报出名儿，就是脸碰脸也不敢认。退休了，你才有空儿来？

是晚了些……佃妹子她现在怎么样？

哦，她现在是个大医生，奔武汉抗过疫哩……那时候，她就知道怎么防病，生产队的蚕房让她把得可严咧……你夜里回来能吃上热饭热菜，都是她不断锅底火，怕凉了伤胃……

真不知道，真不知道……

我也是后来听她娘说的。她娘还说，你要是个女娃多好，吃住都可在她家。

老人家现在哪儿？

早被佃妹子接省城去了。

她家，还有那牛屋呢？

哪还有啥的牛屋土房？你瞧瞧，一码色的红砖楼房和蚕房，哦，这树还在……第一棵是你栽的，第二棵是她上大学那年栽的——不得了，高考复来第一年她就考上了医学院。

不是复来，是恢复。

反正就是那意思——恁这一开头，谁家只要有当兵走的，考上大中专的，都要在这儿植一棵桑。没事儿我就过来看看，摸摸树心里就暖畅。

明年我定带孩子来多栽几棵。

好，好哇。

说话间，两个老男人已身入桑林。走到佃妹子那棵桑树前，当年的男孩张开双臂紧箍树干，花白的头颅抵在上面蹭磨，簌簌有声。呜咽中，吐出一句谁也听不清的话。

兄弟，你说啥哩？

我，我一次也没牵过她的手，不敢……

老会计长叹一声，拉起他手引向那第一棵树，两人伸展的手臂顷刻将两棵树牵在了一起。

（原载《安徽文学》2022 年第 5 期）

琴声起

陈毓

下了203路公交,沿着窄巷走,李果果然看见路岔处是一个"丫"字路口。再次问路,一卖菜男子从菜摊后站起来,热情指引李果常宁宫所在的方向。卖菜男子的热情与小巷的热闹很相宜:向左走,到马路对面,走到前面有大榆树的地方,就能看见常宁宫的大门。

再有半个月,李果就来西安整一年了,这天下午李果体会到的热情正是李果不止一次感叹过的:"在这座城市,人口密集的小巷子、城中村,更易碰上热心人,是不是自己的气质和这些地方更相称呢?"李果在心里笑。李果租住在巷子里,她熟悉巷子里的气息巷子里的人,因为空间逼仄,想要生出间隔都不易。

李果昨晚收到一条署名李茂川发来的短信,李茂川告诉李果有个为慈善机构募捐的演出请她参加,而且强调,募捐的钱是指定给蓝山孤儿院的,说那些孤儿在抗疫期间也是做出过贡献的人。演出定于第二天下午,在常宁宫茶聚。邀请李果带琴出席茶会弹奏,曲目自定。

李果对着短信发了好一会儿呆,她想不起这个李茂川曾在哪里见过,但肯定是见过。况且李茂川能准确地说出她会弹琴，看来是在某个场合听过她弹琴，但她怎么都想不起李茂川的样子来。

按照卖菜男子的指引，李果果然看见常宁宫的大门，她把短信出示给门卫看，年轻的门卫和气地指引李果顺着院子右边廊道走，路端就是会议厅。

李果抱着琴走过有红漆木格方窗的廊道，心情恍惚又愉快，她确信这样的时光是美好的，是自己喜欢的。她的平底靴走过青砖地面，无声而恰当。李果没意识到，当她推开会议室那两扇门的时候，她脸上的和悦气息像一朵于幽暗中寂静开放的莲花。

一眼望去，一屋子人，中间巨大的长条桌围满了人。靠墙的椅子、凳子上坐满了人。"来迟了！"李果的第一念头，忙俯下身子，悄悄向一位老者打听李茂川是哪一位，老者指着一位正站着和人说话的老者大声叫："李茂川，有女娃找你哩。"李果这才回忆起来，李茂川是自己刚来西安那会儿去一位同乡家里吃糊涂面时遇上的，只是遇见之后再无联络，李果很感动李茂川老师把她给记住了，还记住了她会弹古琴。

李果在李茂川指定的位置坐下，一张张脸看过去，确定自己是仅有的四五个年轻人中的一个。李茂川是活动的组织者，也是主持人。李老师主持得真好，即便募捐，也是让在场的家乡的企业家、知名人士出钱，但他说得那么大方得体、温暖幽默。末了还念了一句掐头去尾但逗得大伙都笑了的诗："稻花香里说丰年，听取蛙声一片。"

李果眼前生辉。企业家讲话，名人讲话，之后是各人的自我介绍。临到李果做自我介绍，她说："我是李果，一会儿要给做大贡献的各位老乡和老师演奏古琴。"李果在一片笑声中红着脸坐下。

好不容易等到演奏环节，演奏的人很多，乐器有二胡、独弦琴、埙。唱的人也多，有秦腔、家乡迷糊戏、汉江小调、船工号子。终于轮到李果了，只见她抱着琴飘然上台。只要怀中有琴，眼前有琴，指扣弦上，李果就是一个"人来疯"。"人来疯"是李果妈对李果的评价，李果离家独自闯西安，李果爸不放心，但她妈支持李果，李果妈对李果爸说："琴在，李果就有护身符。"

琴是好琴。一家人两年省吃俭用，换来了这把琴。

制琴者听李果试琴后，说这把琴就是给李果的。

现在李果用这把琴演奏《忆故人》。

闹哄哄的场面在第一声琴音响起落静。李果站起致意，再坐下。李果手按琴弦，凝然不动。场面静下来，琴声起，再无人说话。琴声起落，荡出音波如水，荡涤着这座长方形的大屋，屋子里的人多而杂，拥挤，气息也杂。但琴之波艰难冲突，要荡出合适的韵与律、长与短，要把松散的聚起来，再把紧巴的震松，把场面上热烘烘的味道熏清明。终于清明朗润，在场人只听见李果的手指在琴弦上的拨动声，涩涩的摩擦声，却又带着水一般的润，时出时没，如风起，有浪涌，却又寂灭于无。最后一缕琴音消匿，众人梦醒般，掌声四起。

李果确信这是自己在西安最精彩的一场演奏，她感念李茂川是一个热情的好人。演奏结束后，李茂川还把李果引荐给了其他前辈，李果得到了当面的鼓励。他们夸赞李果小小年纪，韵律却把握得如此好，说再有合适的场合一定请李果出演。

李果在大家聚会时悄悄走出常宁宫，忽然闻见一股蜡梅香气，真是沁人心脾。李果觅香寻梅，看见后院有一棵巨大的梅树，梅花开过院墙，梅树的后面半掩着一扇门。从门里出来，小径蜿蜒，竹影婆娑，李果顺着小路，竟然走到了下午来时穿过的那条小巷。

李果把抱着的琴背上，迈开步子走。

忽然眼睫一湿，下雪了。李果抬起头，看见大片雪花纷纷落下。

西安下雨的日子都叫李果喜欢，何况今天下雪呢。真叫人欢喜啊。李果背着琴，在纷飞大雪中往回走，她要去寻203公交车就近的站牌。

（原载《中国铁路文艺》2022年第3期）

梦境

夏阳

透过树林，可见一栋豪华的别墅。这别墅矗立在一片翠绿的山谷之中，孤零零的，与世隔绝。可惜天色不太对称，乌云密布，阴沉得可怕。他钻出树林，朝别墅走去。他的腿脚似乎不太灵便，一瘸一拐的，不知道是不是受了伤。

就在他走到别墅门口，刚要举手摁响门铃时，门却自动开了，从里面冲出来一条藏獒。藏獒体形庞大，凶狠无比，龇着雪白的牙齿，朝他猛扑过来。他吓得魂飞魄散，撒开脚丫子朝来的方向抱头鼠窜。因为腿脚不好，一瘸一拐的，两个肩膀一上一下，剧烈地起伏着，如一皮影人。

藏獒在他身后穷追不舍，好几次眼看着就要咬住他的裤腿，却被他机灵地躲开了。他玩命地跑，跑了很久很久，终于跑进了树林。然而，就在他进入树林的一刹那，突然有一群蝙蝠朝他迎面俯冲过来。因为速度太快，他根本无法躲闪，不少蝙蝠直接撞击在他的身上，更可怕的是，还有一只蝙蝠直愣愣地飞进了他的脑袋里。

他的背后，藏獒止住脚步，哈哈大笑。

原来是一场恐怖的梦。他全身湿透了，像从水里捞出来似的。梦很清晰，众多细节他还记忆犹新，却不敢去回忆。他的头疼得厉害，不知道是不是那只蝙蝠在里面作祟。通常，他不恋床，醒来都是一骨碌爬起身。不过这一次，他只是半靠在枕头上，浑身乏力，像是被梦里的恐惧和疲惫耗竭了。一场噩梦，他对自己说，最好还是忘了它。

他从床上摇摇晃晃地坐了起来，感觉身体轻飘飘的，不过，他已经有过几次这样失重的感觉。迟早一天，我会像风一样自由，他暗自这样想。他坐在床沿上，习惯性地伸脚去找拖鞋，突然，他惊叫了起来，原来房间里到处是水，足足有半尺深。望着两只布拖鞋泡在水里宛如面包一般臃肿。他呆坐在那里一时茫然无措。太阳还没有出来，早晨的光线透过窗户投射在水面上。水面像一面幽暗的镜子，倒映出一个神情错愕的他，正傻愣愣地坐在床沿上。

他雕塑一般坐在那里，就像坐在湖边一样。坐了多久？也许是十分钟，也许是二十分钟，也许是半个小时，时间并不重要。重要的是，他终于醒过神来，赤脚蹚在水里，去推开窗户，想让早晨的空气进来。窗户有些卡，他双手一用力，窗户是推开了，铝合金的拉手却攥在手里。他伸长脖子想察看拉手是怎么断的，却看到窗户的外延，有半只老鼠的尸体像牛皮糖一样牢牢地粘在那里。很显然，老鼠的另一半尸体被他开窗时挤下楼去了。他忍住恶心，用手指将那一团黑色的糊状物抠起，狠狠地朝楼下扔了下去。他将手指头抽回来时，发现上面湿漉漉的，留有一层薄薄的黏糊糊的玩意儿。他赶紧弯下身在水里面洗，洗了一阵，又冲到卫生间，抹上肥皂，洗了半天。洗完，手上还是感觉黏糊糊的恶心。霎时间，他想自己是在做梦。不过，他很快又否定了自己的想法，青天白日，哪来的梦！

为了省两百块钱，他住在顶楼。大水冲了龙王庙，至于这大水从何而来，他也百思不得其解。他想，应该把房东找来看看现场，自己不能这样不明不白地受损失。

房东是本地人，住在城中村的村口，一栋豪华的别墅里。他走到别墅门口，刚要举手摁门铃，门却自动开了，从里面冲出来一条藏獒。藏獒体形庞大，凶狠无比，龇着雪白的牙齿，朝他猛扑过来。他吓得魂飞魄散，扭头就跑。幸好，藏獒被一根铁链子拴住，铁链子的另一头，拖着肥胖的房东。当听说自己家六楼的出租房进了半尺深的水，房东望了望头上的炎炎烈日，又望了望他，怀疑地说，你丫的不是在做梦吧。

最终，他一再赌咒发誓，房东牵着藏獒，尾随他去现场看个究竟。让他意想不到的是，当他爬上六楼，打开房门时，目瞪口呆——地上干干净净，滴水不沾，窗户的把手也完好无损，一缕阳光正无遮无掩地射了进来，照在他那双脏兮兮的布拖鞋上。

房东不由恼羞成怒，撒开手里的铁链子，打了一声唿哨，只见那藏獒立马精神抖擞，龇着雪白的牙齿，朝他凶狠地猛扑过来……

他顿时从梦里惊醒。这次，是真醒了，彻底醒了。醒来后，他依旧躺在床上，望着周围新簇簇的一切，眼里不由涌出泪花。他在外打工多年，刚刚在老家建造了一栋三层楼的小别墅，没想到进来居住的第一个晚上，会如此不平静，会做这么多的梦。

（原载《微型小说选刊》2022年第1期）

河上有风之柳某寅

非鱼

被老乡叫去吃饭，于是，见到了柳某寅。

老乡在市里卖建材，生意做得挺大，好热闹，认识各行各业形形色色的人，饭局也多。他经常在饭点之前打来电话，报个饭店名字和房间号，然后就俩字：等你。不等我回话，他已经挂了。

老乡的饭局上人物杂，故事多，这也是我喜欢被他一个电话就叫去填补空位的原因。

柳某寅坐在迎门正当间，方脸，浓眉，光头，锃明瓦亮的光。我进去时，他们已经开始喝酒，他端着酒杯，一群人也端着酒杯，目光齐刷刷看着他。

这个事全仰仗大家，事成之后，绝不会亏待兄弟姐妹们。我喝三个，先干为敬。

大家说：谢谢秘书长。我找到属于自己的位置，也端起酒杯。

轮到给我敬酒，我说，谢谢秘书长。他哈哈大笑，叫我柳某寅，或者老柳都行，什么狗屁秘书长。他把酒杯和分酒器抓在一只手里，另一只手从裤兜里摸出手机，来，扫个微信，以后常联系。那一晚上，柳某寅不是在说话就是在喝酒，不是拎着酒瓶子，就是端着分酒器，我没有看到他吃菜，一口也没有。

这样的场子，结束也就结束了，但我和柳某寅的故事，才刚开始。是从微信开始的。

加完微信第二天，他给我发来几首诗，让我批评。我哪里敢批评，忙说，学习。

诗是关于故乡的，说不上好，但有一句，打动了我。他写，爹和娘让我走得越远越好，再也不要回那个缺水的塬上。我想到我考上大学的那年，父亲卖了三只羊，他把厚厚的一沓钱递给我，说，走吧，走得越远越好。

我给柳某寅回信息，说这句写得太好了。他说，农村出来的娃，都懂。

后来，他经常给我发他写的诗，还有书法作品。我一直没有弄清楚，他到底是做什么的，是哪个部门的秘书长。我翻看他的朋友圈，转发的信息居多，有经济的、高科技的，更多的则是关于无人机知识和表演的。

一个奇怪的人。

他给我打语音电话，说，我来你们市里了，一起吃个饭。

这次，只有三个人，他、我，还有一个安静的女孩。

和第一次看到的柳某寅不同，这次他只是安安静静地喝酒，慢条斯理地说话。他始终没有介绍那个女孩，也没有向她介绍我。

他说心烦。心烦的时候就会开车从河那边过来，找人吃饭喝酒。

我懂了。就好像我的导师经常开车去河那边一样。仅仅是一桥之隔，就是两个省。从一个省到另外一个省，就从熟悉到了陌生，人就放松，甚至百无禁忌。

柳某寅说，他在这边有很多朋友，各行各业，三教九流，认识人多了，办事也方便。

我问他具体做什么工作的，他说得很模糊，只说商会的。我没再问。

他从那首诗说起，说到自己的故乡、爹娘，说他从小就活在自卑之中，因为家里穷。一直到考上中专，也不敢跟喜欢的同村的女孩表白，眼看着她嫁给了别人。他爹和邻居因为浇地打架，被戳瞎了一只眼。他说他喜欢文学，还喜欢书法和摄影，参加过比赛，还拿过奖。

那天晚上，他絮絮叨叨说了很多，好像自我介绍一样，把他的过去认认真真地告诉我。可是，他为什么要告诉我呢？我又为他做不了任何事。也许，他只是单纯地想找个人说说话？我既不是完全的陌生人，又距离他的工作、生活、朋友圈很远，是他最合适的倾诉对象吧。

吃完饭，我以为他会过河回去，毕竟就一脚油门的事，但他没有。他说，喝酒了不能开车，明早再回。他和那个女孩上了一辆黑色的越野车，那个女孩开车。

一个人，有着如钻石一样的无数切割面，有意或者无意，每一次的切割都是一个全新的自己。

后来，他依然给我发他的诗歌和书法，我很少点开看，只偶尔回复一个表情或者几个字。都这么忙，谁会顾得上总给一个人当观众呢。

突然有一天早晨，他的朋友圈发了一张他的黑白照，但没过几分钟又删了。到下午的时候，我刷到他的朋友圈，还是那张黑白照，但加了文字，说家父因病去世，泣告众亲朋好友等等，落款是柳某寅的儿子。

太意外了。好好的一个人，怎么说没就没了呢？

后来，在老乡又召集的一个饭局上，我和老乡说起要不要删掉柳某寅的微信。他说，删啊，人都死了，还留着微信干吗。

关于他的死因，那天晚上出现了好几个版本。一个版本是突发心肌梗死；一个版本是纪委下午刚找他谈过话，他晚上跳楼自杀了；一个版本是被担保公司骗了几百万，这几百万里有一半是别人的；最离谱的一个版本，是他在网上赌博，把家底输光了，还欠了一百多万，老婆要喝农药说没法活了，他先跳楼了。

我听着他们热火朝天地讨论柳某寅的死亡，为了一个人的死争执不休，你说他说的不对，他说你说的不准确，就像钻石的无数面，转来转去，闪闪烁烁。

我悄悄问老乡,你知道柳某寅写诗吗?

他说,不知道。他还会写诗?

(原载《山西文学》2022 年第 2 期)

一次出游

周洁茹

凯莉想跳车，可是车厢封闭，巴士正在经过大老山隧道。右手隔了行的一个女人投来同情的一眼，仅此而已。

凯莉从起点站上车，上层第一排已坐了人，凯莉坐到第二排，靠里。开车前来了一个女人，坐到凯莉旁边，开始念念有词。

凯莉不敢看她一眼。

邻座吟诵的声音源源不断传来，像老鼠吃到犀飞利银芽脆面，吃吃，吃吃。漆黑，细长尾，绿豆眼的那种大老鼠。可能是AIA（友邦保险）的保险条款也可能是保诚的；或者普通话一级测试试题，考过就有执照，教港人普通话，一个钟五百块。

凯莉听不分明，又实在被干扰，车过两站，凯莉说了抱歉，站起来，坐到前排。老鼠女人突然放声朗诵，吃吃吃，吃吃吃。前后三排的人都抬眼望了一望，各自收回。人人有耳机，耳机是屏障。

前排是一个肥佬，两人位占了一人半，还有一个鼓起的腰包，又占了一半。凯莉坐了一个角。心动过速。肥佬在看韩剧，一边看一边做笔记，黑色墨水笔，已写满了半张纸。

凯莉不敢看他一眼。

韩剧佬的笔掉到了地上，马上捡起，又掉，又捡，三次，不止。腰包在凯莉腰间蹭了又蹭，凯莉庆幸自己还有腰，有几次腰包还蹭不到她的腰。

春天的时候凯莉认识了一个男人Q，夏天的时候他们第一次接吻。嘴唇冰冷，没有人感觉到温度。

凯莉不敢看他一眼，即使是接吻。

他们试了第二次。可是确实接吻也如此无情。冰冷，感觉不到温度。

我有洁癖，Q说。Q就是这么说的。

凯莉什么都没有说。

他们不大见面，春天到夏天，四次还是五次？也许并没有超过三次。

第一次他们走了很多路，第二次也是，第三次也是。

第三次，我们现在知道是最后一次，他们不知道，当然我们也不知道会不会是最后一次，没有人知道。

一次出游。

从港大出发，到山顶。没有人是港大的，Q不是，凯莉也不是。他们只是在港大会合，然后一起出发。三级台阶凯莉便有些后悔，忘带驱蚊水。台阶两边郁郁葱葱。

突然下雨，幸好凯莉带了伞，没带驱蚊水却带了伞。可是也没有打开，带了好像没带的伞。小雨。许是湿了衫，Q的背很宽。

凯莉呼吸困难。总是上不来气，上不上山气都上不来。如果不是Q，凯莉不会上这一次山，平地走路都会喘的女人。下过了雨又特别闷热。

到了一块小平地，凯莉喝水。Q说他不用。

现在在山的半腰，要么再上，上到山顶，要么下去，回到港大。

凯莉突然想跳崖，可是无崖可跳，只是一座不高的太平山，而且在山腰。按照香港人的说法，半山，富人都住半山。那么最富的人，住山顶？凯莉就是这么想的。

凯莉喝了水，走前几步，拉住Q的手。他让她拉他的手。两个人就手拉着手，停了一下。

看到一些楼顶，楼顶都是破的，富人的楼顶也是破的。还有一个网球场，凯莉说她可以打一点网球，实际上她不能，她呼吸不好。Q说他不打网球。

很多人带着大狗经过，凯莉完全没有注意到，凯莉注意Q的手，也很宽，足够包住凯莉的手。凯莉想象如果上床，Q覆盖她。凯莉伸出另一只手，捧住Q的脸。Q没有动。

天大的伤感。

如果我们能够看到那两个人，会看到两个拉着手的人，可是身体之间很有距离。

两个人很缓慢地走了一段，转了个弯，又到一块小平地。凯莉看到一些水泥洞，洞里插着塑料花。凯莉没有松开Q的手。更多的人和狗经过他们。

再走一段，突然就有了一道瀑布，水流很急，声音很大。凯莉第一次在香港看到瀑布，如果盯着瀑布看，盯着看，就会忘了自己在香港。Q也看了一会儿，两个人都没有拿出手机来拍。显得不是第一次看到，而且以后还看得到。

凯莉说下山吧，不往上走了。Q说如果是这个位置，他不知道怎么往下走。但是好吧，有路就能走，最后总能走下去。

渐渐就没有人了，一条大路，树荫都没有。手拉着手。一个瞬间，凯莉想要和Q有一个明天。心底生出一股暖流。

就到了香港公园。花花草草，一间红砖房，凯莉依稀觉得那里就是婚姻登记处，又不确定。想起来有个朋友来香港结婚，可是不告诉她，也没邀请她，如果去过就能够肯定了。凯莉没有去过婚姻登记处。

一对新人从面前经过，婚纱有点脏了，可还是白的。凯莉略抬了一眼，南亚裔，只是样貌有少少差异，于是凯莉觉得"人类的悲欢并不相通，我只觉得他们吵闹"这一句是错的。

你看过《人与自然》吗？

嗯。北极熊在春天的时候越过已渐薄的冰面，沉重的呼吸喷出薄雾。

母熊吗?

公熊，沉重的呼吸喷出薄雾。

它饿吗?

它要狂奔。

这是凯莉与Q在一个春天的夜晚，两个人第一次见面，有没有两分钟？可能还没有。

你可以吗？凯莉在第一分钟问。

可以。Q在第一分钟答。

我不可以了。凯莉说，我靠想象。

看着不像？凯莉又说。

这还能从长相上看出来？Q说。已经是第二分钟了。

可以，凯莉说。她在第二分钟的时候也说了可以。

你看过《人与自然》吗？北极熊在春天的时候越过已渐薄的冰面沉重的呼吸喷出薄雾。公熊沉重的呼吸喷出薄雾。它要狂奔。Q说的。

高级。她说高级。这个时候已经是第三分钟了。

绝望。Q说。Q在第三分钟说的词是绝望。

特别虚无。Q又说。

如果这样的对话对到一万字以上，谁都不想做了。

对死了。

我们在这里可以看到，两个人都不追求身体了。可以做。可以不做。那就不是绝望了。有足够的欲望，但是身体没有，这是绝望。如果继续，要有动机。推演。自发性知觉经络反应。区别于性唤起。可以试图通过实际接触来触发一下。

我们要想一下。

可能凯莉没有了，Q也没有了。

一点都没有就不会凑到一起了，怎么还去酒店？

可能凯莉只是想再挣扎一下，再证明一下。

一点都没有了两个人都不会去的，也都知道结果。

情感征服一下？脱离肉体的。对身体的反应也没有那么在意，也不激烈。

可以这样：两个人的目的都是要做，但要通过对话对出必要和意义。

一点点调情？高级一点。

试图调，但是也很僵硬。绝望地调。

先别做了。

来都来了，还是要做完吧？最起码都有一个目的。

对死了。

等我们构筑好女性视角以后再来继续好了。

凯莉想的是如果这样的对话对到一万字以上，谁都不想做了。

他们最终没有做。身体很有距离。

接吻是在夏天，星光大道，两个人靠住栏杆，对面是港岛。身后许多人，人走过来，人走过去，他们试图接吻。冰冷，没有人感觉到温度。剩余的盛夏，无风的夜晚。

这一次，港大出发，却落在香港公园，像要对戏，却是真的。

不确定的婚姻登记处，确定的婚姻。

两个人都绕过了红砖房，绕过了鱼池，绕过了喷水池，绕过了香格里拉酒店，下电梯，金钟地铁站口告别。

一路上两个人都手拉着手。

最后松开手的片刻，凯莉说，抱抱我吧。

Q略一迟疑。但是伸出了手，以一个非常僵硬的姿势。

凯莉想的是，应该给Q吃一颗药，出来之前就吃。

我为什么要吃药？Q问，什么药？

我听一个朋友说过一个故事，凯莉说，很久以前了，还没来香港以前。

我那个朋友无业，跟另外一个朋友合租，他们有两台电脑，可以打游戏，他们经常一起打游戏。有一天，朋友的朋友想去找小姐，为了更划算一些，他吃了一颗药，然后就出发了。那是一个冬夜，挺冷的。他一边走一边等待，等待药力挥发出来的那一刻。但是不知道为什么，可能是太冷了吧，所有的地方都关门了。所以最后药力发挥出来以后，他迈着艰难的步子，到处走，到处找；到处找，到处走。那个冬天实在是太冷了。

实际上 Q 什么都没有说，当然凯莉也什么都没有说。Q 入了闸，凯莉也转了身，要去搭巴士。凯莉一般都搭巴士，凯莉不大搭港铁，撞变态的概率会小一半。

巴士过了大老山隧道，车厢突然明亮。凯莉眯了眼。还有一道海底隧道，又亮又暗又亮的车厢。每天返工的路。

凯莉提早了一站下，忍得辛苦。

先在熊猫 APP 下了一单 M 记外卖自取，出过单才记起上车前已买了个菠萝油。只能将菠萝油做午饭。

落车经过老鼠女人，余光瞄到一个绿色书包，安坐在她原先的座位。凯莉急忙忙下台阶，有些腿软，再一级台阶，落到了地面，再抬头望一眼巴士，老鼠女人正从窗口瞪她。

凯莉心里一虚，低了头。巴士蹿了出去。

天阴阴，似要落雨，若没有今天的事，往常落车的站下，楼群里穿行，落雨也是不怕的。现在先要走去 M 记拿餐，如果中途大雨，只能认了。

早先走过这条路，许久不走了，所幸路还记得。经过一排露天茶餐厅，一个花臂女人，最靠外的一张胶椅，一碗餐蛋面，一支烟。花臂，还背心，臂才显得特别花。

凯莉不敢看她一眼。

路面比先前脏了许多，每一步都走得后悔。

穿过一人身量的窄巷，出到一条小街，穿过小街，又是一条。突然落下一道空调水，正中头顶。凯莉早上才洗的头。虽然也只有她自己知道，刚洗的头和闪电般掉落的空调水。

M 记的早饭最难吃。

天文台挂三号风球。

凯莉被经理叫了去，中午一点她发了朋友圈，念三遍三号变八号三号变八号三号变八号。忘了屏蔽经理。

下午四点,三号改挂了八号。大家下班。菠萝油还在包里,压得扁平,像一张纸。

(原载《上海文学》2022年第1期)

星空

徐东

她看着他说，你还爱我吗？

在阳台上的他看着远处，沉默着。

答案似乎是不容置疑的，但……

已是深夜，孩子们已入睡。劳累了一天，都有些疲倦了，不过，可能是因为喝了咖啡的缘故，他们都有些失眠。

最近体检报告出了结果，他有轻微脂肪肝的问题，这倒也不是什么大问题，只要控制饮食，多运动就会好起来。他想下楼在小区里走几圈。

他说，要不要陪我下楼走一走？

她说，别出去了吧，多晚了啊。

他还是想要下楼去走一走。

上一次晚上下楼，他在垃圾筒旁看到一只老鼠。他想着会不会还能看到它。那只在垃圾筒间活动的小家伙多少有些吸引着他——这真是有点儿莫名其妙。

他没有发现那只老鼠。

走在小区的环形路上，冷风吹着他的身体，身边植物的叶子发出沙沙微响，路灯照亮着路，他迈开步子，想先走一圈，再小步跑上两圈。

经过另一栋楼的时候，他看到四五只猫松散地围在一起，像是在吃觅得的食物。

一个有些诗意的场景，他想，它们也许有着自己并不熟悉的另一种生活，另一个世界。他想停下来观察它们，又觉得没有必要。他继续向前走去。

你还爱我吗？他想起她的话。

他想继续想下去，想得深入一点儿，仿佛又为了逃离这个问题，忍不住小跑起来。他想加速，于是他加快了跑动的幅度和速度。

当他再次经过猫的时候，有些惊动了猫。这又使他有些歉意地慢了下来。

他深呼吸，空气进入他的肺，他的身体，使他感到一丝爽快。

他在小区的石椅上坐下来，抬头看天。

他感受到四周耸立的高楼对他形成了隐隐约约的威压。他想，有些人和事是他生活甚至是生命的部分，永远也摆脱不了。

似乎为了暂时的逃离，他从一楼又乘电梯上到了顶楼。以前的一些夜晚，他也曾到顶楼上去透气，去看夜色中灯火通明的城市。

他想过要为自己所在的城市写一首诗，写下自己的感受，或者把自己的某种存在通过诗的形式呈现出来。他写过，写出来的却并不能令他满意。他想成为自由自在的诗人，他有一颗柔软的，多愁善感的心，他可以为一朵小花的枯萎与孤寂的美流下莫名的泪水。可这些年来，他的那颗原本诗意的心，拜琐碎且有些沉重的生活所赐，变得麻木，甚至是俗气了。

这些年，他总想着如何赚更多一些的钱，以便可以使家人生活得更有保障，更加无忧一些。想赚钱的他，却亏了不少的钱。有些他借贷来的钱，她不知道。他一直在想着要不要告诉她……

他的脑海中浮现出那几只猫，那只老鼠，他联想到自己正是那只可怜的、总是躲躲闪闪的老鼠。

他想，他应该对她说，我不爱了，不想爱了，我想……

是的，他累了，烦了，甚至厌倦了，似乎那种持续地爱着的感受，隐隐地伤害着他自由的灵魂，这使他渴望解脱。可他是不能跳楼的，孩子还小，父母尚在，甚至他还有成为诗人的奢望没有实现。他是不会跳楼的，他想，他所遇到的困境只是暂时的。

他在高处看着灰幽幽的城市的灯火，想到了不管在时间还是空间距离上都有些遥远了的故乡。他闭上眼睛想象还是个孩子时的自己。他记得，还是孩子时的他喜欢数星星——尽管天上的星多得永远数不清。

天上的星星多得像地上人的问题一样数不清——他想，车到山前必有路，他该回去了。

他转身的时候却看到了她。

她说，你，你知道我为什么问那个傻问题吗？

他漫不经心地看了一眼星空，有着星星闪烁着的天空真美啊，美得让他忍不住想要流泪。他知道，那是不应该的。没必要。

她说，如果你还在意我的话，就该让我和你一起承担——如果过不去这个坎，咱们就把房子卖掉，城市里租房子住的也不少，我们可以重新再来。

他看着她，又忍不住抬头看天。天上的星星很遥远，可是也很近。星空是那样的美，美得令他忍不住热泪盈眶。

（原载《海燕》2022 年第 1 期）

驴叫

岑燮钧

大将军骑高头大马,却喜欢听驴叫,他觉得那叫声好听,这真是无可奈何之事。程士成从来没觉得这驴叫有啥好听的,可是偏有人说,他的嗓音最像驴叫。

有一次,大将军得了一匹上好的叫驴,叫门客们一起到后院去。众人簇拥着大将军,一路上赞美着还没见面的叫驴。更有人引经据典,说大将军这雅好直追魏晋,真是难得的性情中人。到了驴圈边,那驴果然长得"一表人才"。大将军让驴叫起来,可是驴就是不叫,只管踢蹄子。马夫很着急,正想打下去时,大将军阻止了他,说孤家的爱物,岂可以畜生论?他的小眼睛滴溜溜转,目光在人群中逡巡。忽地,他对着一个"长人"停住了,众人都以为是针对这个人,而大将军却招了招这人身后的程士成。程士成生得矮小,这是他的便利处,他可以躲在"长人"后,但这一回他却失算了。

"程主簿,听说你叫得一声好驴,能否做个引子,先叫一声,也好让孤家的驴跟着叫起来?"

程士成微微向大将军躬了躬身:"小人不才,从未学得驴叫。"

大将军感到有些不爽快,他指着门客们,愠色道:"不是你们说程主簿的声音最像驴叫吗?"大家纷纷表示赞同。程士成的脸色不由青了又白,白了又红,他瞥到了大将军凝聚的眉心,那斜刺的眉毛,仿佛是将要射出的利箭。

"程主簿,你看,大家都等着呢。"

箭在弦上,不得不发。程士成低着头,迟疑地说道:"那小人试试。"他先轻声叫了一下,大家面面相觑,然后朝向大将军,大将军无所表示,显然不能满足他的意思。程士成又叫了一声,比原来响亮了,但与驴的音色似乎尚有距离。大将军瞪着程士成看,程士成只得一不做二不休,豁出去了。他咳了一下,然后引吭长啸。这一声叫,端的是与众不同,声如裂帛,响遏行云,果然是十成的"驴色"。还没等众人回过神来,又是一声驴叫,竟真的从那头"一表人才"的大驴口中传出。这不由引得大将军哈哈大笑,所有的人都爆发出了欢快的笑声,谁也没有在意程士成,因为大家都看向了那头叫驴。

那年年末,叫驴死了。

大将军很伤心,他带着门客去吊唁,对着空空的驴圈,他自言自语道:"别人都不死,老天为何让你死呢?!"然后回过头来,对门客们说:"大家都叫一声吧。"门客们也不含糊,个个叫得很卖力,不过,都没程士成叫得有"驴色"。突然,大将军像记起什么,问道:"程主簿呢?"

在大将军追问的当口,程士成已经挂冠而去。

母亲对于程士成的到来,并不感到意外,因为已到年末。可是,直到第二年春暖花开,程士成也没有动身的样子,母亲不由得问起他来。程士成说,他不打算再出去做幕僚了,他要著书立说。

一日,母亲牵驴出去,回来却背着半袋糙米。程士成很是诧异,一问,才知母亲把家里唯一的一头驴子卖了。家里没了驴子,什么活都得自己干,程士成很是苦恼。幸好有昔日同道到任地方,得知他时日艰难,送了一点银子,助他名山事业,才得勉强度日。不久,有人牵着一头驴子,来到他家。驴子身上，对接着两只口袋，垂在两边。程士成一见驴子，觉得好生眼熟，一问，才知他是来送还驴子的，还带来了两袋麦子。原来母亲把驴子卖给了他。他是镇上的财主。财主启口，颇有斯文：

"得知先生回归故里，未得拜访，实是遗憾，听闻先生记述乡里，兹事体大，可谓不朽也矣。"

"鄙人学识浅陋，还请多多赐教。"

"先生乃当世名士，褒之则流芳百世，贬之则遗臭万年，若能录入先生笔下，此生足矣。"

程士成听明白了，原来财主想让他把自己记到书中去。财主自夸，曾修桥铺路，泽被乡里。但即便如此，亲自上门前来，要求为自己作传，实是可笑。程士成没有收下他还回来的驴子。他把两袋麦子重又搁到驴子身上，一拍驴子的后屁股，驴子长鸣一声，嗒嗒嗒地走了。财主很是尴尬，狼狈地跟了出去。程士成站在院门口，看着驴子远去，不由长啸一声，发出了长长的一声驴叫。远处的驴子也是一阵嘶鸣，似与他遥相呼应，却把两袋麦子给掀翻了。

这时，母亲走了出来："我以为驴子还在呢。"她叹息了一声。

夜里，母亲陪着他做针黹。她有话没话地说："你这驴叫怎么学来的，像是真的一样？"程士成见母亲颇有兴致，就又学叫了一声，直笑得母亲流出泪来。

这一年秋天，长风万里，送来了他的老朋友"长人"。当日，同在大将军处谋食，相谈甚欢，是难得的可以秉烛夜游的同道。程士成常躲人后，而"长人"常作掩护。虽然，那一回还是当众学了驴叫，但事后，"长人"邀其共饮，虽未明言，宽慰尽在其中。原以为一别经年，再见无期，没想到，今日还能重聚山村，唯有痛饮，方解故人思慕之渴。酒过三巡，"长人"怒曰："一个粗人，把持权柄，以驴叫为乐，可笑也欤？"

"名曰将军，却又称寡道孤，是可忍孰不可忍？"程士成举起酒杯，与"长人"干杯，一饮而尽。

"方今乱世，你方唱罢我登场，大将军气焰方炽，岂不知螳螂捕蝉黄雀在后？别人不知，你我洞若观火啊！"

两人把当日羞愤，喷作了今日谈资。一时兴起，开窗长啸。夜色如漆，山影如兽。程士成一声驴叫，劈开群山，久久回荡。"长人"也作驴叫，仿佛是程士成的回声。两人大笑，随即大哭，然后相扶大笑，不知东方之将白。

两人是醉了。

天亮，母亲出门去，一头驴在院门外徘徊。

（原载《小说月刊》2021 年第 12 期）

在卧铺车厢

安石榴

我和丈夫在下铺，上铺两个男人——我都没看清楚长什么模样呢，他们就爬上去了，再没下来。不知道睡觉还是玩手机，反正一直没下来。中铺一位假脸姑娘，腰真的细，挺爱说话，一边笑一边说，一个人就足够热闹。她有时候坐在我丈夫铺上说，有时候坐在边座上说，不管移动到哪里，她都面向着我。她说，我听。但我没怎么记得，随听随忘。我不是故意的，不见得她说话就那么无聊，我也不是个刻薄的人儿，说不清楚怎么回事，反正我没怎么听，就摆着一张慈祥脸吧。我丈夫听着呢，听得笑呵呵的，还能回聊上几句，姑娘接着话再聊回去。可她还是把她那张大概率做了几个项目的脸对着我说，仿佛我丈夫的话从我这里周转一下才抵达她那里，因此，回复也要从我这里周转似的。这倒挺有意思的，那就聊呗。

另一位中铺是个三十岁出头的小伙子，有一段时间小伙子和姑娘一边一个坐在边座上，看起来像一对儿。结果我一问，两个人仿佛都吃了一惊，姑娘还表情夸张地立马否认了。

小伙子从售卖车上拿下来两听拉罐啤酒，两瓶红星二锅头，放在小桌上。他没有喝啤酒，直接把两瓶红星干掉了。喝完上中铺，半道咕咚一声整个人掉地上了。我们本想去搀扶，人家自己爬起来，再上。并没有多么笨拙、艰难，他上去了。到底年轻啊。

  这些事儿大概都发生在十四点之前（这趟车十二点出发），之后整个隔间六个铺位都消停了。我开始没睡着，琢磨着这孩子为什么喝那些酒，运气坏的话能摔死。免不了瞎猜一气：失恋了？事业遇到麻烦了？单纯热爱烈性白酒？这小伙子有一双非常清澈的大眼睛，刚才他吃惊的时候，眼睛张得更大，都见到那干净的白沙底了。成年男人了，还会有这种神情？他看起来不大像到处可见的那种小伙子，那种时刻盯着手机，离开手机时就木然脸的小伙子，这个很明显。可我也不知道除此之外还有什么不同，素不相识，旅途中的人啊。

  等我醒来的时候，已经傍晚了，灯全亮了。我简单看了看，只有上铺一个空着，被子角耷拉下一截，其他人还在睡着或者躺着。又见边座上坐着一个中年男人，没什么辨识度，脑袋挺大的。我猜那个上铺的空位必定是他的了。这个人不说话，虽然他的脸一直朝向车厢内，而不是看着窗外，但我看他没有说话的欲望，甚至是拒绝的。我倒觉得这挺好。不过我猜我丈夫可能很不适应，他那么爱聊天，我还猜他都试过了，没得回应吧。那姑娘虽然没从铺上下来，却偶尔有吃空的食品包装袋飘落，花花绿绿的，我丈夫给捡起来放到茶盘里了。后来餐车来了，从上铺下来一个瘦筋筋的小伙子，木着脸，倒是不拒绝聊天。他和那个坚决不说话的大脑袋上铺，一人要了一盒盒饭，他一边吃，一边呜呜咽咽和我丈夫聊了一程，吃完饭就端起手机，立刻没声儿了。后来可能去上了个厕所，回来就爬上铺。大脑袋吃完一直呆坐着，这时候仿佛被提醒，也爬上去了。我丈夫正喝得兴头头的，通红着脸，小口抿着，他有一堆下酒菜，他说喝酒得像我这样，他指指自己，得意洋洋的。我看看中铺，小伙子睡得可能啥都不知道了，毕竟两瓶红星二锅头啊。他的两罐啤酒还整整齐齐地摆在小桌上，看来喝不上了。

  这趟火车从北京出发要过二十一个小时才到达终点牡丹江，在铁轨上穿越整个黑夜。单这一个，就让人喜欢。我喜欢坐这趟火车，还有一个理由是因为它像摇篮。我在某个时段睁开眼睛看到灯光通明，又睁开一次，只有边座下面的夜灯亮着了。后来我起来去厕所，上铺的大脑袋坐在边座上。我不知道几点了，边座只有他一个人坐着，发呆。倒并不是所有人都睡了，我走过的铺位，有好几处亮着手机幽蓝的光，但只有他一人坐着。还有一次我恍惚醒了一下，大脑袋的轮廓依稀在边座那儿，还看到一个身影在往铺上爬，我脑子一闪，想，喝醉的小伙子终是醒过来了。随后我彻底沉入凌晨的深睡。

早晨起来，已经过了哈尔滨。观察了一下，那个大脑袋的上铺不在了，行李架上也有一个挺大的空位，看来他夜半下车了。那三个年轻人都还赖在铺上，我不确定醒着还是睡着。我看到小桌上的两个啤酒拉罐打开了，也空了。这可太好笑了，就指着它们跟丈夫说，你瞧，这小伙子半夜起来给喝了。

从中铺上传来个声音，他说，我没喝，是上铺那个人喝的。

什么？这回我真的笑起来了，脑子里立马闪出夜半那朦胧一幕。确认似的，我还是追问了一句，那个下车的人喝的吗？小伙子说，是。

过了一会儿，小伙子从中铺下来，我看他完全恢复了，非常灵敏，一步就下来了。那不仅仅是酒劲儿消解，精神也非常棒，清清爽爽的样子。

我说，你送给他的？

小伙子说，没有，我从厕所回来就看见他在喝着了。

然后呢？我问。

小伙子的大眼睛平静清澈，笑盈盈的，看得出来他没有一丝丝被冒犯到。然后我就爬上铺接着睡了，他说。

（原载《作品》2022年第4期）

中国面馆

陈敏

姜东在美国洛杉矶开了一家中国面馆。

面馆的生意一直不好,后来有了转机是因为一个非裔女人。

那天,姜东正忙着和面,门外突然传来一个女人的叫声:"这炒面坏了,真他妈的难吃!太难吃了!"

姜东挺惊讶,这谁啊?便走出来看。是一个壮硕的非裔女人,她已经吃光了盘里的面,正将最后一根面条高高挑在空中,大喊大叫太难吃了,还嚷嚷着让给她退钱。

姜东将她唤回房内,问:"你要退钱,是吗?"

她说:"当然!"

姜东说:"这面五元一盘,我退你五元,我不仅要退你钱,还要再送你一盘面!你看行吗?"

黑女人听后,说:"OK!"

姜东又说:"不过,我有个条件。"

"什么条件?"黑女人问。

"你得到门外面像刚才一样,大声喊叫,说我的面条好吃!"姜东说。

"那当然了!没问题!"黑女人爽快答应。她拿了钱,又拿了盘面,转身出去,站在门外面,摆动着胖胳膊,扭着屁股,扯着嗓门高叫:"这炒面太好吃了,它是我今生吃过的最好的面!呜啊!麻麻!呜啊!太好吃了!太香了!"之后,连筷子都省了去,直接用手抓来吃,三下两下,狼吞虎咽地将一盘面顷刻扒拉进了嘴里。

黑女人又来了,这次还带着她的儿子。

女人对姜东说:"老板,我再吃一盘,行吗?我还给你做广告!"

姜东点点头同意了。

她又问:"我儿子可以吃吗?他叫迈克,正饿着!"

姜东说:"没问题!"姜东盛出两盘炒面,递给他们。

黑女人举着面条,在餐厅门前一边吆喝一边吃:"这炒面太好吃了,它是我有生以来吃过的最好的面!呜啊!麻麻!呜啊!太好吃了!太香了!"边说边用手往嘴里扒;儿子迈克站在门前,举着面盘,扭摆腰臀,腾空跳踢,边唱边舞,自由奔放的舞姿与唱调引来了不少围观的路人,不一会儿,进店品尝炒面的人就排起了长队。

姜东也出来观看。原来,那黑人小伙子迈克是个饶舌歌手,他为姜东的面条编了个绕口令,举着盘子,边唱边跳,还配着背景音乐。围观人群纷纷给他喝彩,还给了他小费。迈克越唱越带劲,一盘面的工夫,便有了一笔不菲的收入。

从此,中国面馆的生意大好起来。

迈克天天来姜东的中国面馆吃炒面,日子一长觉得有点难为情,就帮姜东打些零工:切葱头,切土豆,洗车,倒水,干杂活。周末,迈克的妈妈外出会朋友的时候,他就住在姜东家,晚上和姜东抵足而眠,俨然成了姜东的儿子,这一干就是六年。迈克得到姜东家人的信任,不仅让他采购、炒菜、送外卖,人手不够时,还让他在前台收银。

一天,姜东上洗手间,无意中发现了迈克一个不高雅的举动,迈克在洗手间的格挡里坐着,手里哗啦哗啦地数着一沓钞票。抬头看见姜东,目光对视的一刹那,迈克一张黑脸顿时刷地一下变得煞白,双手和嘴唇同时哆嗦,颤抖。

迈克低下头说:"对不起,我保证今后再也不干了!"

姜东问:"你干什么了,孩子?"

他说:"我偷了你的钱!"

姜东一把拉住迈克的手,问:"迈克,你跟我干了几年了?"

他说:"六年!"

姜东说:"六年来,你在我这里吃住,干活,跟一家人似的,我早就把你当成我家的一员了,既然是一家人,在我面前永远都不许说'偷'这个字,不管拿了我多少钱,只能说'借',不许说'偷'。"

之后,又问迈克"借"了多少钱,迈克说三四次下来,大概五千块。

姜东说:"这么点钱,才五千块,记住了,你欠我五千块,以后必须还上,但在你没有还上我这笔钱之前,你先别在我这里干了,可以吗?"

迈克红着脸,说了声"OK!",拿着钱,背了包就离开了。这一去就是三年。

一日,迈克的母亲,那个黑女人兴致勃勃赶到姜东面馆,请求姜东和她一起观看她儿子的冠军选秀,迈克参加洛杉矶的达人秀,达人秀开始遴选歌手,迈克第一轮胜出,有可能成为赢家。他的妈妈好高兴,邀请姜东和她一起为儿子捧场,姜东没来得及换掉沾满油垢的围裙,就被她拽上了车,赶到演出现场。

迈克已经唱完了歌,估计已经获了奖,他正拿着话筒,在台上发表获奖感言:"自我出生以来,我就没见过我的父亲,我没有过父亲的榜样,在我的印象中,我唯一父亲的影子是个中国人,他开着一家中国面馆,在我饥饿时,他给我饭吃,还让我在外面唱歌,我一唱,就有人给我小费,那是我第一次知道我具备唱歌的天赋,从此一步步走到现在,今天,我有了一个中国爸爸,他就在台下!"说后,迈克跳下来,给了姜东一个大大的拥抱,那个感动啊,姜东终生都忘不掉。

事后,迈克拿出一张五千元的支票,递给姜东,说:"爸爸,这是我还你的钱，我有钱了，我有很多很多的钱了。"

迈克成了明星，在洛杉矶家喻户晓。

成名后的麦克也常来中国面馆。高出姜东半个头的迈克，搂着姜东的脖子，在中国面馆门前唱他新编的顺口歌：中国的面，味道好，大厨的名字叫姜东；姜东的面实在多，吃着吃着热心窝……

至此，姜东的中国面馆在洛杉矶与迈克的名字一样，家喻户晓。

（原载《小说林》2022 年第 7 期）

关于《小鸡撒尿路径分析》

许锋

姓阮，名侬。喜欢附庸风雅。

风雅亦有层次，高的，阮侬攀不上；低的，看不起；中不溜的，比如弄篇论文发发，花钱不多，又能出名，在阮侬看来，很划算。

她不会写。不怕，有人代笔。

打款。三日后，论文寄到。一看标题，阮侬噗嗤乐了——《小鸡撒尿路径分析》。她还真没研究过这个问题。小时，母亲养了很多鸡娃子，叽叽喳喳，烦人。鸡屎很臭，稀了吧唧的。可没见过小鸡撒尿。问母，答，你个尿娃子，琢磨这干啥，小鸡撒尿，各有各的道儿！

文长，五六千字，值。文中详细论证了小鸡撒尿的各种途径，逻辑缜密，有板有眼，有图有表，数据翔实。

《乌合论丛》杂志主编收到论文后，第一时间与阮侬联系。

阮教授？

是呀。

我姓曹，名堡，碉堡的堡，《乌合论丛》主编。

曹主编，太荣幸了，请问我的论文收到了吗？

我正要说这事，大作已经编辑部诸位同仁传阅，非常惊讶，也异常振奋，我们已经很久没有看到如此这般有真知灼见的文章了。

您抬爱，您过奖了！

只是，刊物也要生存……

没问题，小鸡要撒尿，我懂。另外，本期杂志我买1000本，不用打折，按定价即可。

阮教授不但学问渊博，还悲天悯人，有此境界，假以时日，必成翘楚！

不客气曹主编，我能报销。

三月后，样刊寄到。

"阮侬"——好熟悉又陌生的名字。她看了一遍又一遍，亲了一下又一下，闻了一回又一回。墨香，简直是世界上最美妙的味道。

论文在闺密中引起强烈反响。继而，通过"朋友圈"进一步扩大，引起社会关注。

研讨会上，与会者人手一册《乌合论丛》，大家边品刚上市的泰国榴莲，边阅读分析，边频频点头。

于日常中见真功。

于细实处推陈浪。

溢美之词，珍珠乱糁。

曹堡主编收尾：虽不能说百年一遇，但在鄙人半个世纪之编辑生涯中，此文，不亚于松窗半掩月落空庭中见西风，天长地长云茫水茫中见万里秋霜。

是晚，阮侬设宴。觥筹交错中，曹主编凑近了问，阮教授最近还有什么研究？

阮侬正抓着猪蹄啃，她擦了擦油手，端起酒杯——《再谈小鸡撒尿路径》可否？

曹堡深邃的目光在镜片上抠开条缝儿——研究，越深越好，沉下心去，把一个问题研究透，建议把公鸡和母鸡的撒尿路径分别研究。

抽空，阮侬回了趟老家。母亲已老，但腿脚尚可。还养着一些鸡，满院子跑，满山跑，吃五谷杂粮，吃虫。阮侬好不容易抓着一只，鸡以为大难临头，拼命挣扎。仓皇间，咕叽，拉了一泡屎，不偏不倚，正中阮侬衣襟。她顾不得臭，喊，咋光拉屎，光拉屎干啥，你倒是撒泡尿啊。

咯嗒、咯咯嗒……

母亲赶了过来。

你个臭女子，好端端的你欺负鸡干啥？

妈，我在搞研究。

你研究个啥？

公鸡和母鸡的撒尿路径。

啥？

公鸡和母鸡的撒尿路径。

路径是啥？

就是小鸡撒尿各有各的道儿，就是那个道儿。

你是不是受了啥委屈？

妈，我现在风光得很，能受啥委屈。

那是受了啥刺激？

我好好的，没受啥刺激。

——那就是脑门子被驴踢了，又被门夹了！

鸡被阮侬高举，两翅驾东风。阮侬的鼻梁子上突然滑过一阵清凉，她探舌一舔，有点腥，有点臊，兴奋地喊：

我看见鸡撒尿了，我看见鸡撒尿了！

鸡羞极了，一头扎入池塘。

风飘飘，雨潇潇；池面，一根鸡毛，一叶飘摇。

（原载《羊城晚报》2021年5月12日）

白日焰火

邢庆杰

一大早,梅正山就开始收拾这座木楼,楼上楼下,桌椅橱柜,门窗屏风,都擦得干干净净,连楼梯都拖得一尘不染。

今天是个重要的日子。中共临城区委每月一次的例会要在这里召开。几天前,区委书记老魏来通知梅正山时,顺便告诉他,他加入组织的事,要在这次会议上研究表决。梅正山听到这个消息,兴奋得一夜没睡。为了这次会议不受干扰,他昨天就让妻子带着孩子回了娘家。

梅正山曾就读于北京高等师范学校,1919年5月参加了轰轰烈烈的五四运动。西方列强对中国人民的欺凌,激起了梅正山的义愤,也激活了他对国家民族的担当意识。正当他重新定义人生意义的时候,父亲病危。作为梅家唯一的男丁,梅正山不得不回到这个千年古镇,从父亲手里接过镇上最大的粮行,还有祖宅上这座已有百年历史的木楼。父亲去世后,梅正山过了近十年悠闲的日子,粮行有掌柜和伙计,根本不用他操太多的心,他每天就待在家里这座木楼上,喝茶,读进步书籍,累了,也喝几杯当地产的烈酒。但他心中的热血,一直在默默地沸腾着。他终于等到了那一天,他在北京读书时的一个同学找上门来，为他的人生打开了另一扇窗子。这个人，就是中共地下交通员老魏，现在的临城区委书记。

一切收拾利索后，梅正山又到地窖里搬上来一坛酒。这是当地产的"小米香"，65度，一坛足有20斤，他想开完会后，留同志们好好吃顿饭，痛痛快快地喝几杯。

楼梯上忽然传来咚咚的脚步声，老魏飞步跨了上来，脸色有些阴沉。

老魏从内线得到消息，昨天，区委交通员小于被捕了，敌人以他妻子和孩子的生命相威胁……小于已经交代出今天区委会议的时间地点，形势已十分危急。今天来开会的除了老魏，还有九位同志，老魏只和其中的四位同志有联系，他启用紧急联系方式连夜通知了他们。其余五位，都是梅正山联系的人。

梅正山看了看怀表，已经快八点了，会议的集合时间是上午十点，逐一通知他们肯定是来不及了，他急得围着屋子直转圈。老魏说，目前办法只有一个，去镇外面的桥头上拦截，那是出入镇子的唯一通道。

梅正山带上驳壳枪，和老魏下了楼就往外走。刚出大门，两人同时退了回来。大门两边的胡同里，各站着四五个黑衣人，腰里都别着家伙。两人情知不妙，互相对望了一眼，又来到后门，发现后门的小巷子，也被黑衣人封锁了。

老魏重重地跺了一下脚，说，坏了，敌人早就盯上这里了，他们故意把我放进来的，现在出都出不去了！

梅正山压低声音，说，无妨，我们先不动，等到九点半时，我们就不断开枪，向同志们报警。

老魏点了点头，说，目前也只有这一个办法了。

两人上了二楼，沏上茶，刚喝了一杯，前院就传来了杂乱的脚步声。梅正山探头往楼下一看，七八个特务已经冲进了院子。老魏跑到后窗往外瞄了一眼，从后腰里拔出手枪，说，事情不妙，敌人从两面夹击，他们是想在集合时间之前解决我们。

梅正山问，那怎么办？

老魏说，打！要节约子弹，尽量拖延时间。

就听前院一个细嗓门喊，楼上的共党听着，你们被包围了，只要交出武器投降，保你们性命无忧，负隅反抗，只有死路一条！

梅正山隔窗打出一枪，喊话的特务应声栽倒！

刹那间，前院和后院枪声大作，子弹把墙板都击穿了，墙壁上呈现出一个个明亮的弹孔。老魏和梅正山各自躲在子弹打不到的死角，耐心地等待着。

过了一会儿，枪声渐渐停了，楼梯处传来轻轻的脚步声，越来越近。老魏冲梅正山使了个眼色，两人同时冲向楼梯口，两把短枪同时打响，特务们惨叫着滚下了楼梯。

过了一杯茶的工夫，敌人找来了梯子，从前窗、后窗和楼梯三个方向同时进攻，两人只得不断开枪阻击……

他们阻击了一个多小时，子弹全打光了。梅正山看了看怀表，才九点，离集合时间还有一个小时。

梅正山把那坛烈酒打开，倾洒在桌椅上，屏风上，茶几上，墙壁上，窗棂和地板上……

敌人知道他们没有子弹了，大叫着"抓活的"，从楼梯上慢慢逼上来。

梅正山将坛子朝楼梯口砸了过去！在敌人的惊叫声中，他从容地取出火柴，划着一根，扔在地上。一股蓝色的火焰腾起，随即四处蔓延，一股火苗顺着地板上的酒迹，飞快地飘向楼梯，敌人惨叫着连滚带爬地逃了出去。不一会儿，大火冲天而起！

这场大火越烧越旺，干透的木楼在大火中噼啪作响，烟火直冲云霄，在镇子外都看得清清楚楚。

直到傍晚，大火才渐渐熄灭。

（原载《安徽文学》2021年第8期）

走失的赵东

芦芙荭

早上七点出门，右拐走五十米是个早摊点，卖的是水煎包子。我和赵东总是在这里相遇。两只包子一个茶叶蛋，一碗小米稀饭；或者是，一个茶叶蛋一碗小米稀饭，两只包子。我之所以把话说得这么绕口，是因为这个地方只有这一家早餐店，我们的早餐是没得选择。吃早餐的人很多，有时候，没地方坐，我们就不得不将早餐拎着，一边走一边吃。再往前走一百一十米，就是麻城的北新街。再右拐，沿着人行道一直往前走，到单位是七点五十，上班正好。

我和赵东虽然不在同一个单位，但都在一个行政大楼上班，三年了，我们俩的生活一直是这个样子。单位没搬过，我们的家也没搬过。上班时间、线路从来没有变过。

其实，和我们一样，选择走路上班的人还挺多。大家沿着人行道一个跟着一个，脸朝前背朝后地走着。要是时间充足，就走得舒缓从容些，要是时间紧，就得行色匆匆。下班了，再从单位不远处的人行天桥上过到街对面往回走，到了巷子口，再从人行天桥走回来，我和赵东分手，再各回各家。

开始的时候，我们觉得这样的生活很乏味。天天见的都是别人的后背、后脑勺或者屁股。有许多人，相向而行了几年，却很少见到他们的真面容。大家都忙，都要急着上班，急着挣钱养家糊口。偶尔也有回眸的，没等看清面容，更没那一笑，就又回过头去继续向前走了。

时间久了，我们也就咂摸出一些门道。后背其实是人的另一张脸，也有着丰富的表情。比如那个矮个子男人，总喜欢背着手，腰板挺得很直，走起路来一步三摇晃，每次走到文艺路口时，就会遇上另一个男人，那人也腆着肚子，个子高些，腰板挺得比他还直，矮个子男人的腰当下就塌了下来，你能从他塌着的背上看到一种卑微和讨好。后来的一天，矮个子男人走到文艺路口时，把腰塌下来，高个子男人却再没出现，他又把腰挺起来，继续往前走。之后，矮个子男人每次走到那里都会把腰塌一下。又过不久，矮个子男人就从我们的眼前消失了。这个男人，让我和赵东猜测了很长时间，他是干什么工作的，为什么见了另一个男人腰就会塌下来，他现在去了哪里？最终莫衷一是。

最让我们着迷的是个女人，这个女人像一道风景，为我们枯燥的上班路平添了几分色彩。

女人三十岁左右，个子并不怎么高，那腰却细得一把能握住，女人是从通讯巷加入我们这队伍的，走在前面，那腰就像风中的杨柳，特别是那对圆圆的屁股更是变幻莫测，当她走得慢时，一副烟视媚行的样子，娇羞而腼腆，偶尔显出几分调皮。而当她加快脚步时，那屁股扭动起来就特别妖娆，特别激情四射，有时让人觉得有些放肆。赵东感叹，这个女人，屁股都是戏。我不明白，同一个屁股，走在路上怎么会有如此大的变化？赵东笑笑说，那可不是一般的屁股呢。果然，时间不长，那个女人也从我们眼前消失了，和她一起消失的还有一个男人。

其实，每过几个月或半年，总有人会从我们这个队伍里消失掉，他们就像是树上的一片叶子，落了就落了，并没有人在意。但很快，又会有新的人补充进来。慢慢地，我们发现，走在这条路上那些熟悉的后背越来越少。

赵东开始觉得有些乏味了。

有一天，赵东突发奇想，他对我说，我们为什么不换个生活方式呢？

我没弄明白赵东的意思。

赵东说，比如，从这个人行天桥走过去，从街对面往单位走。

我说，那是逆行。

赵东说，为什么就不能逆行？

于是，赵东重新规划了自己的上班路线。再上班，他就直接从巷子口的人行天桥上走过去，从街对面往单位走。这样，我和赵东上班，就隔着了一条街，我直行，他逆行，偶尔地，我侧过头，从街道向对面望去，隐隐地看见他迎着一张张面孔往前走着，他就像是逆流而行的一叶小舟。我想，赵东看到的不再是人的后背了，他看到的是一张张鲜活的脸。

这倒有些意思了。

自从赵东和我分道而行后，我们见面的机会越来越少了。刚开始，我们还能在行政大楼门口或是巷子口遇见，站下来说说话，说说他逆行中的所见所闻，赵东也会发些感慨：还是看后背比看脸更真实些，一个人的后背，基本是说不了假话的。再比如，现在人的脸，都带着虚伪和伪装。但慢慢地，我们俩在这两个地方也很少能遇见。

有一次下班，隐隐看见街对面的一个身影很像赵东，这才想起真的好长时间没有见过赵东了，我赶紧加快脚步，我得赶在他过人行天桥前，在巷子口等着他，可我在巷子口等了很久，也没等到赵东。

难道那个人不是赵东？

这之后，我再也没看见过赵东，有时上班或下班，我有意放慢脚步，想在街对面搜寻到他的身影，却一直没有搜寻到。

赵东就这样走丢了。

我去赵东的单位找他，刚走到他办公室门口，就有人问，找谁？

我说，赵东。

那人说，赵东？哦，早不在这儿上班了。

我说，那他去哪里了？

那人说，谁知道呢。

赵东就这样从我眼前彻底消失掉了。

（原载《作品》2022年第3期）

舒服

金晓磊

我们喜欢喊他钱多多。钱——多——多,这三个字凑在一起喊,舌头都不用打卷,还显得我们很有钱的样子。舒服。再说,没有哪个人愿意跟钱有仇,钱多多听我们这么喊他,肯定也舒服。

钱多多喜欢撒渔网似的打电话,把我们一个个网到咸亨酒店的某个包厢里,用黄酒和一桌子的荤菜,让我们的胃舒服。当然,你要反过来讲也没错,他喜欢花钱把我们的胃弄得极不舒服——要么吃撑,要么连酒带菜把家里吃的都吐得精光。我们知道这样很不好。可下次,只要他一个电话,我们又屁颠屁颠跑去,聚在包厢里胡吃海喝。

当然,天下没有免费的晚餐,我们除了带一张嘴巴去,还需要带一对耳朵去——听钱多多朗诵他新写的诗歌。

我这么说,你一定以为钱多多是个诗人,再不济也是个业余诗人。事实上,他是个正儿八经的古玩商。这两者实在是风马牛不相及,但它们就这么和谐地统一在了钱多多的身上,一点儿没骗你。

"一个伟大的作品,必须具备深刻的思想。"一口黄酒下肚,钱多多的嘴巴就决堤了，他的话洪水一样漫过我们的耳垂。好在这话我们听得耳朵都起茧了，堤坝就自动形成。我们自顾自喝酒。有时，某个人嘴巴闲了，冒出一句钱多多的原话"还要能写出全人类的困顿与孤独"，算是对他的回应。其余的连忙随声附和，且声音一个比一个响。

这个时候，包厢里充满了快活的气氛。

气氛一上来，钱多多就摇摇晃晃地站起来，从贴着屁股的裤兜里掏出几张纸，说："我给你们朗诵几首新写的诗！"

我们忙不迭地说"好"，一边偷喝几口酒，吃几筷菜，尽量不发出吧唧吧唧的声音。都不用看钱多多，我们就知道他正左手举着纸，右手将眼镜从鼻梁上往下一拉，顺势将手往腰上一叉，样子显然是刻意模仿某位伟人；眼神随即翻过镜框的上沿，高高低低的声音立马汩汩地冒出来。

钱多多的尾音打颤的时候，就该我们上场了。"好！好！好！"我们赶紧放下酒杯或筷子，一边鼓掌，一边叫好。写点豆腐干散文的老李差点儿因这丢了性命——他叫好的时候，忘记嘴巴里正塞着半只鸡腿呢！

酒局总是在欢快的气氛中结束的。钱多多照例过来和我们每个人握手道别。说起来，他是最后一个进我们这个圈子的，不过，也快五六年了。不知道为什么，每次见了面，他还是跟初次见面那样，喜欢和我们一一握手。他的手，蒲扇似的，不光大，还厚实。我们大多是龇牙咧嘴地从他手心挣脱出来，整只手红得仿佛被老虎钳钳过一般。有时，我们推托天冷，提前将手藏在口袋里，想搪塞过去。可惜，门儿都没有。那回，我中途接了个电话，提前走人。到了下次见面，钱多多早早地伸过手来，说，老胡，我可给你记着的，咱先把上次落下的补上！容不得我分辩，他的手掌一紧一松又一紧，就和我握了两次手！当然，吃得苦中苦，方有甜中甜。有时，握完手，钱多多会变魔术一般递过来一件小玩意儿，什么观音玉佩、核桃手串之类的。

送我们人手一把宜兴紫砂壶的那一次，钱多多既没有开文学讲座，也没朗诵诗作，只顾着喝酒。一开始，我们都觉得有些异样，可谁也没把这事儿放心上，碰杯灌酒还来不及呢。钱多多突然站起身来，端起酒杯，一仰脖子，把满满一杯"女儿红"灌进了嘴巴里。喉咙咕嘟一声，老酒全冲进了胃里。我们还没来得及叫好，钱多多一个转身，一把抱住邻座的我，像个孩子，趴在我的肩头，大声痛哭起来。我们都被这突如其来的插曲弄得面面相觑，不知所措。我的手显得有些多余。缓过神来，我将双手从他的腋下穿过去，有节奏地拍打起他的后背。另外几个人陆续站起，围了上来。钱多多鼻涕的哧溜声，像一块口香糖，黏着我的耳朵不放。好一会儿，他才抬起头，尴尬地笑笑，说："不好意思，让你们见笑了。"说完，他重新坐在椅子上，补了一句："我感觉舒服些了！"

"舒服就好，舒服就好！"大伙异口同声地说。

这之后，钱多多再没有联系过我们。某个傍晚，我散步路过咸亨酒店，看见里面灯火辉煌，人声鼎沸，忽然就想起钱多多来。于是，我掏出手机拨了他的号，居然是空号。

到了第二年的春天，喝茶闲聊时，老李无意提起，找懂行的熟人看过钱多多送的那把紫砂壶，熟人说，东西还可以，值个千儿八百的。我们这才记起，钱多多已经和冬天里的一场风，彻底消失在了我们的生活中。没有人知道他去了哪里，在忙什么。

（原载《安徽文学》2021年第7期）

青衣明晓乐

刘立勤

明晓乐天生就是一个唱青衣的，生得端庄秀丽，做事不温不火。她还有一个特点，无论是站着、坐着，还是行事走路，喜欢一手捂着胸口，一手耷拉着，一看就是捂肚子旦的架势。在学员班时，老师让她主攻青衣，唱秦香莲，学白素贞，扮王宝钏。那些角色好像也合乎她的性情，她没费多大劲儿一点就通一学就会，再唱起来就有模有样了。来到舞台走一圈，唱腔、韵白、台步，精准老到得别有情趣，让人喜欢让人妒忌。

她到剧团演的第一个戏《白蛇传》里的白素贞，说是青衣，也有一段武戏——水漫金山与法海斗法，她执长剑甩水袖，腾挪飞舞威风凛凛，赢来掌声阵阵。当然，最震慑人的还是她的唱功，尤其是最后"祭塔"那一折，有一大段二黄慢板，一共三十六句，十八岁的她唱得字字血声声泪，真是让人"未开言不由人珠泪双流"，台下观众听得唏嘘一片。过了好久，又赢得掌声雷动似潮翻，以至于大幕拉起，观众还舍不得离开，期盼她再来一段。

我记忆最深最喜欢她唱的《贵妃醉酒》。杨玉环得知皇上去了江妃宫后，她以外形动作的变化来表现内心苦闷，强自作态到不能自制以及沉醉失态，心理变化表现得淋漓尽致。明晓乐面对复杂的舞蹈举重若轻，衔杯、卧鱼、醉步、扇舞，身段难度甚高，她演来却是那么的舒展自然，流贯着美的线条和韵律，让人击节感叹。人天生有一种悲悯情怀，特别是面对这样一个美颜的女子，更是让人顿生怜惜喜爱之情。那时我只有十二三岁吧，我心里也涌现数不尽的怜惜，而且还生出朦朦胧胧的暗恋之情。

　　青衣多数演的是苦情戏，唱腔凄婉，表情悲苦，也被称为苦条子旦。况且明晓乐性情内敛多愁善感，单薄乖觉得像是《红楼梦》里的林妹妹，更是让人好生怜爱。不仅我喜欢她，我发现剧团好多演员喜欢她，社会上也有好多年轻人喜欢她。就连那几个戴墨镜穿喇叭裤的小混混也喜欢她——每次见到她，立马停住干坏事的手脚，满怀敬慕行注目礼。大家都想和她谈恋爱，都想用心用意来呵护她。

　　据说她暗自喜欢唱小生的老童，喜欢过作曲的老林，还喜欢过吹笛的老年，都没修成正果。还有人说她喜欢西关的混混马三多。马三多仗着家里地多、房多、钱多，整日里戴着墨镜提着录音机夹着摩托东奔西跑，游手好闲又风流潇洒，让不少的女孩心生喜欢。可是老团长不答应，老团长生生是拆散了这对鸳鸯，把她介绍给了老黄。

　　老黄是谁？那是个英雄呢，是不惜牺牲生命奔赴洪水保护工厂财产的英雄呀。自古英雄爱美女，老黄也不例外。他看《铡美案》时一下子喜欢上悲情女子"秦香莲"，一颗红星孜孜不倦地追求明晓乐。可是她不愿意，怎么也不愿意。怎么能不愿意呢？那是一个热爱英雄崇尚英雄的时代，怎么能让英雄流血又流泪呢。老团长苦口婆心亲自保媒，一根红线缠住两颗漂泊的心，他们走进了婚姻的殿堂。

　　在我等看来，那真是一对神仙眷侣呀，郎情妾意情意绵绵，出双入对相敬如宾，真的是让人羡慕。更让人羡慕的还在后面，老黄不仅在社会上是英雄，在官场也如鱼得水，先是副局长，接着是局长。十几年的时间，又当上副县长。明晓乐自然也是顺风顺水，戏剧红火时，她唱主角；戏剧不景气了，她到电视台当上主持人。接着是副台长、台长，日子过得风光无限。

她的习惯还是没改,说话不紧不慢,做事不温不火,行事走路喜欢一手捂着胸口,一手耷拉着。不过原来耷拉着的手里啥都没有,后来的手里是一款精致的别人叫不出名字的包包,让人好生眼气。

她还是喜欢听戏,听花鼓,听汉剧,听京剧,特别是喜欢青衣戏。偶尔剧团或者文化馆主办文艺晚会,她也会应邀上台清唱一曲折子戏。她不唱白素贞,不唱杨贵妃,她喜欢唱《铡美案》里的秦香莲:

> 心如刀绞我的泪难忍,
> 低声下气叫官人。
> 请看在二老公婆分,
> 看在儿女二娇生,
> 抛却糟糠心何忍……

每每听到这里,再看看她眉宇间青衣演员特有的表情,我会泪眼凄凄心戚戚,猜想她生活是不是悲苦难言之处。一看到台下她风光宜人的样子,我觉得自己多虑了。日子春风得意,儿子学习优秀,传说官人马上就是副市长了,羡慕嫉妒恨在我等心里徘徊。

可是,我真不想可是呀,可是还是发生了——就在她儿子考上大学,老黄当上副市长不久,她离婚了。而且是净身出户,什么也没要,什么也没拿。

有人说,老黄外面有人了。

有人说,老黄行事霸道,她担心出事……

终究是什么,没有人问,她也不说。她偶尔也来参加剧团或者文化馆主办的晚会,她不唱青衣了,她唱正旦,唱刀马旦,唱花旦。我特别喜欢她唱"智斗"里的阿庆嫂。那时候,她不捂胸,不垂手,眉宇间弥漫着豪气,眼睛里有一道亮光。

(原载《芒种》2022 年第 7 期)

万物有灵

肖建国

西城有两家卖烟酒茶的士多店,一家姓王,一家姓赵。两家隔着一条马路,门面大小差不多,卖的东西也差不多。但是,王老板发觉去赵老板店里买东西的人比较多。有时是三五成群,前呼后拥进去。不大一会,又眉开眼笑,提着所购的物品出来。这些客人,买得最多的是茶。

真是奇怪了,赵老板店里有的茶,王老板这里都有。什么红茶黑茶普洱茶,擂茶花茶猴魁茶等,一应俱全。难道说赵老板卖得便宜吗?不可能啊,一般来讲,茶的价格上下错不了几个钱。现在已进入物联网时代,人们只要掏出手机,天下信息尽在眼底。卖得太低,客户说不定还认为是假货呢。

这到底是咋回事呢?

为了搞清这个问题,王老板一大早开门后,就紧盯着对面的动静。这天,他看到秦大头从赵老板店里出来,手里提着一包茶,摇头晃脑地往家里走。秦大头与王老板在一个工厂里上过班,工厂改制时,他俩都出来了。秦大头凭手艺开了家汽车修理厂,而王老板则开了这家士多店。秦大头以前也常到他这里买茶,只是近段时间少来了。

王老板赶紧掏出电话，招呼秦大头过来坐会。秦大头也不客气，哼着小曲走过来。秦大头落座后说，兄弟，不好意思啊，买了对面的茶，没买你的，不要见怪哦。

王老板赶忙回应，看你说哪里话，我们是兄弟，买卖自由，怎么会见怪。只是，不知道他的茶比我的好在哪里？你说说，兄弟我也好改进改进。

一听这话，秦大头来了兴趣。他把从赵老板那里买来的茶往桌上一放说，就以这太平猴魁为例吧，在你这里就喝不出那种原始的味道。

原始的味道？这话把王老板搞蒙了。他拿起秦大头买的太平猴魁，上看下看，左看右看，跟他店里包装一模一样。王老板不信这个邪，同一个山上生的，同一片天下长的，同一个炉子炒的，怎么我的茶就会没原始味道。他撕开自己的茶，找来最透明的玻璃杯，放上三十根猴魁，再将最好的矿泉水烧开，慢慢倒入杯中。稍洗茶，再泡茶，七八分钟后，猴魁的清香飘满房间。秦大头呷了一口，王老板也呷了一口。两人都在口中将茶水滚了几滚，才咽进肚里。

王老板问，如何？

秦大头微闭双眼，吐出一口气，连说，好茶，好茶。可是与对面比，缺了一种绵味。

秦大头，你一会说原始味，一会又说绵味，不会是看人下菜，故意挑毛病吧？王老板心中不爽，说出的话也不再客气。

秦大头说，兄弟，我是说真心话。你们两家卖的是同一种茶，可在你这喝茶，总是少了一种味道。到底是什么味道，我确实不好表述这种感觉。就好比一种感情，对，就是茶对人的感情没到位。这里面是否有什么玄机，我建议你去赵老板那里讨教讨教，应该会明白的。

秦大头说完，拎起茶走人。

王老板愣住了。他知道，秦大头是认真的，没有骗他。为什么同一种茶，到自己这里会缺少一点味道呢？他越想不明白，越是想找机会搞清楚。

三天后，机会来了。赵老板喜得贵子，又是贴对联，又是粘福字，把士多店装扮得焕然一新。王老板借此机会上前祝贺。两人落座后，王老板开门见山提出了自己的疑问。他说，赵老板，我们是同行，卖的是同一种茶，为何你的要比我的好喝呢？

赵老板说，其实我也是无意间感知到的，但是说出来，又怕别人不信。我现在先问你几个小问题，也许会解开你心中的谜团。第一个，人死后要干吗？

王老板心想，你这卖的什么关子？但口中回答，自然是要安葬。

赵老板说，对。这就叫盖棺事定，入土为安。我再问你第二个问题，你喝完茶后，茶叶怎么处理？

王老板回答，倒掉或者吃掉。

赵老板追问，倒到哪里？

王老板说，当然是垃圾桶内。

赵老板说，好。我问你最后一个问题，你相信万物皆有灵性吗？

王老板说，不大信。

赵老板说，我是全信。

王老板说，你问的这三个问题，跟你的茶比我的茶好喝有关系吗？

赵老板哈哈一笑，立起身说，你随我来。

王老板跟着赵老板来到后院，只见后院摆满了花盆，每个花盆里都栽了一株茶树。其中一盆绿意盎然，正是太平猴魁。赵老板说，凡是在我这喝茶的，喝过的茶叶我都埋在它们对应的茶树下。我把它们都当成精灵，它们为我们奉献了一生。我们要珍惜它们的付出，它们的感情，让它们觉得来到这里不枉一生。所以，我把它们葬回母树的怀抱，让它们感到人类的情谊。这些年，我从未间断过，而我店里囤积的茶似乎就有了灵性。

王老板一时呆住了。他直感受到一股奇异的清香沁入心脾，这可是他从未闻过的茶香。

（原载《羊城晚报》2022年6月8日）

去趟彩电塔

庞艳

失踪的小青，没有开车，骑共享单车离家出走的，手机也关了。

小青鱼一样在无人的街道漂移，穿街过巷去寻找一座高高的灯塔。

婚后十年，隔离生活硬生生把两个早出晚归的人捆绑到一起。小青第一次和丈夫待在一起这么久，以分秒度日。

她一直在避免柴米油盐中的磕碰和争吵，尽量一个人做家务。丈夫每天刷手机、玩游戏或处理公司的事，她看书或写一些忧伤的分行句子。两人没有了热恋时的如胶似漆，像熟悉的陌生人，不知沟通什么好。她总是莫名地恐慌，担心会发生什么意想不到的矛盾，破坏了维持这么久的和谐。

风大了起来，她俯身减少阻力，用力蹬车。她喜欢骑单车，有飞翔的感觉。来沈阳登上彩电塔，俯瞰这座城是她一直未实现的一个愿望。很小的时候，她听说过三百多米高的彩电塔，上面有不灭的红色信号灯，能发射广播电视信号，还带旋转餐厅，站在上面有君临天下的威风。去彩电塔的这条路，也是丈夫原来家的方向。他们在这条路上经历了五年的恋爱时光，那是她这辈子最甜蜜的一段生活。丈夫说这是一条生长春天的路，充满期待的极致诱惑和愉悦。

宽阔的人行道看不到几个人，红绿灯在守规矩地变换颜色。买新房后，她和丈夫很少再经过这里。她逆光而行，身后是一团黑色影子，像从童年开始的梦里追赶者——看不清他们的脸，恐惧却如影随形，不放过她。那时的她很想逃往有灯塔的地方——高处才能避开洪水猛兽。

小青和丈夫没有孩子，缺少可以调剂生活的东西。问题出在她的敏感上——疫情前，丈夫的手机从不设密码；隔离在家后，手机上了"密保锁"。她撒娇地和丈夫要过密码。隔一天，她发现曾经的密码如同过期的旧船票，再也登不上去了。她努力控制情绪，故意把自己不设密码的手机摆在丈夫面前——效果很不好。丈夫的躲躲闪闪，加重了她的怀疑——他藏有不可告人的秘密？

蓄积的情绪像一块乌云，散发出腐浊的气息，遮住心的窗口。她终于爆发了，大声说：夫妻要真诚相待，防贼一样防对方，有必要生活在一起吗？

丈夫先是吃惊地看她，继而笑着淡淡地说：老夫老妻了，别乱猜。在家办公，同事口无遮拦，怕你多心，才不想让你看手机。再说，每个人都应该有一点儿隐私空间，彼此尊重比较好吧。

那好啊，带上你的隐私权，一起滚吧！她脱口而出的粗鲁话把自己吓了一跳。

别闹，都在防疫，我去哪儿住都得接受排查。

巨人一样的灯塔就在眼前，争吵的声音也消失了。小青大汗淋漓，一颗心怦怦地乱跳——第一次近距离观看梦中的灯塔。很多个白天或夜晚，她隔着好几条街都能看到这高塔，被七彩变换的探照灯装扮，在光影里玲珑剔透。

她不敢相信自己的眼睛，那么美丽的塔也会老吗？眼前的彩电塔像个衰老的巨人，沉默地守望。她鼻子一酸，想哭，想去抚摸斑驳的塔身。她张开手臂，纵身飞起，壁虎一样贴在凸凹不平的灰白塔壁上，一步一步向上攀爬。梦中的灯塔从未如此粗糙，划破了她的皮肤，滚烫的泪珠爬过她的脸，一颗颗砸向地面。

她想起和丈夫初见时的自己，小姑娘一样羞涩，高高个子的他像一座塔，给她生命的安全感。他们牵手发誓：用一生来守护彼此。是什么时候起，她没了安全感，日夜患得患失呢？她努力让自己变得更好，可生活像一杯寡淡的白开水，甜蜜的感觉消失了。有种恐惧无法消除，被蒙面人追赶的噩梦频繁地出现在她的黑夜里。梦里的她没命地跑，向灯塔的方向。

夕阳给塔身披上一件金缕衣。她虚脱地坐在塔下，目光茫然又疲惫地在塔身爬行，又跌落到地上。她打开手机，此起彼伏的声音是丈夫发来的留言和未接电话的提示。

一串脚步声挨近她，一个宽阔的怀抱收纳了她所有的虚弱。丈夫轻抚她的头，爱怜地说：我的傻丫头，乖！我们回家吧，手机归你管。这么多年还欠你登上彩电塔的愿望，等开放时一定补上。亲爱的，对不起啊！

小青仰起头，泪流满面地说：不想登塔了，我只想和自己爱的人，一起骑车来看彩电塔。我怀念，这条生长春天的路。

（原载《海燕》2021 年第 10 期）

蚯蚓

俞生辉

日色一掉进西窗，妈妈便尖叫着躲进土墙，她说，屋外飞过了成群的天牛，屋后的山火来势汹汹。妈妈的声音颤抖，神色恐惧，只敢露出眼睛，仿佛置身屋外窥视着我。我放下手中的铡刀，趴到窗台，窗外没有天牛也没有山火。爸爸说过，妈妈的谎言是她改不掉的毛病。我不愿相信爸爸。

妈妈说，昨夜的雨把屋里的一切都淋湿了，你又把自己弄得满身是泥。我不愿搭理妈妈。我俯下身，用手刨开湿土，揪起蚯蚓的一端，往外拽，用力过度导致它断成了两截。它扭动着把我的双手染得鲜血淋淋，这是它最爱的游戏。我把它放在铡刀下的麦子上，竖着放，不需要技巧，等候片刻，它安分了。我和妈妈一样放声尖叫，用双手把铡刀按下去，"咔"，麦子的头尾分离。我蹲下身去找蚯蚓，它的一半在铡刀这头，另一半掩在那头的麦堆里。我捏起两段尸体，放一起，越发一致的长短，令人兴奋。我抱起一捆麦子搁上铡刀，人头探进刀底，估算刀锋落下的位置，再把一段蚯蚓竖着放上麦子，双手铆足劲，尸体发出的声和麦子的一样脆，说明它被完整地分割成了两瓣。爸爸曾教我辨认过蚯蚓的肠子、脑子与心脏。他教我攥一根麦须挑出蚯蚓的各种器官，一字排开。

　　这种欢愉的游戏使墙中的妈妈感到厌烦，她的言语同暮色在屋里弥漫，令人窒息，而我对此视而不见。有文化的哥哥说过，屋角的蛐蛐是妈妈最大限度的勇敢。我对此深信不疑的时候，我最想念哥哥。哥哥说把屋子里堆满麦子，他就回来。我每放一堆麦子，便四体趴地，瞅那些从门缝里偷逃进来的光，想象那些光线突然残缺的画面，在那扇木门外伫立着一位西装革履的青年。

　　屋外突然传来爆炸声，门外的鹅群发出躁动。我说，是哥哥！妈妈说，是你爸爸死而复生了。我说，我们一辈子也不会见到爸爸。门开了，光像铡刀似的把屋子拦腰截断。门口站着的男人拎着把铁镐，头戴探照灯，面孔漆黑，神色无助。妈妈说，孩子他爹！七年了。门口的男人说，一切为了伟大的隧道工程。我说，一切都是资本家的走狗窝。爸爸说，你放屁！妈妈说，傻孩子，快给你爸弄口水。我捡起一把麦子放到桌上。爸爸笑了，说，你怎么知道我就好这口？妈妈说，是我说的，是我说的。

　　我问爸爸，要不要蚯蚓？爸爸粗糙的手抚摸着我的脸，说，好孩子。他一脚把我踹到铡刀旁，说，全是你妈教的？我说，不是。他说，不可能，你这个年纪不可能明白这些东西。墙上的妈妈哀求着说，不是我，不是我。爸爸拎起铁镐，照着墙，一镐子下去。妈妈惨叫着说，不是我，不是我。妈妈害怕得彻底躲进了土墙。我爬起来了，紧抱着爸爸的腿，像只猴子。爸爸停止了对墙体的摧残。

　　此时，门口溜进来一群大鹅，它们齐声高喊，嘿咻，嘿咻，蚯蚓，蚯蚓。爸爸拿起镐柄狠锤我的脑袋。大鹅们大喊，西瓜，西瓜。一只大鹅在喊，哐哐；一只大鹅喊，咚咚；还有一只喊，哗啦啦。爸爸说，你就是个混蛋。爸爸照着土墙继续挖掘，墙土四溅，墙里满是妈妈的惨叫声。大鹅们飞满了屋子各处，到处都被拉满屎尿。

　　我说，求求你了，爸爸，千万不要让妈妈出来。爸爸说，她休想得逞。大鹅们高声应和，休想得逞！爸爸突然累了，不动了，大门哐当一声紧闭。屋里大鹅的脑袋一齐应声落地，无头鹅四处乱窜，扑腾得屋里一片狼藉。

鹅血热乎乎的，把我和爸爸的脸都给染得红扑扑。

门外传来小汽车的声音，门被敲得当当响，哥哥在门外咆哮。我喊，哥哥快去拿铁锅。哥哥喊，住手。门开了，哥哥就站在门口，他用手指着爸爸说，七年了，你怎么回来了？爸爸说，伟大的隧道挖到了咱们家底下。我说，哥哥，这根本不是爸爸，爸爸不敢把妈妈挖出来。妈妈说，他就是你爸爸。哥哥问，挖到咱家底下了？爸爸说，七年了。哥哥的瞳孔放大，胀满眼睛。他说，南边的田野里，漫天的天牛飞过。我说，屋后的山火来势汹汹。哥哥和爸爸异口同声地说，你怎么知道？我说，妈妈说的。哥哥一把将大门关上，屋子里仅剩西窗透出的一点暮光。爸爸躺到了床上，目光迷离地盯着屋顶，身体迅速脱水，变成一具干尸。妈妈的眼睛浮出墙体，她说，你爸爸即将生而复死。

我不想搭理妈妈。

我揉碎了睫毛上凝固的鹅血，趴到窗台，屋外黑漆漆的一片里只有一点光亮，静静的田埂上停着一辆小汽车，车灯照在大榆树的躯干，枯枝上系了根麻绳，麻绳下挂着哥哥，哥哥就像是片树叶。我喊，哥哥，我堆满麦子了，哥哥，回来吧。似有成群的昆虫在嗡鸣，不管我怎么喊，哥哥都无动于衷。

（原载《微型小说选刊·高校在线》第 11 期）

黑匣子

李宣

A拥有一只黑匣子,也属于这只黑匣子。

这只黑匣子是一切的起源,也是一切。

当他双手捧着这只黑匣子时,他就在黑匣子里打转。

黑匣子是最亮堂的地方,可是他连匣子里有什么东西都看不清。

黑匣子只有两个巴掌大小,但他从来也找不到边际。

他走了很远,又也许并不远,朝着黑暗(这么说并不准确,因为到处都是黑暗,那么就朝着他所站的那一小块黑暗之外的黑暗)喊了一声"喂",隔了好一段时间,才听见黑暗中的一声"喂"。

起初他以为是回应,后来才听清楚,那就是他的声音。

既然有回音,那怎么会怎么也走不到尽头呢?A摸着黑匣子,也百思不得其解。

但有一次,他站在人来人往的街头,猛地喊了一声"喂",无数回音密密麻麻地涌来,将他顶上海浪中摇摇欲坠的礁石。

那些回音是他的声音撞在每座移动的堡垒身上被弹回来的回音。

有的毫无反应地穿过了重重缝隙，辗转在一件件空荡荡的衣服之下，直至悄无声息。有的撞在了一双双耳朵里，变成疑惑的视线返程回来。

A确定自己从这些眼睛里听见了自己的回音。

与匣子里不同的大概是，A很快就撞到了一堵墙。

他揉着额，灰头土脸。

他没有什么地方可去——黑匣子哪也不是，于是他去了黑匣子。

但黑匣子并不是他的，他只是属于黑匣子。

A摸着黑匣子的时候，又开始了匣子里的游荡。

如果是平常，他肯定要游荡好一会儿的，可今天他直接坐下了。A也不知道自己坐在哪里。

黑暗中，他想，他坐在黑暗里。

匣子里是无边无际的黑暗，每一寸每一寸地摸过去，走遍黑匣子也摸不完，摸到昨天，摸到过去也摸不完。A不认识它们。只有屁股下的一小块黑暗是他所熟悉的——因为现在坐在这儿，所以他熟悉它。等到他起身离开去下一块黑暗了，便也会忘记它。

可A现在还不想忘记它，于是他坐在那儿没有动。

黑匣子也没有动，安安分分地躺在他的手心。

"Black。布莱克。你应该叫Black。"他放下黑匣子，看了看自己，一身黑，黑色的影子，黑色的阴影。

"我也叫Black。"

不知道黑匣子有没有应，但B已经离开了，他很快忘记了那一小块黑暗，也忘记了自己在黑暗中取的名字。

但他还是叫B。所有人都叫他B。

"B起来了？"

"B吃饭吗？"

"B上班呀？"

此刻B又能听见那种回声，明明他也没在大街上再喊一声"喂"，但回音却缠绕不绝，从每个擦肩而过的沉默的人身上，从每个扬起笑脸向他打招呼的人身上，从每个没看过来和看过来的眼神上。

为什么总有这些回音？

B疑惑着疑惑着，渐渐也就习惯了。这些回音有与没有，其实倒也一样，生活并没有什么改变。

B向妈妈说起过这种回音的怪症。

"你从小到大就是喜欢瞎想。"电话那头的人笑了一下就带过去了，继续讲她之前念叨的事情，"——我这几天又放假了，你不知道……"

现在放假什么的，已经很常见了。三天两头放假。

B没有理她，含糊着应了过去。

他很快就忘记了这通电话的内容——关于回音，也关于放假。

他现在要出门，去一个地方。

一场寒潮把小区里的树都冻秃了，枝枝丫丫瘠弱地攒在昏沉的穹影下。

B将自己裹进了黑色的大衣里，纽扣从下往上一个个扣实。他对着镜子戴好了帽子，帽檐软软地垂下，恰好遮住了眼睛。

B抬起帽檐打量了一番。

很好。

他满意地围上围巾，再戴上口罩，确保自己一根头发丝都没有露出来，才往包里塞了把伞，上了摇摇晃晃的地铁。

地铁里很亮，然而什么也没有。B抬起帽檐看路的时候，只看见一个又一个口罩，一件又一件空荡荡的衣服飘在车厢里。

他很快按下了帽子，昏昏沉沉地靠在扶手上。

哪怕他一点声音都没发出来，可他还是确信车厢里的回音很多。

因为被人把帽子挤下来的时候，那些回音几乎将整趟地铁都淹没了，他的，她的，它的，他的……礁石马上就要被冲垮了。

然后B又扣回了帽子。

所有的回音在撞上黑外套黑帽子的那一刻就被融掉了。

安静极了。

B觉得自己这身防护很成功,他坐在摇摇晃晃的地铁里,觉得自己快要睡着了。

他原本打算办完事后再在那儿待一会儿,现在却决定早点回家睡觉。

B戴着口罩打了个哈欠,抬头的时候,地铁恰好通过一段隧道。

黑暗的影子笼罩下来,只有车外飞速闪过的霓虹呼啸而过,车窗上映出一只摇摇晃晃的黑匣子。

(原载《微型小说选刊·高校在线》第6期)

超度

水鬼

死一个脚行僧又算得了什么，就在白日里，我打厚山过来，一路上不知见过多少死人蜷在道上，若是我不瞧准了走路，这双破布鞋定然要把他们踩上一两脚。那个乌着面的老女人挂着拐，转了头看向我，嘿，我想，这老女人，我可有什么好看的，要我从挂包里捏一个白面馒头舍给你么？倘要是你再年轻个几十岁，莫说一个白面馒头，我就是夜里头去人家大院翻墙攀楼，也定要把摸上的几贯钱去吃了你的酒。

乌鸦停在树上，落在道上，就是破庙的瓦皮上都有它们的黑影。那时节天已发黑，吹了一点儿冷风，月亮也怕冷似的缩在云里不肯露出个嘴脸。我衣裳单薄，又行了一天的脚，又疲又冷。破庙有微微火光从四面八方散出来，我双手拢进袖子，想在这荒山野外，庙也是个没得主的庙，去借个火烤再好生躺上一晚上。一个脚行僧正盘坐在火堆旁，他添了一根木材，抬头见着了我。我双手从袖子里拱出来，搓着手，脸上堆着笑，随手又扯了一根断窗条，在火堆旁坐下把木条加进火里，不大会儿火更旺了。那脚行僧只是冷冷看了我一眼，便从身边的包袱里取出一本用黑布裹得极好的经书，翻了开来，放在膝盖上，也不去看书上的经文，闭了眼嘴巴默念起来，我侧了耳去听，愣是一句都没听明白，和尚念经就是这副样子，学起来可也容易。

"嗨！"

我手在他眼前晃着，嗨了一声，他睁开眼来，我从挂包里拿出一块苞谷饼子，掰了一半捏在手里，隔火递着，他也不接，只是说：

"留着自己吃，我自己带得有。"

上蹿的火苗烧到了我的手，我立马缩了手，拿舌头在被火烫伤的地方舔了几口。我有些来气，真是好生不解情，若不是借了你的火烤，你就是饿死在林子里，死死乞求着我，我也只是蹲下来看着你的眼睛，绝不用指甲抠一粒苞谷饼与你。

我啃了一口苞谷饼，又硬又冷，硌进牙齿缝里半天都抠不出来。我折了一根细棍，架了饼在火上烤，烤得发焦发黄便退出火拿起来吃。脚行僧从包袱里拿出一个白面馒头，那馒头又白又软，在火光照耀下发着黄白的光，手指只是轻轻拿捏着，也轧出几根手指印来，松了手指，马上又复回原样。我当然以为他要分吃我一口，哪里想得到他只是在火上热一下，咬了一口又翻了一页经书。

我说："小师父是要过哪里去？"

"一路走走。"

我搓起手来，笑起说："僧人满天下走，也没见饿死几个，你们那个名号也好，叫什么化缘，我们讨饭，这世道烂成这个样子，谁还在乎你讨饭的。"

他收起经书，说："不全是靠化缘的，遇见丧事，凑巧走过，也会有人叫住你，要你默念经文，超度亡魂，末了斋饭自然会留你吃，盘缠也少不得多少要给一些的。"

我低下头，看着火，那火里面我白日见过的死人的面目流水一样闪现出来，一个个都蓬头乌面的，唯有最后一张，没错，面目清秀，就是我眼前坐着的这个脚行僧！我看得有些痴。若是阎罗责罚我来，下到地狱，那也是死后的事了，何况这饿死的许多人，也是老天造的孽，可也没听说天公下过地狱的。

我抬起头来，说："和尚，你的经文我闭着眼睛也是能念的，你的这身僧衣要是再借与我穿就更好不过了。"

脚行僧听得我说了这话，经文也不念了，看着我。

我从挂包里摸出一截绳索，跳过火堆，套住他的脖子。他的手在脖子上抠着，我勒得更紧，他拼命动弹着，发出几股怪叫就软了下来。

我除了他的僧衣，挎了他的包袱，那本经书乱在火堆旁，我捡起来，翻了几页，蝌蚪一样的文字密密麻麻满页爬着，正好，我也识不得几个字，人家问起来，胡乱说一通便是了。我正要走出去，又想起这脚行僧的话来，超度亡魂，我所犯的罪孽说不定就少了许多。我盘腿坐在死尸的身边，拿出经书，嘴巴里念着我自己也不知如何诌来的胡话。

我连夜又赶了一宿。溪水里也干干净净，游鱼虾子都见不到一个。我蹲下来，看着水里自己的样子，头发也干枯松乱，若不是穿了僧衣，跟路边的乞食人也全然无两样。我拿出小刀，那刀兴许是被我贯日削削砍砍，磨钝了刃，割起头发来格外吃力。刮好后，摸一把头皮，还是有不少刺手的发楂。

说来也怪，那一天我竟然连着超度了两个亡魂，第一个自不必说，是那个脚行僧了，第二个说起来也该是我运气好，到了朱家口，远远就听到锣鼓唢呐的声音，那么就像脚行僧说的，遇见丧事，凑巧走过，胡乱念一通经，肉吃不上，斋饭也要吃他个几大碗。那户人家也是个大户人家，房子好大一座，黑纸白字满门贴着，披麻戴孝的人在门前川流走动。我走过去，在大院的白灯笼下站着，有人走过来，招呼我进去。

那个头上缠了一道白布的管家人物问我：

"师父可曾做过法事？"

我说：

"法事是做过的，只是一人，没那么多名堂，倒是能诵经超度。"

管家在一个老女人耳边嘀咕了几句，点下头，走过来说："顾不得那么多了，按你说的办，这样的事要请院里的和尚来也不方便。"

我想，做场法事请一班和尚来可有什么不方便的？那管家人物引着我进了内堂，又折进了一间屋子，关了门。屋子里站着几个人，垂着手，里面见不到丝毫阳光，只有几根蜡烛闪着火光。里面极其安静，不，还有一个女人在那儿哭，我听得清清楚楚。

老女人对我说："做这场法事，可不要露了口实，咱们有言在先，做完了我少不得给你一些银子，就当是香油钱也好，盘缠也好，随你自己处置，做完了你就走，不论你到哪里去，反正不要再来朱家口，我看你也不是这附近的和尚。"

我说："我云游四方，去过的地方是不会再来的，这个你放心，其他的事我不管，我是个僧人，只晓得超度亡魂，生前的事与我不相干。"

老女人嗯了一声，又说："县府上大匾下坐首位的现在就在外面吃着酒，也不惧你说。"

我说是是是。

整个房间又归于安静，那个女子的哭泣声又在我耳边响起来，循声看过去，只消看得她的轮廓，便教我看得发痴。老女人走过去，说："哭哭啼啼做个什么，老爷是疼你，舍不得你，才要你下去陪着他。"

房间当中停着一口没盖棺的棺材，老女人对站着的几个人使了一个眼色，女子放声哭出来，随即被人用布堵了嘴巴，用绳子缚了手脚，抬进棺材。

我呆呆摸出经书，慢慢展开黑布，翻到经书的第一页，绕着棺材，嘴里念起谁也听不懂的经文。棺材还没落盖，她仰面躺在棺材里，这会儿竟然在里面笑，那笑仿佛恨极了我，蜡烛的火光映在她的眼睛，闪闪的像两颗鬼火。

（原载《荷风》2022年第4期）

证据充分

肖雯

H作为一桩火车杀人案的主谋,明天将被执行枪决,以下是他的自述。

那是三月末,已绵绵下了一个月的雨。白天人们出门,每一脚都踩在水里,发出啪啪的响声。

一天,我像一块苔藓溜出门时,一辆巴士正停靠在站台。这半个月我一直在家中,几近发霉,这就是我跳上去的理由。在巴士上,我注视着扁平如解开的长绳的街道,决定任由它带我去任何地方。

它开到火车站才停下。我当即决定买一张票,去邻郡一个风景宜人的小城L城,反正不过两百公里。旅途的三个钟头虽有点长,也不难打发。我可以坐傍晚那一趟车回来。

在月台,我发觉这列观光火车的尾部竟是一个露天小花园,两米来宽,五米来长,郁郁地种着喜人的绿色植物,中间还摆着两把椅子。这可是个消磨时间的好去处。

登上车后,一确认座位,我就急忙往花园蹿去,胳膊下夹着一把雨伞。瞧,这些蝴蝶兰和蓟花!那里还有一丛兔耳花。我把撑开的伞移到它们上头，琢磨着要如何亲切地与列车长攀谈，请他考虑在这节车厢加一个塑料顶棚。这些花无法承受过量的雨水。此外，我发觉花园尾端那一排木制栅栏，竟有一截已经腐烂。看来列车长是非见不可了。

约一个半钟头后，我的手冻得有些僵了，就走回车厢。我猜火车才驶出一百公里，旅途还有一半要打发。坐定后，我向乘务员要了一杯热茶，一边小口呷着，一边听周围旅客的聊天。

两个中年男子在滔滔不绝地谈论，口中蹦出一些三流艺术家的名字，令人扫兴。一位老人在漫不经心地翻弄着报纸。但是有一位年轻姑娘，金发像蒙着晨光的金柳一样垂下，我忍不住多看了两眼。她像一尊维纳斯雕塑，托腮看向外面的原野。

我时不时抬头看她，乞求目光的相遇。可惜她从未调转那低垂的眉眼，朝这边看来。如此有三十分钟，我甚是扫兴，便起身去花园。

更扫兴的是，花园中已有个老头。我这人爱僻静，难以忍受与生人共享这份惬意。这时老头注意到有人进来，也看了我一眼，那双皱巴巴的眼皮下瞪着的眼睛，投出的信号并不友善。我干脆折返回去，找到座位，小睡了一番。

醒来时，那位姑娘已经不见。我揉揉眼睛，扶起袖子，看了眼手表，快到站了，还有二十多分钟。我得抓紧再去看看小花园。

我站起来，大步向花园走去。推开小门，老头还在那里，看到我进来不由得后退两步。我本来觉得沮丧，转念一想，说不定他也如同我，不喜人打搅，正嫌我扰他清静。我看他嘴唇微动，似乎要说些什么，便急忙摆摆手，示意他不必开口。

随后，我返回车厢。乘客们仍在窃窃私语，有人抬头看了我一眼，面露警惕，又迅速把头低下。这类目光着实令人不舒服。

终于到站。我把毡帽搁在头上，握住雨伞，准备下车。这时，戴着列车长袖章的男人匆匆走过来，我这才想起，我忘了找列车长，于是向他迎去："列车长先生……"可他突然把我摁倒在地。

周围的旅客也一拥而上，摁得我动弹不得，有人对我猛砸了一拳。我晕了过去。醒来时手腕上多了一副手铐,又稀里糊涂被押上法庭。

在审判庭上,法官这样对我说:

"被告人H,三月二日,你注意到邻居M先生终于出门。你假装等车,跟着他上了巴士。

"M先生在火车站下车,买了一张去L城的车票,你也立刻购票跟他上车。上车后,你去了小花园,选定这为一个绝佳的犯罪地点。

"可怜的M先生,这时还未识破你的计谋,竟独自一人去花园透气。你立马跟去,因为胆怯没有下手。M先生返回车厢时,你正在熟睡,他不敢在你附近,便去花园躲藏起来。可你嗅觉太灵敏,仍然抓到了他。你找机会逼近,扼住M先生的喉咙,撞破木栅栏,把他从火车上推了下去。

"可你没有料到,M先生早认出了你。在你熟睡时,他曾返回车厢,向周围旅客告知了你的身份。

"只因一个多月前,M先生的狗在散步时吠了你,你就怀恨在心。

"被告人H,经合议庭评议认为,本案事实清楚、证据充分,判处你死刑,明日执行。"

(原载《微型小说选刊·高校在线》第2期)

第101个自己

王溱

进门时她是一个人。吃完泡面开始削苹果时是两个。洗完澡头发湿漉漉时已经是三个。熄了灯躺到床上，她小小的房间里已经挤满了人——全部都是她自己。

当然，自己与自己还是不一样的。她也不知道什么时候起自己的分身越来越多，多到已经丧失了去干掉她们的兴致。小时候多简单啊，她的任务就是学习，拿最好的成绩。什么时候冒出个贪玩的松懈的或是矫情的自己，她都能轻而易举把那个异类干掉，神不知鬼不觉。她称自己为"老司机"，人生列车的方向盘一直狠狠握在手里，跳出村子去读初中，跳出小镇去读高中，再跳出小城市去大城市读大学，这一路该在哪个站停就只能在哪个站停，哪个劫匪都没本事挟持她。记得高中时也曾动过找个有钱人嫁了算了的念头，那个自己刚一出场就被一枪毙命。

真的，枪，她有枪，专门消灭自己用的。谁也不知道平时她都把枪藏在哪里，无烟无声无火药味，每天过两趟地铁安检都没检查出来。消灭自己是会上瘾的，尤其是每次都能得手。她曾为此洋洋得意，毕竟山窝里飞出的金凤凰做什么都是对的。

　　她如愿留在了大城市里。只是住在这样的小公寓非她所愿。这年头最不缺的就是金凤凰，满街都是戴博士帽硕士帽的金凤凰。她每天的行动轨迹很单一，从公寓到公司，再从公司回到公寓，有时候她也会在某个路口稍作犹豫，到底是直走再右拐还是像往常一样右拐再直走。最终她还是会右拐再直走，主张换一条路线的那个声音向来很微弱。她害怕改变，任何细微的改变都可能轻而易举分身出更多的自己来，不能再多了，真的，小小的公寓已经挤不下了。

　　她从没想过这么多个自己会因为一条裙子引发大战。事情的起因再简单不过了，她想买下那条心仪了很久的长裙，很贵，估计得花去半个月的工资。但那条裙子真的好看，重点是新来的同事说如果穿在她身上会更好看。那同事还不是她的男朋友，她希望他能成为她的男朋友。当然并不是所有的她都希望那个同事成为她的男朋友，有几个总是泼她的冷水。

　　"他可是城里人。他父母都是吃公家饭的。"

　　"他只是随口夸了你一句，你还当真了？"

　　"能把家里人养活好就不错了，你还奢望爱情？"

　　当然也有力挺她的，安慰她说你长得还是不错的，人也善良，吃苦耐劳，说不定人家就是喜欢你这样的。她惊喜地左顾右盼，却分辨不出这安慰的声音出自哪个自己，声音太微弱了，一下就被淹没。好几个自己开始七嘴八舌讨论起那条裙子，一致认为是为她量身定做的。裙子本身并没有哪里不好，不好的只是价钱。一个自己说买买买，另一个就骂她乱花钱，那个自己委屈地哭，说赚钱不花那赚来做什么。还有一个自己苦口婆心开始讲她老家的房子还在漏雨，这条裙子的钱至少能给新房子垒大半堵墙。她拼命回忆下雨天在床脚摆三只桶接水的过往，记忆却一直模糊不清。她已经一年多没有回去了，人刻意要遗忘一样东西时遗忘的速度是相当快的。她父母的模样也模糊不清了，即便是回家她的眼睛也没怎么停留在他们脸上。她跟父母说的每句话都只停留在喉咙头，然后像躲避什么似的找借口逃到屋外。她已经越来越不知道可以跟他们说什么了，只剩下例行的嘘寒问暖。她知道只有钱可以弥补这种心虚，可她偏偏没钱。

通常类似这样的争执最后都是想省钱的赢，但这次的情况显然有些失控。或许是因为那同事实在太重要了，或者是这条裙子实在太漂亮了，居然有好几个自己站出来为这事争得面红耳赤。一个自己脾气火暴，火暴的脾气点燃了空气里浓度不低的火药，然后一个自己抢先刮了另一个自己一巴掌。清脆的巴掌声引发了团体的围攻和相互推搡，咒骂的话语开始不绝于耳。一个自己蹲在地上捂着脸号啕大哭，另一个把手中的水杯砸向地板，还有一个开始爬上桌子……

乱，太乱了，哪能这样呢，像没读过书的泼妇一样。理智告诉她应该拔出枪来干掉几个清理门户，但她做不到。她现在盯着一屋子的自己脸上露出困惑的表情，每一个都势均力敌，谁有资格来当自己行为世界里的警察？

"嘭"一声，桌上原本打算充当晚餐的一袋饼干被一拳压爆，碎屑还没落地她就下意识拔出了枪。紧接着所有的自己都拔出了枪。她惊愕地发现原来所有的自己都有枪。听不到的枪声迅速取代了喧闹声和咒骂声，甚至连哀号声或者哭泣的声音也被无声吞没，世界变成一片寂静。

很快就有蚂蚁来搬走撒落在桌上的饼干屑，它们走路的时候脚抬得老高，一跳一跳的像是踩在滚烫的大锅上。大概饼干屑要比乡下的熟麦粒轻上许多吧，小时候她看到的蚂蚁都是弓着背，走路的脚深深陷在泥里。

终于有一个微弱的抽泣声打破了寂静，是那个唯一的幸存者，第101个自己。这个自己并不强势，说话永远低着头，小心翼翼的，像一只倔强的候鸟，艰难地飞向城市，然后更艰难地飞回乡村。她正在看手机里的留言，她妈在留言里头说："你要抓紧时间嫁人，趁我还能干得动给你带带娃。"

（原载《作品》2021年第12期）

失明症

吴越

从儿子上了高中开始，她彻底看不见了。耳朵是个很好使的器官，仅凭着听力和自己原有的记忆，她就可以判断出身边的一切，并且迅速做出反应。母亲的脚步是微沉的，她的步履拖沓，要拉出一串摇摇晃晃的老年音；儿子脚步则是轻快的，很有年轻人的朝气。

她和她的母亲一样经历过失明，她的母亲为此事也端着茶水和她谈心。母亲告诉她，咱们家的女人到了一定年龄的时候，可能都会经历一段时间的失明。瞧见她沮丧的神情，母亲给她加油打气，说，没有关系，失明不影响你的生活，何况过一段时间，视力就可以完全恢复了。于是她也渐渐习惯了不依靠眼睛来生活，心情也从一开始的烦躁不安，变成一湾平静的水。

儿子方明下个月就要高考，正是最不能松懈的时候，每晚她看见儿子房间亮起来的电灯，都轻轻叹气，然后转身去厨房里剁鸡肉，剁成小块之后，扔几颗红枣、枸杞炖一锅汤，端进儿子的房间里。家里是不敢开电视机的，怕电视机吵闹的声音让儿子分心。到了深夜里，这个家里的灯几乎都熄了，只剩下儿子书桌前的台灯亮着。

"我也不需要开灯呀,你只管你自己学习吧。"她这么对方明说。方明是个很体贴细心的小伙子,她配合着他的时间表,因而熬夜到头昏脑涨是常有的事情。那时方明就会挽着她的胳臂,小心翼翼地,生怕她在黑暗中看不到前方的墙,一边轻声提醒她,哪里是茶几,哪里有矮凳,一边搀着她走。

丈夫自换了工作开始,就要上夜班,回来的时候夜晚几近过完了,太阳即将跃至半空之中。他躺在床上弥补昨天缺失的睡眠时,她换下家居服出去买菜,和菜场卖菜的老阿姨砍价,砍得两个人都口干舌燥,最后总会有一方无奈让步。

丈夫是个缺点很多的人,起码在她眼里是这样。他懒惰,邋遢,不修边幅,一身衣裳穿了好几天才会换洗。在外头居然也有女人被他吸引,她不由哂笑。

她还记得自己的父亲和母亲,那是她即将十八岁,高中毕业之时,她觉得父亲与母亲的关系显出某种难以用言语描述的怪异,他们刻意地展现出一种和谐的关系,装作承载自己生活的列车仍然稳稳地运行在幸福的轨道之上,她也被他们不自然的表演欺骗了。

直到她大学第一学期过完,拉着行李箱从远方回来,在家中一个抽屉翻见他们暗红的离婚证,才发现那列车已然驶往另一个方向,在那个方向上,他们又找到了新的幸福的轨道,并坚定向前。

而现在,她和自己的母亲一样,正在一个新的岔路口,如同她们都坐在一直在转动着的旋转木马上,循环着。她闭着自己的眼睛,任由木马带着她的身体转圈圈。

"快坐下,饭很快就好。"她听见玄关处儿子换鞋的声响,手中的铲子翻动着,几根鲜嫩的豇豆落到滚烫的热油之中,仿佛经历着十八层地狱之中上刀山、下火海的酷刑。

她看了看正在低头做题的儿子,身侧丈夫的手机里,一个她不认识的女性的名字发来暧昧的消息。此刻,她的内心无比平静,因为这是最后一个月,等待六月八号一过,她的失明症或将不药而愈。

(原载《微型小说选刊·高校在线》第 7 期)

刻小说的西西弗斯

刘晶辉

小说家熬了几个通宵,终于写出来一个自己满意的故事:

在苍茫辽阔的大海上,两个男人以简陋的捕鱼工具为武器,正在进行一场搏斗。他们在小船上闪转腾挪,随时准备向对方发起攻击。

他们分别站在小船两端,使用的武器是鱼叉。

一个女人缩在船舱里哭泣——她是其中一个人的妻子。她几次试图去拉两个男人,但她的努力无济于事。她丈夫和她的情夫都说爱她,让她在下面安心等待,直到活下来的那个人下去找她。海面上突降狂风暴雨,船摇晃得更厉害了,随时有可能被浪打翻。我们看到女人的丈夫明显占了上风,这也许是愤怒带给他的力量。他瞅准时机,举起鱼叉,狠狠地插过去,对面的情夫要躲,但是他已经被逼到船尾,无处可躲,大腿被鱼叉刺中,他立刻发出杀猪一样痛苦的嚎叫。女人的丈夫乘胜追击,准备用鱼叉刺入情敌的心脏,可这时候一个急浪迎面打来,他失了手,一个趔趄,身子歪倒,险些跌下船去。情夫趁机逃到船的另一头,与对手拉开了距离。他利用眼前缠绕在一起的渔网做掩体,巧妙地躲避对方的攻击,他左右摇摆,女人的丈夫不能击中。他们这样打来打去，难分胜负。最初我们还能分得清谁是女人的丈夫，谁是情夫，后来两个人的搏斗越来越激烈，谁是情夫谁是丈夫似乎只有女人才能辨别出来。

结尾是什么？读者定会认为其中一人会被对方杀死，但是小说家打算给读者更大的惊喜。他设计了一个悲壮而又唯美的结局，并且这个结局是不落俗套的。在小说的结尾，小说家这样写道：

男人用尽所有力气，刺死情夫。而情夫也并非孬种，在临死前，他挣扎着爬起半个身子，用渔网线套住男人的脖颈，勒死了他。两个人都用无比深情的眼神望向躲在船舱里瑟瑟发抖的女人。面对两具尸体，女人不知道应该先拥抱哪一个。这时候，海上的暴风雨停了，在水天相接的远处，露出太阳的金边。

小说家写下了最不可思议的故事：他竟亲手把两个主人公都杀死了。他心满意足地检视船上，他发现只有那个可怜的女人还活着。这女人最终还是选择抱紧她丈夫的尸体，放声大哭。

你为什么要杀死他们？女人悲痛欲绝地问道。

小说家没有回答。

女人跪倒在小说家的脚下，求他放丈夫一马，改写故事的结局。她说她已经知错了，她说两个人至少应该活一个，就把她的丈夫复活吧，她会用余生去忏悔，她会用余生去珍惜她的丈夫，不再和别的男人搞暧昧。但小说家不打算复活任何一个人。男人和他的情敌都深爱着女人，他们的爱的分量一样重，他们死得其所，都是为了爱情。小说家喃喃自语：这是多么伟大的爱情呀！在这个故事里，没有好人和坏人的分别，只有两个深情的男人。

所以，他无情地拒绝了女人。他回答：我必须把他们两个人都杀死，因为我有权利这样做。

大海又开始荡动不安，小船如同一枚无助的苇叶起起伏伏。只见刚才已经断了气的女人的丈夫竟然摇摇晃晃地站起来了。一股浓重的海水腥味扑面而来，笼罩了小说家的鼻头。男人浑身湿透，不断往下滴水，他身上冒着白气，似乎刚从蒸笼里出来。男人左手持着那把锋利的鱼叉，后背上背着杂乱的钓绳和渔网。他看上去消瘦但并不憔悴，他的脖子上有一道清晰的勒痕。他的皮肤是铁青色的，头发全白，根根直立，腮边长着几颗褐色的斑点。男人就像一座巨大的雕塑，矗立在小说家面前。周围漆黑如墨，只有复活之人全身熠熠发光。小说家的内心里充满恐惧。

他颤抖着指责男人，话都说不利索了：谁让你……复活的，我明明已经将你杀死，我有权利……这样做……我有这个权利！

男人身上的一切都显得那样古老，简直是从几百个世纪以前穿越回来的，唯独那双鹰目，炯炯地射出光来，直穿小说家的心肺，似乎横亘了所有时间的维度。他一脸怒气，似乎不甘被命运捉弄。在小说家的瞠目结舌中，他弯下腰，捡起鱼叉，猛地刺过来，鱼叉精准地插入小说家的心脏。

不，你没有。他面无表情地反驳道。

小说家痛苦地捂住胸口，缓缓倒下，眼角淌出一滴晶莹的泪。

（原载《小小说月刊》2022 年第 2 期）

存亡之战

叶骑

我已无从知晓这场战争是从何时开始,关于野猪和人类。

人类将战争的起因归为两点:一、野猪对人类生存空间的侵犯;二、野猪糟蹋人类作物。

然而,人类却忘了,万千生灵在这片土地繁衍、生息,野猪的历史甚至远早于人类,我们看着人类的村落像瘟疫一样在山林蔓延,树木倒了,河流枯了,他们的索求吞噬了大地,却依然埋怨这片土地的给予太过微薄。

我们试着退让,隐遁山林,远避人类,以为以此可以换来和平。但当我们看见,翱翔于天空、并不以人类谷物为食的鸟雀依然无法幸免,沉游于潭底、低微如尘埃的鱼虾仍然难以存活时,我们开始懂得,一切的理由都那么荒唐、可笑,这场战争只源于一点:贪婪。

我们开始反抗,用糙厚的皮肤迎接喷射而出的钢珠,用嘴角的獠牙发动最为野蛮的攻击,然而,这注定是一场悲壮的战争,就像非洲野牛与草原雄狮的对决,我看见同伴的身躯如残花般破碎,我们的头颅甚至被作为战利品悬挂在敌人的厅堂,但是,我们没有退却的理由,生存,是每个生命应有的权利。

黄昏时，我们仍然无所畏惧地发动冲锋，用牙尖渗出的寒光告诉他们，并不是每个生命都软如绵羊、俯首就刑；他们依然无可撼动，但在一次次惨胜后，也渐渐从我们慷慨赴死的悲壮中意识到这个物种的坚韧、决不屈服。

"一猪二熊三老虎。"

他们用这句话，告诫自己的子孙，对这个生命保持敬畏。

我们的数量如流星坠地般骤减，山林凋敝，鸟兽不寻，生存还是死亡的天平已经倾斜，是做出选择的时候了。

是苟延残喘，在人类的围捕中消亡？还是奋起一击，以战斗的姿势，做最后的告别？

我们选择了后者。

那天，我们集结最后的力量，准备在太阳落山后，对人类的营地发动最后的攻击。我们看着太阳划过天际，垂落在西边的山林，我们知道明天的清晨，它仍将从山林的对面冉冉升起，但这一晚，已是诀别。

我们从四面八方向人类的营地逼近，最后的战斗，如箭在弦。

但就在我们准备发动最后的冲锋前，人类的营地爆发了前所未有的争吵，他们激烈地争论着：我们是不是走得太远了，不是离家，而是离祖先教给我们的一切。

生存，还是死亡；进攻，抑或退却。

夜色如墨，落叶似针尖坠地。

我们慢慢隐退身躯，给人类一次机会，也给自己一次生的希望。

第二天，人类离开了山林，从这以后的多年，他们未涉足深山半步。

我们的种群渐渐恢复，曾经荒芜的田野也再次绽放生机。我望着这片土地，想起曾在这里爆发的战斗，想起这个自称为万物之灵的种族，他们的强大，或者不仅在于枪炮的无坚不摧，更在于内心的深旷明达。

后来的某天，我行走在田野小路上，遇上了一个人类小孩。

他离我不过五米，这个距离换成过去，我不用三秒，就会把他如破布一样撕碎。

但今天，我默默看着他，他也静静看着我，还跟跟跄跄地向我走来。

我不曾想到会接受一个人类小孩的抚摸，他的手划过我的身躯，如一掬山泉，淌过曾经满是伤痕的土地。

我抬头，再次看了看他眼中闪过的光亮，转身走向山林。

（首发《北京文学》2021年第9期）

树

孙在旭

为了托起明天的大树,我每向上生长一寸,你就向下延伸一尺。当我意识到这一点时,我已长大,而你老了。

我上学时,你就教育我,不要像你一样几十年风风雨雨,面朝黑土背朝天。后来,我如愿考上大学,终于离开家,离开了村子,一闯就是十几年。这期间我总是给自己找各种借口,一次也没回过家。与其说我喜欢外面的世界,不如说我厌恶自己的家乡。

我知道,村里的年轻人走得差不多了。我的小学同学,他们像蒲公英的种子一样飞走了。我找不到他们,正如他们找不到我。

我告诉自己,不混出个名堂绝不回家。而我一旦回家,就必须把你接出来。可是,我已被浸泡在生存的泥沼里,日渐麻木。

我不敢面对时间,因为我跑不过它。

直到有一天我看到童年的照片才明白,时间不能倒流,我们终将失去所爱的一切。我——不能再自欺欺人了。我要像小时候那样奔向你。我要和时间赛跑。

总是这样，当我想一个人的时候，瞬间是夜晚。

惭愧啊，这些年我连个车也没买起。这么晚了，我还得打个出租车回去。那么个鸟不拉屎的地方，谁愿意去呢？我亮出100块钱，司机才不情愿地让我上车了。

这是个雾气朦胧的夜晚。我坐在车里想，你会不会已经满头白发，我害怕看到你衰老的样子。我还记得上初中时，冬天早上五点多我就得骑车去镇上上学，而你就默默地跟在我后面一段距离送我，直到天亮你才停下。是你把我从黎明前的黑暗中推向未来啊。

从城里到乡下，不过一个小时的车程。司机不熟悉路，越往前开路越坎坷。雾像某种不祥之雾似的扒着车窗一路跟随。湿气不知从哪钻了进来，我揉了揉眼睛，村头的界碑若隐若现。

司机再也不愿意往前开了，逃一般地调头离开了。

村口的大树还是我记忆中的那棵，大树旁边又长了很多小树，我在雾气弥漫中踏上了回家的路。

爸，我回来了。

可是，村里什么时候种了这么多树呢？以前是墙的地方现在也变成了树，我每走一步都能看见树。

这不对劲，我预感有什么奇怪的事情要发生。

我加快脚步，这一路我几乎看不到村里的房子，我仿佛走进了树的迷宫。

爸，你在家吗？

我跌跌撞撞奔向家门口，不出所料地看见院子里也长满了同样的树。我大声喊你。没有回应。

我推开门走进屋，地上、炕上全是树，唯独不见你。

爸，你在哪？我房前屋后疯狂地寻找你，目之所及全是树。

我问自己这是不是梦。如果是梦，当我醒来时，一切会不会恢复正常？也许是因为太累了，我在炕上树与树之间的空隙一躺下就睡着了。

第二天我醒来时，雾还没散。树也没消失。我跑到街上，挨家挨户地寻找。每家院子里、房子里都长满了树。村里一个人也没有了。

我颓荡地走回家,爸,儿子回来接你了。你在哪呀?

我一声一声地喊你,没有回应。

我声嘶力竭。突然,房间里所有的树开始缓慢生长,不停地生长。它们穿破屋顶,直冲云霄。

爸,是你听见了吗!

[原载《小小说月刊(校园版)》2022 年第 1 期]

秋风

莫小谈

上西山，进了安化寺，云舒的心算是静了。

见小和尚在秋风中扫落叶，不便打扰，云舒就在庭院中央的青石板前坐下，那是归无禅师待客的茶案。

云舒斟了一盏茶，茶香伴着晨雾，在茶案上凝成缕缕青烟，升腾，萦绕在大殿前的银杏树下。还有三两个居士围坐在茶案边，云舒不开腔，大家也都不说话。一众人守着一壶茶，就这么守着，等归无禅师的到来。

云舒常来安化寺，将她的故事讲给大家听，包括归无禅师，都是她的听众。

三年前，云舒还不叫云舒。一日，她来到安化寺上香，礼毕，到禅房拜见归无禅师，她说我不求功名，不求富贵，只求做一盏佛前的青灯，日夜伴在香案左右，谛听佛经真意。

归无禅师打一声佛号，"阿弥陀佛"，声音浑厚、通透，像寺里的晨钟。云舒望着正殿的方向，说她一心要了却尘缘，从此再也不执着于五欲六尘，不贪恋于繁花烈焰。云舒说得恳切。

归无禅师始终手持佛珠，诵经，良久双目微张，启唇说道，从今儿起，你就叫云舒吧。云舒作了一个揖，退出禅房。

云舒曾经是梨园社的当红演员，工青衣，兼演刀马旦。她水袖舞得好，唱功了得。当初，一场《鸳鸯剑》令她名声大噪：

贤姐姐怎知我心头悔恨

悔当初大不该嫁入侯门

到今天才晓得

夫人心狠

可怜我只落得有话难云

诉不尽心内苦

珠泪滚滚

想必是

我的儿，他又要复生

……

一曲将毕，台下掌声雷动，观众们齐声呼喊着她的名字，都说曲中的她，活脱脱就是红楼尤二姐。云舒很受用，热血沸腾。

下场时，社长紧随其后，逢人就说：这可是我们社里如今的头牌，钱袋子。

不知何时，社长变了，不再对她甜言媚语、阿谀取容，甚至连日常的嘘寒问暖也懒得敷衍，到处说她疯了。

云舒不明白，很长时间也没想明白，自己好端端的，怎么就变成了疯子？"我怀的孩子，你不许我留下，硬生生逼我堕胎，岂不是你是疯子？"但社里人都不理她，不容她说话，还孤立她。有人建议她去寻个郎中，她偏不，说自己没病没痛的，寻的是哪门子郎中？又有人说佛祖普度众生，能救人于苦厄，她到底还是去了。

每到安化寺，云舒都会坐在茶案前，与居士们一起品茶，各自说说感悟。

归无禅师大多时间只是听，偶尔言语。后来，居士们也很少说话，只听云舒一个人说。她本来就是唱家子，一开腔就停不下来——她很乐意在这里诉说。

今天，又是云舒在讲，起初讲自己遭遇的，后来又讲自己相遇的。中间提到梨园社，她就说，直到现在还会有人专程来社里点她的戏，让她唱《鸳鸯剑》：诉不尽心内苦/珠泪滚滚/想必是/我的儿，他又要复生……

不唱戏的时候，云舒很少待在社里，说那里冷清，有空就去后街的"泳春塘"泡堂子，她很享受自己躺在床上被"侍女"服侍的感觉。她说，那里的每一位"侍女"都是好演员，明明自己不喜欢，却会亲切地叫你姐姐，明明厌恶你身上掉下的灰泥，却还能视而不见地将它踩在脚下，甚至连拖鞋都不穿。

居士们微笑着，听云舒讲。

云舒转头拜向归无禅师，归无禅师回礼。云舒继续说，既然话题扯到了"泳春塘"，我就讲讲今儿在那里遇见的一件事儿吧，这个事儿与一名搓背工有关。云舒说，她之前并没有太过在意这名"侍女"，但今天不一样，今天"侍女"对云舒说了一句话，她认为很有哲理，很有禅意。那绝对不是一个凡人。云舒说。

搓背工的话大体是这样的：每一个人都是女娲娘娘用泥巴捏就的，通身都是灰泥，"人的手伸到哪里，就脏到哪里"。云舒问各位居士，这句话是不是很有道理，很有禅意？又问归无禅师：能从一句再平常不过的话中体味到禅意，算不算开悟？

归无禅师让云舒斟茶。云舒遵命。

云舒借斟茶之时，诵了一首词，与茶有关：一盏喉吻润，二盏破孤闷，三盏搜枯肠，四盏心脾沁，五六七八九十盏，盏盏洒在故道上，化作尘间尘，习习秋风乍紧。诵罢，云舒凄凄切切，问归无禅师：师父，我不知道怎样做，才能和我已做的不一样。

残阳西斜，小和尚还在秋风中打扫庭院。云舒下了西山。

归无禅师立于寺院门前，望着渐远的云舒，说：云舒，还是那个云舒。

（原载《小小说月刊》2022年第6期）

无名义工

砌步者

在老家农村种了一辈子田的苏文清,爱人前几年过世了,年前被在城里环卫所当所长的儿子苏庆"软磨硬泡"给磨来城里。苏文清在家实在难熬,便去逛街。那天,他在公园里将揩鼻涕的纸巾扔地上。一个骑自行车的女孩过来,用钳子夹起纸巾放入挂在车上的胶桶里。

女孩喊,苏伯伯,城市是我家,卫生你我他,废纸不能乱扔。苏文清说,你咋认得我?女孩笑着说,苏伯伯,我是环卫所的,见过您去我们单位,我这是抽时间出来捡拾垃圾。

苏文清看看公园,繁花盛开,风景如画,很干净,脸唰地红了。

当晚,苏文清要苏庆教他学骑自行车。苏庆被缠不过,答应周末去广场教他。

很快,周末到了。苏庆望着苏文清,歉意爬上脸颊,说,爸,市里现在正忙着文明和绿化园林建设,环卫所不能拖后腿,我这个所长不能懈怠,教您学自行车的事,等我空闲了再说吧。

苏文清一怔,失望写在脸上。他拿过一顶帽子递给苏庆,说,太阳大,你戴上帽子，中午回来吃饭，我煲你喜欢吃的红薯绿豆汤。苏庆心里一酸，心想把爸接进城里已近半年，自己忙工作没好好陪他逛逛，将他一个人"凉"在家里。苏庆说，爸，您别辛苦，单位有餐厅，您弄点对口味的吃吧。

晚上，苏庆回家，看到父亲脸色不对劲，右脚遮遮掩掩的，问，爸，你裤兜里藏金子了？苏文清顿时脸色紧张，张了张嘴说，这，哪有什么金子？

没有金子，遮遮掩掩的干吗？苏庆说完，就过去撸起父亲的裤管，看见小腿上瘀了一大块。苏庆问，爸，您自己去学骑车了？看这摔的。

儿子，不碍事。

苏庆拿来酒精与云南白药，边给敷药边说，爸，再等等吧，我有时间了就去教您，有人扶着，不会跌。

这点小伤算啥，农村人，谁的脚手没有几块磕磕碰碰的瘀伤。

几天后，苏文清的脚伤痊愈了，想让苏庆教骑自行车，可是，苏庆出差去了。他独自推着自行车去了广场，央请在广场上的年轻人教他。年轻人很热心，在他们的帮助下，苏文清学会了骑自行车。

以后的日子，苏文清天天早出门，晚归家，有时候，比苏庆回得还晚。苏庆想，这样也好，父亲出去活动一下对身体有益，免得整天待在家里，身体待出问题。之前，苏庆劝他去娱乐厅打麻将他不肯去，买器材给他锻炼，又说费钱，不让买。

一天晚上，苏庆回家。苏文清在厨房里说，儿子，爸今天给你做羊肉火锅吃，让你尝尝爸的手艺。苏庆说，爸，您哪来的羊肉？

我买的，儿子，这许多天我骑车在街道上捡垃圾，清理垃圾，那些废纸、罐头瓶什么的，我就拿去废品店卖，今天买回些羊肉，我手里还存了六百多元，等积攒多一些，就捐给老家村里的小学。

苏庆愣住，问，爸，您去捡垃圾？

捡垃圾怎么啦，一是废品回收利用，不浪费资源；二是让城市更卫生。现在，每天有我在街道上捡，你的那帮娃也不用太累。

苏庆的心顿时一暖，自己做了所长，爸做了一个无名义工。苏庆也不好说什么，只叮嘱父亲街上人多车多，骑车一定要小心。

腊月的一个晚上，苏庆回家很晚，没见着父亲，就去小区找，也没见到父亲。苏庆顿时着急起来。他知道父亲不会到处跑。他连忙去街道上找，也一个劲地祈祷，爸，您千万别出事呀！苏庆找了几条街道，也没找到，焦躁起来。当他拐到西城，看到父亲站在路灯旁。

苏庆喊，爸，大半夜的，您站这里干吗？苏文清回答，我在等一个人。苏庆耐着性子问，等人？苏文清说，是这样的，儿子，我捡到一张身份证，就在这里等。苏庆说，捡了身份证，在这里等？

是呀，儿子，你看这身份证是外地的，还记得那一次吗，我弄丢了身份证，都坐不上火车，你说，这个掉了身份证的人，能不着急吗？

苏庆望着父亲，好气又心疼，忍不住埋怨，爸，捡到这些，可以交给派出所呀。苏文清低下头说，儿子，我也不晓得派出所在哪。

夜晚，橘黄色的灯光，在苏文清的身上晃来晃去，像城市温情的手轻抚着他。苏庆看着，眼睛发热起来。

（原载《美塑》2022 年第 2 期）

祖父瓷

张建春

那年，冬天的雪大，迷迷茫茫地封了门。天黑下来，祖父去收门，见场地下沿，有一个黑黑的影子躺在地下，在雪地里特别戳眼，祖父冒雪走向前去，是一个倒卧的人。

祖父不吃惊，这年头饿殍不鲜见。祖父还是低下身子，用麻木的手探访倒卧人的鼻息。还有口气！这倒让祖父大吃一惊。

祖父一把拖了倒卧的人向家门拽去，雪地上留下了一道深深的犁痕。

不用说是饿坏了。祖母看了祖父一眼，再望了眼倒卧的人，忙去缸里抓米，先抓一把，想了想，又添了一把。祖母生火熬米汤，火在灶洞里急急地舔。祖父也忙，把倒卧的人平放在床上，不忘给他盖上家中唯一的一床薄薄的被絮。

祖父撬开倒卧人的牙关，祖母把米汤一勺勺倒进他的口中。倒卧的人喉结蠕动，一碗米汤灌下去，倒卧的人长长嘘了一口气，哦——啊，醒了。

祖父和祖母互望了一眼，他们也饥肠辘辘，还是会心地笑了。

倒卧的人开口了：我叫羊，多谢了！

祖父回了句：哦，羊朋友。再也没有一句多余的话。

羊朋友摸摸周身，把手指向门外。祖父明白了，走进黑了的雪地，随之拎回了一个青花布包袱。羊朋友一把搂进了怀里，搂得紧紧的。

羊朋友在祖父家住了三天，祖母还是天天熬米汤，一顿两把米，先紧了羊朋友喝。羊朋友也不客气，一口气喝一碗，再一口气喝一碗。喝完了，再紧紧搂着包袱。

第四天早晨，羊朋友不见了，门口的雪地上的脚印深深地通向了大路。

羊朋友走了，祖父发现堂屋的桌子上多了个青花瓷瓶。祖父早发现，羊朋友搂着的包袱里是个瓷瓶。

瓷瓶留下了，青花的包袱带走了。

祖父望着雪地，野外一片白茫茫，不见个尽头。瓷瓶戳在桌子上，冷冷地泛着光亮。

祖父自言自语：放这吧，存着，存着呢。祖父年轻时走南闯北，知道青花瓷瓶的重量。祖父也因此指望着羊朋友回头。

羊朋友没有再回头，一年，两年，三年，五年……不在了？

吃饱饭了，祖父开始谋划，将家中的土墙草顶的房子翻建了，这是祖父的一个梦想。

没钱，去不远的山砍荒草，一担荒草能卖上八角钱。祖父思谋，砍上几个冬天，或许能攒上买瓦的钱。

瓦买了一堆，就差砖的钱了。不可预料的是祖父吐血了，再也砍不动荒草、挑不动荒草了。

还是冬天，一个人进了祖父的门。说想买祖父手中的青花瓷瓶，开口出价五百元。祖父把青花瓷瓶从旮旯里取出，灰积了一层，擦干净了，还是清朗明丽。祖父心中算了一笔账，五百元是六百多担荒草，足能盖三大间一砖到顶的瓦房。

祖父的三间草房快趴架了。祖父望了眼透亮的屋顶，长叹了一声。祖母也在边上，续上了一口叹息。

祖父紧接着回了句话：不卖。祖母摇头：不卖。来人以为给钱少了，忙加价，八百，一千，一千五……五千。祖父和祖母还是不卖，祖父态度坚决，又含糊不清：不值钱呢，两把米的钱。

祖父没住上瓦房，在土墙草顶的屋子里咽了气。临死前指着青花瓷瓶，说：存着，存着呢。祖母懂祖父，说：说不定，羊朋友会回头，人家的东西。

祖母也是想住上大瓦房的，她接着做添砖加瓦的事。不过祖母不卖荒草，祖母身子弱，只能从牙缝里省，从鸡屁股里抠。砖添置了些，但离砖墙瓦顶远着呢。

打青花瓷瓶主意的人又来了，张口给一万。祖母惊得合不拢嘴，鸡蛋一角一个，一万元可是十万个鸡蛋。一万元如若盖砖瓦房，可盖一溜十多间。

祖母不置可否，来人急了，一五一十加价，加到十万元。祖母还是决绝地摇头：不卖，不值，两把米的事呢。来人骂了一句，悻悻地迈出门，不忘回头，就这一回头，虚弱的门差点被刮倒了。

祖母决心起房，房翻建了，但仅是土坯，半瓦半草的房子，可也明亮、结实多了。

祖母死在她翻建的"杂交"房里。死前，祖母没忘青花瓷瓶，擦亮了，放在她的面前。祖母交代：存着，存着，两把米呢。

青花瓷瓶传到了我的手里，我早住进了单元房，窗明几净，青花瓷放在了耀眼处。依然有人上门，开口五百万。不卖，给价千万，再不卖，又升价。

我哈哈大笑：不值钱的，我爷爷、奶奶说，两把米的事呢。我把故事和来人说了，来人眼中有泪，说：存着吧，祖父瓷。

祖父瓷放在耀眼处，我常听到两把米相互摩擦的声音。

（原载《安徽文学》2021年第11期）

理发

梁爽

1990年故乡的夏季是一锅沸腾鱼，油腻，灼热。

那个午后，我坐在姥姥家院子里，颈上围着灰色旧窗帘改成的理发围布。舅舅拿着推子，吹着口哨，旋律是台湾歌手齐秦的《狼》。

推子刚刚张开，我"哇"的一声哭了起来。舅舅的手艺是当兵时在部队学的，胡同里很多人都是他的常客。当然他不会收街坊邻居的钱。有的人来的次数多了，会随意地甩出一盒烟。舅舅每每笑着留下，人后颇为得意。他的技术水平呢，真有些不敢恭维，隔壁大眼睛的阿毛被舅舅理过发后更像一只鼓眼青蛙。现在想想，那时的人频频光顾姥姥家不过是为省几个钱罢了。

一阵热闹的蝉鸣过后，舅舅和母亲在我的哭声中缓过神来。母亲三下两下解开围布说："我们小丫要上初中了，妈带你去理发店。"

母亲把那辆28永久自行车骑得飞快，坐在后车架上的我，心脏像变成小鸽子似的扑棱着翅膀直要飞翔。

春光理发店是我们小镇唯一的国营理发店。一字排开的大圆椅子，椅子底座的白漆斑驳脱落，黑皮革靠背裂着大大小小的口子，露出的海绵因日子久远有着染发水一样的颜色。墙上的镜子锈迹斑斑，镜前的理发师们穿着白大褂慢条斯理地工作着。

母亲把我带到一个高大粗壮的女人面前，说："喊姜姨。"

"姜姨好。"我的声音细若蚊嘤。姜姨的头发一定是新染的，鞋油一样黑，厚重的刘海儿像一摊棉花套子盖在额前。姜姨的白大褂掉了颗纽扣，衣襟上吊着截蔫头耷拉脑的绿线头。我撒腿就跑——遇见女巫一般——不敢想象一个看起来如此粗俗的女人会把我打理成什么样。

几经周折，母亲陪我去了阿力理发店。听同学说，自打《上海滩》播出后，这家理发店的名头越来越响。理发师身材修长，手指也修长，穿着格衬衫牛仔裤，梳着像齐秦一样的长发。店里循环播放着港台流行歌曲，他剪得很细致，而我长这么大第一次在镜子里端详自己。

当一边的鬓角剪好后，我意外地发现自己端庄而清秀。原来我也是很美的。镜子里的姑娘瞬间脸颊飞满了红霞，垂下了头。在那一低头里，我恍惚意识到我跟从前再也不一样了。

后来，我只在他那儿理发，有两次印象尤为深刻。

一次是周末的中午，店门关着，我不甘心地推门而入。他躺在里屋炕上，和一个短发女人说着话。见是我，他开始起身穿衣。从他们的谈话中，我知道那女人是他姐姐，他刚跟新婚的妻子吵过架，从小一起长大的妻子回乡下娘家了。墙上的镜子被砸碎了，只剩狭长的一条斜斜地挂着。对着仅存的斜条镜片，他依旧剪得细致。我还记得他对姐姐说，我会把店做大的，打死都不再回乡下。

还有一次，我头上长了带状疱疹，要用紫外线灯照射治疗，头发被医生剪得如"鬼剃头"一般。那天他不顾后面有几个等着理发的人，给我剪得格外久。付钱的时候，他说："我也长过这玩意儿，挺疼的，下次再来就能剪得更好看了。"

这样的时光一直持续到我去外地上大学。大学毕业后，我留在那座城市，工作，结婚，生子，并把父母从小镇接到了身边。

因为参加同学会，我又回到阔别多年的小镇。小镇因丰富的铁矿石资源经济发展很快，林立的高楼让我感叹又陌生。我凭借着模糊的记忆，找到当年阿力理发店所在的万寿街。小店已经不在，取而代之的是个三层楼的大铺面，挂着阿力洗浴中心的招牌。

大堂的一角，他叼着烟，在和一群人搓麻将。他有了肚腩，头发少了，眼泡儿也是肿的。"老板，这里还剪头吗？"他看着我，怔了下，喊了句英文的名字，我没听清，像是"monkey（猴子）"的发音。一个染成白头发的小伙子摇头晃脑地从楼上下来。他头也没抬地打出一张麻将牌，说："就剩这一个徒弟了。""这年头，剪头哪有洗浴赚钱……"旁边的人附和着。

我扭身出了店门，关门时看了一眼大堂里那群穿着暴露、头发染成五颜六色的女人。她们在讲着什么，手里比画着，突然爆发出一阵猛烈的笑声。

只一瞬间，这笑声便把我震出了眼泪。

（原载《北方文学》2021年第9期）

念头与冲动

陈树龙

阿六洗完澡出来,走进卧室,老婆穿着性感的吊带睡衣,半躺在床上,玩着手机。

阿六挥舞双手,做饿狼扑食状,笑眯眯地对老婆说,狼来了!狼来了!

老婆放下手机,对阿六说,我们也离个婚吧!

阿六顿时僵住,继而堆起笑脸,说,刚才还好端端的,说什么离婚啊?

老婆一本正经地问,马伊琍赵丽颖离婚了,比尔·盖茨也离婚了!你就真的没想过离婚吗?

阿六把手放在心口,斩钉截铁地回答,没有,绝对没有!我对你的爱,日月可鉴山河做证!

老婆"哼"的一声,不屑地说,虚伪,你真虚伪!

阿六又笑呵呵问,难道我对你不够好吗?

老婆拿起手机,对着屏幕读,《幸福婚姻法则》里说过一句话,"再恩爱的夫妻,一生中都有200次想离婚的念头"。

阿六问,这你也相信?

老婆说，当年我爸妈提出彩礼婚房婚车的时候，你说，你没那么多钱，我家又不是卖女儿，要不干脆就不结婚了！

阿六说，我是这么说的，你家的要求太高，我家砸锅卖铁也给不起啊！要不是你说服你爸妈，我们真的结不了婚！

老婆生气地说，可那时我们已经领证了，法律上的夫妻啊！难道这不是离婚的念头吗？

阿六解释说，那是推迟结婚，怎么能说是离婚呢？

老婆再问，上个月，你说国家开放第三胎，让我赶紧生个孩子，我说不生，你不生气吗？你爸妈可是一直在催你啊！你就没有想跟我离婚，跟别的女人生个孩子吗？

阿六说，这个我能理解！国家开放第三胎，就说明现在的人不想生那么多。我可跟爸妈说了，城市里养一个小孩，从出生到幼儿园、小学初中高中大学不容易！什么兴趣班补习班等等，成本太大了！待过几年，我们经济状况好些再生小孩！

阿六辩解完，又问老婆，那你有没有离婚的念头呢？

老婆回答得很干脆，说，有，我肯定有！去年的时候我就有！

阿六疑惑地看着老婆，似乎老婆变得陌生起来，轻声地问，我怎么一点都不知道呢？

老婆说，去年，你们高中同学聚会，我说要跟着你去，你说不行！

阿六说，大家说好的，不准带家属。

老婆继续说，那时我还笑着问你，你们班有没有你暗恋的女同学，你说没有，是吧？

阿六说，都是陈年往事了！

老婆打开手机，指着一张照片，厉声质问，你自己看看，你搂着跳舞的这个女同学，该是你的暗恋对象吧？一脸的兴奋！老婆又手指一滑，指着另一张照片，你再看看，你的手都放在她的胸口！

阿六憋得满脸通红，说，大家都喝高了！也不知谁这么无聊，拍这种无道德照片！

老婆得意地说，当我看到这些照片的时候，我就想跟你离婚！你们在一起三天两夜，她又是离婚单身，谁知道你们发生了什么呢？

阿六赶急忙申诉，老婆啊，你可别冤枉我啊！我跟她是清清白白的！那么多人在场做证，给我一百个胆我也不敢啊！

老婆不服气地问，你真的从没有过离婚的念头吗？

阿六委屈地答，真的没有真的没有！我可以发誓！

老婆说，你怎么会没有呢？我再想想。

过了一会儿，老婆又说，年初，我说我妈病了，我要回去照顾她，这事你还记得吧？

阿六接上说，这事我知道啊，我晚上过去接你，你妈说，她没病，你也没回来过！

老婆问，那时，你也没有离婚的念头吗？

阿六说，我等了你整个晚上，你电话又关机，发你微信你又不回我，我急死了！不清楚你发生什么了！当时我有闪过这个念头，可瞬间就没了，这个忽略不计！不算！

老婆听完，脸上露出胜利的笑容，说，你这人真虚伪！一瞬间的念头也是念头啊！

阿六叹了口气，摇摇头，无奈地说，好吧！我承认！我有！

老婆得意地说，这就对了嘛！夫妻之间需要坦诚和信任！

阿六低声问，那么，你那晚究竟去哪儿呢？

老婆爽快地答，男闺密从国外回来，邀请我去宾馆跟他一起过生日。

顿时，一股可怕的冲动直涌上阿六的心头！

美国婚姻问题专家温格·朱利在《幸福婚姻法则》里说过的那一句话，原话是："再恩爱的夫妻，一生中都有200次想离婚的念头以及50次掐死对方的冲动。"

（原载《小小说选刊》2022年第2期）

柴门闻犬吠

肖曙光

春云娇弱,胆小,特别怕狗。记得小时候,她在萧家冲村小学上学,下晚自习,走在路上,手电光一闪一闪,照亮了前面的路,划破了黑魆魆的夜,却也招来了狗。那时,村里每家每户都养了狗。一只狗叫,就会引来村里更多的狗狂吠不止,"汪汪"声此起彼伏。不但叫,狗还会迎着手电光冲过来,朝她昂首伸颈咆哮。

春云惊恐万状,一声尖叫,撒腿就跑。她在前面跑,狗在后面追……好在我和她二叔本贵及时赶到,她才避免被狗咬伤。

后来,下晚自习,我和本贵去接她。走在路上,依旧有狗叫。甚至有狗冲过来,朝我们狂吠。见状,本贵不慌不忙,口中念念有词,食指在空中左画画右画画,然后,对着狂吠的狗一指,口中一声"着",刚刚咆哮的狗,立马噤声,乖乖地退到一旁。

我知道本贵在施法。萧家冲地处雪峰山腹地,村里一些人懂巫术,会施法。本贵用的是封狗法,念几道咒语,画几道符,就能封住狗嘴,让它们不再叫唤。

有本贵的保护，春云走夜路不再怕狗。

后来春云考上了大学，毕业后，在省城一个部门工作。城里虽然也有狗，但那些狗一个个被当成"儿子""女儿"一样养着，早就失去了野性，不会像乡下的狗那样见人就狂吠。

但春云还是怕狗，见狗就绕着走。

两年前，春云去一个贫困村担任第一书记。乡下狗多，我担心她怕狗的毛病影响工作，完成不了扶贫任务，不能带领乡亲们脱贫致富，辜负组织的培养。

思来想去，只有让她学会封狗法。我跟本贵一说，他头摇得像拨浪鼓：封狗法传男不传女。

我软磨硬泡，告诉他春云去扶贫是积德行善的事，他才破例答应。这让春云哭笑不得，但体恤我的一片良苦用心，同意学封狗法。

封狗法其实很简单，把几句咒语念熟，手指在空中画几个倒着的虎字符，就大功告成。春云有灵性，一学就会，一试果然灵验。

自从去扶贫，春云很少回家，电话里，她总是说忙。视频里的她，瘦了，黑了，但精神像成熟的稻子那样饱满。

还怕狗吗？我问她。

她呵呵笑道：有封狗法呢。

多亏让她学会了封狗法，克服怕狗的毛病，可以放开手脚好好工作。当初的做法是明智的。我心里不免有点得意。

两年了，我很想念春云，趁着五一假期，和本贵一起去看她。

进得村来，一幢幢白墙绿瓦的村舍整齐排列在道路两旁；路边绿化带里一丛丛勒杜鹃红艳艳地争相开放；田垄里，金灿灿的油菜花，嗡嗡鸣叫的蜜蜂，吸引着一群群游客流连忘返。入夜，农家乐灯火辉煌，人声鼎沸，歌声和欢笑声响彻夜空……这哪里是农村，分明是一处风景秀美的旅游景点。

那晚，春云和我们在小河边散步，流水潺潺，蛙声阵阵。看着眼前的一切，我不由得感慨道：好美的乡村啊。

春云笑道：眼前只是美丽乡村建设的第一步，我们还有第二、第三步呢。

正说着话，一条狗冲过来，朝我们狂吠。我一把把春云拉到身后，对本贵说：快施法。

春云摆摆手说：二叔，不用施法。又对我说：这是阿黄，它不认识您们，所以才叫。

阿黄，这是我的家人。春云对那条狗说道，还用手摸了摸它的头。

那头狗听了春云的话，温顺地退到一边。

本贵惊诧道：侄女，你不用封狗法？

二叔，您教我的咒语早忘了。春云歉意地对本贵说，封狗法解决一时，不能从根本上解决我怕狗的毛病。

那你用了啥法子？我问。

啥法子也没用。其实，狗通人性，你跟它们接触多了，也就熟了。春云指了指村子说，刚开始，村民脱贫的积极性不高，我挨家挨户走访，一而再再而三地跟他们商量脱贫的事，不仅跟大家建立了感情，就连他们的狗，也和我亲昵起来。这不比封狗法好吗？

本贵点点头：侄女，你说得对。真情所致金石为开，对人这样，对狗也是这样。

沐浴在夜色里的春云，沉稳持重，浑身散发出泥土般朴实的气息。

女儿成熟了，一股自豪感从我心底涌起。

（原载《嘉应文学》2021年第7期）

天涯若比邻

冷清秋

我深信杨女士是爱我的。也一直拿我当最好的朋友。

好朋友不离分,杨女士最喜欢参与到我的人生里对我的恋爱结婚指手画脚。

杨女士说,闲着也是闲着,或者是我不管谁管?

好在工作后的我很快就和杨女士拉开了距离。但,也就是我所居住的城到城郊,四十五分钟车程。距离近,见面的次数却少,致使很不满意的杨女士数次嚷嚷:是不是我只有站到你眼皮底下,你才能看得到我?

我笑笑,不知说什么好。没办法,整天忙忙碌碌的我自然不能,也无法,让杨女士事事如意。毕竟人人都在向前看,我和杨女士的关系再也回不到从前。

可杨女士家安装了宽带,杨女士用上了智能手机。杨女士找我的次数一次比一次勤了。

杨女士说:咋?为啥不打?这样能看见人儿,还不使电话费,多好!杨女士不知道她嘴里的好,正在造成我的很多很多很多不好。杨女士常常不由分说就把视频电话给打过来了，电话声儿骤然响起当当当当当当……就像是我整个人瞬间被罩在杨女士抛过来的大钟里，手足无措。毕竟天天给人打工的人不是时时刻刻都可以随便接电话的。

可杨女士不听，也不管。面对杨女士的突然袭击，我也只能是有时接有时不接的。但不忙的时候我还是尽量要照顾一下杨女士的情绪的。毕竟这么多年的感情早使我明白我是爱着杨女士的，也依恋着她。瞅瞅四下无人便会把电话接了，或者是瞅准适合的机会再给杨女士回拨过去，并在镜头里和颜悦色地和杨女士聊上那么一会。

杨女士和我聊的都很琐碎。她说：常用的那把缠了红布条的剪刀找不到了，翻来覆去地到处都翻遍了也找不到。还说：谁会拿那么一把破剪刀啊。还说：那个不锈钢淘菜盆居然底漏了，不锈钢不锈钢，明明是很结实的玩意儿居然也会漏，现在只要淘菜就会看到水从盆底流出来，该找个什么东西补一补才是。还有次，杨女士问我：你知不知道咋样摊煎饼？然后杨女士便细细致致地讲解：摊煎饼的面必须是一碗面三碗水，再放盐味精和物料面。对，在杨女士这里她不说佐料，不说五香粉或者十三香，她最爱说出口的就是物料面。

能怎么样？我只能是安安静静地听着，并时不时轻轻地嗯上一声，来表示我没有不耐烦，没有做别的事情，我还在听。

周末杨女士邀请我去摘辣椒，东院嫂子悄悄说：我五婶啊，嗨，就那么一大早地跑我家来串门，你说她是不是老了？糊涂了？咋能在那个点就过来串门呢，家里早饭都还没做呢。我五婶就那么不管不顾地使劲拍门，都快把门板给拍碎了。

东院嫂子所嘟囔的五婶便是杨女士。

认真观察，杨女士的确是老了很多，走起路来步履沉重带着喘，仔细看脚步也有些趔趄。可经我提醒的杨女士却一脸不忿，很大声嚷嚷说，不去了不去了，以后谁家也不去了！

杨女士说话算话，她果真减少了去东院嫂子家串门的频率和次数。

但没多久，就有小道消息传过来说杨女士天天跑去打牌。哈，怎么可能。

后来春嫂子是这样解释的：五婶这人就不会打牌好么，她坐在牌桌那，手里攥一把牌，每次都是人家出来老半天了，她还瞅来瞅去不知道出哪一张。

春嫂子又说：你知道不知道五婶院子里的灯啊，天擦黑就点亮，一下子亮到天明，还有她屋里的电视机，五婶的电视机就没见她关过。睡觉开着，做饭开着，吃饭开着，就是去地里干活，去镇上赶集也不关，隔院墙就知道演的是河南台的《梨园春》！

这情况很多人都知道的。没办法，杨女士耳背，电视机的声音总是开得更大一些。

凭着我和杨女士的关系，好几次我都想提醒提醒她的，可说些什么呢？望着空荡荡的屋子，空荡荡的院子，我张张嘴——又咽了。有什么好说的？

就像此刻杨女士的电话又拨过来了——

能接的时候就接吧。毕竟整个村庄空荡荡的。

屋里屋外空荡荡的——

父亲去世后，家里只有杨女士自己了。

喂，妈——

（原载《小小说月刊》2022年第1期）

再来一碗

奚同发

你个老家伙,是被梦到的我惊醒了吧!

我知道你舍不下我,过去的一个多月,先是忙送我的事,瞧把你累的,而后,儿子接你到城里。不一样的生活,你也不大能受得了。梦里,是我给你做擀面片,热油一泼,滋啦啦响,热气、香气一股脑冒到你脸前。你多少天都没这样的馋相了。当你端了碗用鼻子深深地嗅了一下,筷子没动就醒了……

你是想我做的油泼辣子片片面了。跟你一辈子,你就好这一口,我咋能不知。我相信,不管你走到哪里,心里都惦记我这一碗面。你说你当年就是看上我这一手面,才答应了婚事。那次相亲,你还在窗外偷看我在灶房擀面的样子。想来我娘当年说得没错,女人家厨房里一定要擀一手好面,才能箍住男人和一家老少。

如今城里小家小户,女人多是学生娃出身,哪还会这一手啊。正如我娘所说,这一活技,从缸里往外舀面就开始了,注入温凉的淡盐水,向着一个方向和面,稠稀到位后便朝着自己怀里揉,待盆里的面团光光的,面不黏手，连盆边都不黏了，便盖了布子醒着。此时适合做浇头，猪肉、羊肉、胡萝卜、豆腐、豆角等都走成丁。你喜欢站在旁边看着面团被倒在撒了面粉的案板上，揉开拍成饼形，你便赶忙递来擀杖。这根擀杖还是你从山里一棵野桃树上砍下的，慢慢地磨了一个多星期才光溜溜了。这一用，跟了咱俩一辈子。你说，你最喜欢看我擀面的样子，一会儿擀杖卷着面皮滚动，一会儿面皮均匀地扩大摊开，细听擀杖面皮之间闷闷的声响，看那灵巧的动作和扭动的腰身，像孔雀跳舞。我就笑你，你见过孔雀跳舞？当然，你更喜欢吃那薄筋光、酸辣香的面片，各种菜丁做的浇头滋润着面片，浇头上再撒着葱花、蒜泥、香菜，美美地再来一勺小瓷罐罐里用火烧得起了蓝焰的热油泼出来的辣子……

瞧你个老家伙还坐床头抹泪开了。这是想人，还是想面片？

儿子、儿媳够不易了，天天忙上班，又逢疫情后各行业不景气。他们能保住饭碗，就很不错了。听说，许多人都失业了，许多门店都关了。他们没时间照顾娃，干脆把娃送寄宿学校了，可为了给你做午饭，还要尽量赶回来。咱俩一辈子，你饭来张口，衣来伸手。他们有时回不去给你点的外卖，你将就吃，别不知足。你够幸福了。许多城里人没空儿管老人，都送了养老院……

你这是咋了？今天要干吗？平时，儿子不是不让你出小区大门吗？你发哪门子神经？老家伙，别乱跑，城里迷路，车多，不安全，快回去，快回去！

你个老家伙，给警察说啥？哈，竟然让警察帮你找手擀面馆。人家是警察呀，管的都是大事。嘿，警察还真的用手机在查找，找到了，在附近。警察要送你去，听说朝那条路直着走，你坚持没让送。城里警察真是好，啥都管！

你这又倔又可怜的老家伙，在人家面馆外等了两个多小时。小馆开得晚，没啥人，你是头一个。听说你一直在等一碗面，店主两口高兴坏了，一个切面，一个配菜，不一会儿，一碗热气腾腾的手擀面就端到你面前。一整棵上海青横七竖八卧倒在碗里，跟海带丝、豆腐皮之类纠缠在一起，一筷子下去挑起一堆乱糟糟的比面条还大的菜料。

店主说，叔，辣椒、醋在桌上，蒜瓣你自己剥……

你望着那碗面，愣愣地不动筷子。中了吧，老家伙，别挑了。凑合吃，人家这里的手擀面就是这样的。

叔，你是想人了吧！店主递来一根烟说。

你的泪"哗"落下来，然后大口大口把面条往嘴里扒。面条长，总扒不断似的，跟咱家切的菱形面片可不一样。你个老家伙，这辈子脾气杠杠硬，竟在外人面前流了泪。

咋？你又冲店家喊了一句，再来一碗！

店主一怔，高高兴兴接了句来啦，便进了厨房。不久，又一碗面摆在桌上。你盯着碗上冒的热气愣了一阵儿问，这是？

哦。叔，您老刚才不是喊"再来一碗"吗？我还看看你的眼神，确定过了眼神才让媳妇又下了一碗。

我，我，我没要。你声音低低道。

女店家赶紧出来插话，叔，我们店吃一碗送一碗，你不能吃就搁这，我们自己吃。

那一天，你吃了面，还是闷闷不乐。你想那个没了我的家，那个回不去的家，我知道。

瞧这，你刚到家，儿子就乐哈哈开了门。小夫妻俩本来今天中午加班，还是都请了假赶回来。

儿子说，爸，中午给你做手擀面。俺媳妇不会，是在网上对着视频现学的。你瞧，我妈不在了，估计你是想吃面了，昨晚半夜听到你喊声再来一碗。

那天中午，你又吃了两碗。多亏城里人的碗小，就那样，你的肚皮也快撑破了。不多吃，就觉得对不起儿媳和儿子的心意。你硬是把自个吃得肚子疼……

晚上，你又梦到我。

儿子早起对你道，爸，再来一碗！你这几晚梦里都喊，昨晚又喊啦！

你望着儿子,笑了。难得多天来的一笑。你说,想你妈了。

儿子说,我也想妈了。

我说,老家伙、儿子儿媳、小孙子,我想你们了!

(原载《小说月刊》2022年第1期)

青春的魔咒

苏美霖

微信电话爆响的等待音在房间到处撞壁,我焦躁的神经随着声音的消失而崩断。

关关没接电话,一直没接!我收不到她一丁点儿消息,她会不会已经被"十八岁的魔咒"杀死了?今天,是她十八岁生日。

我和关关相好五年了。起初是网上玩剧本杀相识的。那时剧本杀还是个小程序,玩要靠微信群,走走留留走走。最后,我们俩和猫爷组成了剧本杀小分队,渐渐熟成了老铁。

我们仨相遇在剧本杀《白色病栋中》,我扮的角色是个以为自己是由蘑菇变成的小姑娘,后来都叫我小蘑菇。

关关生下来就有先天性糖尿病,需要终身注射胰岛素。她十四岁时父亲死了,母亲再婚后,她辍学去外地亲戚家打工。她是个二次元综合体,既乐观又悲观。她好像还有抑郁症,经常在小号的朋友圈发一些负面东西和自我鼓励。

她早就告诉过我,她有一个"十八岁魔咒",生日那天会飞向天堂,带着她养的花枝鼠一起去。然而，她的花枝鼠先她去了。好几次聊到时，她都哭着说好想她的鼠宝宝。

一个月前的深夜，她在朋友圈说：怎么办？我好像又被黑狗咬住了，可能它一直就没离开过，到处是金属的感受，我好难……要加油挺住，生日终于快到了！

猫爷，你联系上关关了吗？我问。

还没有，十几个小时了，我电话、微信、微信电话、短信，能联系的我都试了。

我真害怕她做傻事，她说有一个"十八岁魔咒"，生日那天会飞向天堂。

我嘞个去，为什么之前过生日大家都要互相发红包，如果邮寄礼物，就能知道她的地址了。猫爷急得直喊。

我们都惶惶不安，渴望化身成大侦探福尔摩斯，翻找着所有的聊天记录，试图找到一丁点儿有用的线索。

我一直希望，有机会我们仨能聚齐，一起去猫咖、女仆咖啡馆、漫展、线下狼人杀和剧本杀等好多地方。一起笑闹、吐槽，遇到美食你一块我一块地分享，还想和关关一起穿汉服跳舞、拍照。我忍不住抽泣起来，明明还有那么多想和她一起做的事，却要孤单留下我一个人。

茫茫黑夜。我们继续轮番给关关打电话，直到那边响起，"您拨打的电话已关机"，我无助地哭开了，猫爷最先镇定的，他说接收过关关发的工作地方的照片，让搞电脑黑客的朋友查查，看能否查出定位。

我点燃了妈妈的一炷香，又一炷香，在等待中祈祷关关的灵魂等等我们。

凌晨两点，猫爷兴奋地说，通过照片查到定位，已联系到当地的警察朋友报了案，他们正在赶往关关的出租屋：

关关开煤气自杀了……别急，她还活着，在送往医院的途中……她从急救室出来了，被抢救回来了……一直在实时汇报的猫爷丢了镇定，哽咽得说不出话了。

我一直把猫爷当闺密，还觉得他很娘炮，此时的他突然顶天立地了，我们都离不开他了。

终于等来了关关小号的朋友圈消息，她说：我躺在冰冷的黑暗中，看到灵魂随着时间飘荡，看平生过往，有种不真实的感觉，什么都不重要了，马上就要结束这样的人生……可是，俗世的第一缕阳光还是照到了我身上，妈妈抱着我又哭又笑，说"我最近学会了做好多小点心，你要陪妈妈品尝一辈子，不许一个人跑掉！哪天给你爸爸也送些去，他在老宅院子里栽的那棵树又活过来了，还打了花苞，我们一起去看哟"！我不知道为什么，突然想好好活着了，去看枯木逢春的树……

终于接到了关关的群聊电话，她刚说出"谢谢你们救了我"就呜呜哭开了。

哭吧，哭吧，你已经好久没这么哭过了。我说完这句话，"扑通"一声瘫倒了。关关也救了我一命，我能战胜叫"抑郁"的东西了。

第二天，猫爷发我一条惊天动地的消息：我要娶关关为妻，做她的网络老公，等她到了结婚年龄，我正式娶她进门。我不想她再一个人走进永久的黑夜。

关关也发来一条留言：我接受了猫爷的求爱，答应做他的网络老婆，他说用喜事冲开我的魔咒。我们要选一个良辰吉日在网上拜堂成亲。小蘑菇，祝福我们吧！

我惊呆后发出好多个鼓掌和福字的表情图，急忙道喜：恭喜恭喜，祝福你们永远幸福快乐，白头到老！不，不会白头到老，我们只是网络夫妻，我不允许走到现实中去。我不配，也不想拖累猫爷，他是个非常优秀的男孩，应该有更好的老婆，那个人不是我！

我又喜又忧伤——我也喜欢猫爷这个男孩，一直没敢说出口。

（原载《小说月刊》2021年第7期）

缴枪

朱红娜

这是猎人有生以来最为激动的时刻,猎人按捺住狂跳的心,趴下,架枪,竭力使猎枪的十字星瞄准前面的庞然大物,50米,30米,20米,猎人果断扣动扳机,"砰"!

猎人惊醒了。

猎人没有猎枪。

猎人张开眼睛,面前的庞然大物由一头变成了一群,猎人吓出了一身汗,猎人赶紧闭上眼睛。

春意阑珊,乍暖还寒,枯萎的树枝长满了葱绿的叶子,阳光穿不透绿叶,猎人的身子,遮在一片浓阴之下,瑟瑟发抖。

猎人原本有一支让他引以为荣的猎枪。

猎人五岁的时候,第一次知道那是一支猎枪。猎人骑在爷爷的一个肩上,猎枪骑在爷爷的另一个肩上。爷爷的猎枪是橡木做的,厚重,坚硬,如爷爷的性格。爷爷到了林子里,放下猎人,架好猎枪,不大一会工夫,猎人听见爷爷说,有了。只听"砰"一声枪响,远处一只野兔滚了几滚,再滚不动了。

猎人从此盯上了爷爷的猎枪。

猎枪是爷爷的命根子，命根子白天在爷爷的身上，晚上在爷爷的床头。猎人的奶奶睡眠不好，心慌得厉害，有一次摘下床头的猎枪，爷爷醒来一摸，手空了，跳将起来，揪住奶奶的头发，以后再敢动老子的枪，老子毙了你。从此猎人知道猎枪比奶奶的命还重要。

爷爷得空的时候，就拿出一块棉布伺候猎枪，来来回回擦拭。爷爷的手渐渐弯曲，猎枪渐渐光滑发亮。猎人说，爷爷，让我来擦吧，猎人学爷爷的样子，来来回回使劲擦。爷爷欣喜地抚摸着猎人的头，我终于有了接班人了，"猎枪一响，黄金十两"，这把枪以后就是你的了。

猎人像爷爷一样，瞄准野猪、野兔、野狐狸等一切野的动物。爷爷告诉猎人，山里有黑熊。但是爷爷没有见过黑熊，爷爷说，黑熊鬼精得很，能闻出猎人的气味。黑熊怕爷爷。爷爷说，你也要练出猎人的气味。

猎人白天把猎枪扛在身上，晚上把猎枪挂在床头，猎枪也成了猎人的命根子。猎人的猎枪更加光滑，有一层油亮油亮的光，在山林中晃来晃去。

有一天，猎人的儿子趁猎人不备，取下猎人的猎枪，抱在手里。猎人的儿子说，拥有猎枪是违法的事，我要上缴。

猎人的儿子不喜欢猎枪，他十五岁的时候跟着猎人去打猎，听到"砰"的枪响，尿流了一裤子。猎人就知道儿子成不了猎人。猎人的儿子当然不会用猎枪，猎枪在儿子手里就是一根木棍。

猎人怒斥儿子，放肆！没有猎枪你早让狼叼去了。

猎人的儿子不甘示弱，你想坐牢就去打猎，猎枪一响，手铐扣上。

猎人气得像一头发飙的狮子，扑向儿子，抢过猎枪，怒吼，老子毙了你。

猎人的枪没有响，吼过之后，泥一样瘫在地上，猎人不想被铐，不想坐牢，乖乖向儿子投降，猎人将猎枪交给儿子的时候，"哇"的一声大叫，泪腺爆裂，泪滴如一颗颗子弹掉在猎枪上，又画了一个弧线，射到地上，了无痕迹。

猎人的儿子去了南方打工，让猎人与他一起去南方。猎人拒绝去南方。猎人说，我在这里是一棵树，去了南方就是一浮萍。儿子听不懂猎人富有哲学意味的话，发来一个晕倒的表情，留下一句"食古不化"，再无下文。

没有猎枪的猎人就像没有锄头的农民，地里有再多的红薯也只能烂在地里。

猎人没有了猎枪，失魂落魄。猎人想起五岁的时候，用枝丫做的橡皮弹弓。猎人心血来潮，拿着砍刀，转了一个上午，终于找到一个满意的枝丫，猎人要再做一个弹弓，一个比小时候大一倍的弹弓。猎人把弹弓当成猎枪，心痒的时候拿着弹弓，去射树上的麻雀、松鼠。

猎人看着野猪从眼前经过，猎人不能拿弹弓去射野猪，猎人看着野猪刨食地里的庄稼，一刻钟光景庄稼就灰飞烟灭。

猎人不做猎人已经好多年了。

黑熊在猎人身上闻来闻去，黑熊没有闻出猎人气味。

猎人不敢睁眼，猎人只能装死。

黑熊一直在附近。猎人不知躺了多久，猎人看着自己身上长出了叶子，长出了枝丫，很快长成了一棵大树。黑熊在这棵大树上爬来爬去，不亦乐乎。猎人一动不敢动。

猎人的儿子从南方回家来，找不到猎人，找到树林里，猎人看见儿子，大声喊，别过来，有熊。

猎人的儿子看见长成大树的父亲，看见树上的黑熊，立马趴在地下，装死。

（原载《大中华文学》2022年第1期）

青花如意陶

徐建英

道光年间，秦都有位陶艺师，姓陶名淳风，祖辈以制陶、售陶为生。陶淳风精于把陶、掌陶，经营的"一品陶居"生意很是红火，内堂有不少古物。

这日，一老者入店内，扬言找陶淳风掌个眼，随后小心翼翼取出一个青花如意瓶。陶淳风接过瓶，一怔——此瓶胎质细腻，胎体轻薄，釉面光润，青花色泽甚是浓郁。

老者觉察到陶淳风面有异色，一丝笑容浮上脸庞。

陶淳风沉默不语，良久才吐出三个字："仿制品。"

老者指着瓶身绘制的青花如意回纹，傲慢地说："人言小陶先生慧眼识陶，我看也不过如此嘛，且不提瓶底的永乐印记，单看瓶身的青白釉面，苏麻离青料烧制的艳纹，青墨斑点似水墨般的晕散，便知是郑和下西洋时外销的如意陶瓶。"

陶淳风只手持陶瓶："此乃提纯过的青料铸造，烧造得当，水墨斑点便可以假乱真，然仿制品就是仿制品。"说完将瓶摔个粉碎，捡起一片陶胎递给老者,"请老丈看看内底是否有陶某的刻字?若无,我愿十倍赔偿。"

老者取出凸透镜,见到陶淳风三个发丝大小的篆体小字,立时面露寒色。陶淳风同样脸色凝重:"此瓶乃陶某十五岁生辰的习作,岂料辗转你手……"

老者一言不发地转身离去。

陶淳风将碎裂的陶片一一捡起,遣散众人,进入内堂,将陶片重新一一拼接,不多时一个青花如意瓶就摆在藏柜打眼的地方。

数年后。江南鸿运钱庄、江北铸剑山庄同时来秦都提亲。

陶淳风痴陶,年逾三旬无妻室。

鸿运钱庄二小姐冯鹄,年方十六,自幼聪慧,随冯庄主进进出出,是钱庄的好帮手。

铸剑山庄已故曹庄主的女儿曹雪,人如其名,清冷美貌,芳菲十八,待字闺中。

同时面对两位小姐,陶淳风很是头痛。南北两家他都不想得罪,也得罪不得。于是诚意宴请冯、曹两家。怎奈冯、曹两家甘愿二女侍一夫,不分大小,平妻入嫁。

冯鹄直言:"你擅于挣钱,我自幼起喜理账纲,我们一好得两好。"

曹雪淡淡一笑:"有你,此生便安。"

岁月匆匆,冯鹄先后诞下两儿一女。春晖寸草之余,冯氏帮陶淳风打理一品陶居,不久便在陕西设立了分号。

曹雪多年无所出,一个人在陶家老宅里郁郁寡欢。偶尔,她也会到一品陶居,怔怔地对着那个碎裂了的青花如意陶瓶,一看就是半天。

又数年,曹雪重病。

曹雪自知时日无多,在陶淳风再三追问下,曹雪才把心中藏了多年的心事和盘托出。

陶淳风听完长叹。

一顶软轿把曹雪抬进了一品陶居的内室,关好门,陶淳风小心翼翼地搬出那个碎裂了的青花如意瓶,在曹雪诧异的目光中,在碎裂拼合后的瓶身处，用小锉轻轻开了一条切口。外层的橘皮青釉层层剥落，露出一角的瓷白，内底的瓷釉白中泛青，瓷胎质感细腻。曹雪的眼睛随着陶淳风的手指滑动而骤变——碎瓶内竟还藏一青花如意瓶！

曹雪一阵剧烈的咳嗽，嘴角有血在沁出，眼神从惊讶到愤怒，最后与身子一起跌落在地。

陶淳风躬身扶起曹雪，问："二十年前与我斗陶的，可是已故的岳父曹老庄主？"曹雪黯然点头："终究是祖上的东西。父亲年轻时在冯家钱庄失了瓶……斗陶，方晓如意瓶在陶家。我，怎么……也得全了他所愿。"

陶淳风喟然长叹："陶家无意得陶，我竟因瓶得两妻。但古物有价人无价，曹家既是原主，又是姻亲，当物归原主。只是夫人啊夫人，你又何苦赔上自己半生？"

曹雪的泪水无声滑落："青花……如意瓶……相传一瓶可抵半城……"

门外，冯鹄提儿携女，风风火火地踏月归来。

（首发《作品》2022 年第 4 期）

一句话

朱文彬

娣姑永远不会知道，决定她一生命运的，只是那么一句话。

那年她十八岁，高中毕业了回到村里，是远近几条村里的最高学历。刚好村里要推荐一人到小学里当老师，村长跟她透风说她最合适，让她在家等消息。

这天，娣姑和梅香在坑背割草。正想着心事，梅香问："娣姑，听说你要去学堂当老师了？"

"八字还没有一撇呢。"娣姑说着，停下镰刀，直起身，站着和隔着一条沟的梅香说话。

"要是我也能去当老师就好了！"梅香叹了一口气。但梅香也知道，自己不是当老师的料，书只读到初一就读不下去了。

想到命运，娣姑一时无语，不知怎么安慰自己的好姐妹。

"哦对了，学堂的校长叫什么来着？"梅香问。

"校长的名字你也能忘？不就是叫曾耀明嘛。"

"什么明？"梅香没听清，逆风，又隔着有点远。

"曾耀明！"本已是天生大嗓门的娣姑不禁又扯大喉咙。

娣姑永远不会知道，决定她一生命运的，就是那么一句话。

此时，校长曾耀明正骑着自行车打沟背的那条路经过，他看见了娣姑，娣姑却没看见他；他听到了娣姑说的那句大嗓门的话——顺着风，那大嗓门又益加放大了音量，并且稍稍变了形，变成了"真要命"——在曾耀明校长听来，那是带着不屑，带着嘲弄，带着挑衅，总之，是那样的"大不敬"！

曾耀明校长生气了。曾耀明校长生气了又不好发作，他只是在最关键的时候说了一句话。

他说："这人虽然文化高，出身好，但是思想品质有问题，目中无人，这样的人不配做教师。"

一句话，让娣姑的命运来了个一百八十度的大转弯——不，应是三百六十度才对——娣姑的命运又回到了原点，娣姑还是娣姑，是农民娣姑，不是吃公粮的娣姑。

娣姑永远不会知道，决定她一生命运的，就是那么一句话。

阴差阳错，当上教师，吃上公粮的，竟是只读过一年初中的梅香。

梅香欢天喜地去学堂做了小学教师，在课堂上把教鞭甩得啪啪响。因为吃上了公粮，身价暴涨，嫁到了县城，三下两下，又进了县里机关，一路高升，竟当上了妇联主席。

娣姑却一直待在她的"原点"。耕田种地，养猪割草，结婚生子，侍候公婆……

开始，娣姑还在一个劲地想，这命运怎么给她开这样一个玩笑？流过太多的泪后，也只能认命了。

娣姑再一次想起十八岁那年的事，是在天堂山水库垮坝的那天。

家人生死未卜，四顾浊水茫茫，娣姑凄惶地坐在一只木盆里，漂啊漂。我的命啊，怎么就这么苦！

露出半截的树上挂着一样黑乎乎的东西，乍一看，以为是死狗；定睛一看，不禁失声叫道——

"曾校长！"

真的是曾耀明，尽管隔了二十多年，尽管被水泡得变了形，娣姑还是一眼认出曾耀明。

"你是……"

"我是娣姑啊！曾校长，你不记得了？我是你的学生，还差点，差点……"

娣姑！曾耀明两眼一亮，想起来了，娣姑，娣姑……只是，眼前的娣姑分明就是一个满脸皱纹的老太婆啊。

"娣姑，救我……"

娣姑抓住树枝，颤巍巍地从木盆里下来，浸到冰凉的水里，把木盆推到曾耀明面前。

娣姑和木盆里的曾耀明，在茫茫无边的黄水里，漂啊漂。

娣姑想起了十八岁那年，要是如愿地当上了小学教师，是不是会跟木盆里的曾校长共事大半辈子，是不是也会像梅香一样，过上城里人的生活？

命啊，真是命！

不知过了多久，娣姑冷得直打战，只觉得身子一点点地沉下去，沉下去……

曾耀明得救了，他活到了八十一岁——此是后话。

娣姑虽然被救上了岸，却因为肺部感染，半个月后撒手人寰，生命定格在四十一岁。

娣姑永远不会知道，在曾耀明的余生里，他曾无数次地想：要不是当年我那么一句话，当小学教师的就不会是梅香而是娣姑；要不是娣姑在农村待了一辈子，那场洪水我就不会遇见娣姑；要不是遇见娣姑，我就不会得救；要不是得救，我就不会长长久久地活到今天……这都是天意哪，这就是命！

然而，当曾耀明弥留之际，儿孙听到他嘴里念叨的，就是那么一句话：娣姑，娣姑……

（原载《美塑》2022 年第 3 期）

悠扬的琴声

赵宏欣

孩子嚷嚷着要去公园,丈夫还要去看望生病的老同事,妻子也要去办什么事。就跟孩子说,今天恐怕不行了,隔天我和你妈妈带你去公园玩。孩子却不依不饶,高声嚷嚷着一定要在今天去,因为老师还布置了一篇作文呢,让写写去公园的感受。

细心想想,三口之家已经很长时间没有一块出去了。妻子做出了让步,丈夫也赶忙改变了看望老同事的日期。于是,今天要带女儿去公园玩就这么成行了。

很久没有去公园了。公园又增加了很多花卉,道路也进行了整修,还增加了很多大型游乐设施。由于是星期天,公园里的人很多,多得都有些拥挤了。

丈夫大老远就看见了那个凉亭,这时才猛然想起忘带了一样东西,于是赶忙跟妻子说了一声,让她们在原地等会儿,就急匆匆地转身往外走。他要去电动车上取他的口琴。

妻子不知道他要取口琴,就高声地冲着他的背影吆喝,你去取什么?哎呀呀，你这人怎么这么磨叽！

妻子很不耐烦，对他要折回去取东西很不满，本来还算好看的面容黑得很难看，但他已经急匆匆地汇入了人流中，一晃就不见了。

女儿也不情愿他折回去取什么东西，小嘴就噘噘的，很有一些扫兴的味道。还在小声地埋怨着，爸爸这是干吗呢，丢三落四的，还要出去取什么东西，真是的。

妻子的脸色就更难看了，还有焦急在脸上凝聚，嘴里也在嘟囔着什么，一副狠叨叨的样子。

等他急匆匆奔过来的时候，妻子已经表现得很不耐烦了，近乎是吼他说，你去取什么东西这么要紧？！

他忙说，我去车里取口琴，本来下车的时候记着要带的，一恍惚，竟然忘了。说着，还用一块湿巾擦着口琴。

妻子的脸色就更加难看了，躁咧咧地说他，都什么年代了，你还拿你这老掉牙的东西干什么？！

丈夫面对妻子的不耐烦，面容上飘过一丝尴尬。不过，那种尴尬一忽而就不见了。丈夫说，可别这么说呢，这是老牌子的国光口琴，音簧是德国进口的，还是28孔宽音域、复音C调的呢。这种口琴，1931年由潘金声先生始创，由当时的中国新乐器制造公司生产，开创了中国自主生产口琴的先河，由此潘金声先生被称为中国口琴之父。这种口琴直到现在仍然声名不衰，可以说是我们民族的不朽品牌。他讲得激情满怀，如数家珍。你看这口琴的制作多么精美，特别讲究每一个细节，二十年了仍然像新的一样，整体造型简约高贵，而且音质好着呢，发音灵敏、吹奏轻盈、音质悦耳。要不我吹奏一下你们听听？当初……

当初什么？当初不就花了几块钱买来的吗？得了吧，得了吧！妻子摆出一副不耐烦、不愿听的样子。他就有些尴尬，原本高高的兴致，让她的情绪给打得七零八落。于是，就悻悻地用手帕包了，放回衣兜里。

这时候，妻子就带着女儿往动物区的方向走，因为女儿要去东边的动物区看大象。这会儿，丈夫突然有些急了，说，这样这样，忙叫住妻子和女儿。又说，咱们先到那边的亭子里去看看，然后再到东边的动物区去看大象。说着就要去拉妻子和女儿的胳膊。

亭子有什么好看的？妻子不解，脸上还表露着不耐烦的样子。

他说，咱们先到西边的亭子里去看看，然后再去看大象，不是也可以吗？你看那个亭子多美呀，还是汉白玉的质地呢。

干吗非要去看那个亭子？那个老掉牙的亭子有什么好看的？几十年还是那一个模样，汉白玉质地的又咋地？妻子不解。

丈夫说，咱们去去嘛，到亭子里去稍微休息一会儿。然后，咱们再去动物区看动物，这不一样吗？咱们去了动物区看了大象以后，就从那边的门出去了，不再路过这儿了。

你干吗非要去看那个老古董亭子？而且还要去休息一会儿？我们带着女儿出来，还没转悠呢，休息什么？再说，我们带着女儿来公园，是看动物重要还是到那个亭子里休息重要？什么也没看，也不累，就要到亭子里先休息休息，你的脑子有病吧？

丈夫说，不去休息也行，咱们路过这儿，只是到那里边去坐坐，哪怕一小会儿也成。

妻子更不解了，路过这儿，干吗要去坐一小会儿，坐一小会儿有什么意思呢？

然而，丈夫却执意要先到那个亭子里去坐坐。妻子却执意不去。他们就那么僵持着。

僵持着僵持着，妻子已经彻底不耐烦了，气咻咻地拉起女儿就往动物区的方向走。

丈夫突然吹响了口琴，是一曲《我和我的祖国》，那优美的旋律悠扬地飘荡开来，在公园里弥漫。

妻子听到了，听着听着，她的情绪忽而安静了；女儿听到了，眼睛也闪亮出光来，亮晶晶的。还拉了拉妈妈的衣襟说，是爸爸吹的！

妻子听着这十分熟悉的旋律，突然停住了脚步，然后扭过脸去，看到丈夫站在那个汉白玉的亭子里，望着她，充满激情地吹着口琴。猛然间，她想起了二十年前的那一天。他们首次约会在这个汉白玉亭子里，当时他吹奏的就是这首曲子，她听着这令人感奋的琴声，一颗少女的心被深深地打动。她这样想着，想着想着，泪水便从眼眶里流出来了。

（原载《牡丹》2022 年第 1 期）

杨小雨

胡天翔

当——当——

放学铃声一落，我穿上雨衣挤出教室，窜进了厕所：一大泡尿把我憋得小肚子痒。撒完尿，出校门，我看见杨楼和王庙的学生举着五颜六色的雨伞，过了王寨村头的石桥。

四月的雨淅淅沥沥，连着下了五天。土和水混在一起，被一双双鞋子搅成了泥汤，泥汤下还隐藏着深浅不一的车辙，一步不慎就会滑倒。走过村部，走过池塘，走过烟炕，走过小卖部，我一步步挪到石桥。在桥墩上磕胶鞋上的泥，我看见浑浊的河水泛着泡沫穿桥而过。

过了桥，出了村，杨楼和王庙的人已在三岔路口分开了。杨楼的人沿河向东走，王庙的人沿着麦田间小路向南走。雨还在下，地墒沟里的水溢出路面，流进河里。过了三岔路口是下坡路，路上淤积着麦地里冲出的泥。糊了泥的胶鞋真沉哪，每一步要硬着脚脖子才能从泥里拔出鞋。我干脆挽裤腿脱鞋子拎起胶鞋光着脚板往前走。没到西河，我回头看见王寨村头出现一个黑点。黑点越来越大，是个打伞的人。会是谁呢？看个子挺高的。过了三岔路口，那个人没往王庙拐,而是向我走来,不一会儿,她就走到了我身后。

杨小雨!

是呀,不是杨小雨又能是谁呢?在杨楼,就杨小雨读五年级。快考初中了,老师放学后爱给学生补课,杨小雨常是最后一个离校的。杨小雨个子不低,成绩却不高,名次在班里倒着数。连她的父亲都说她脑瓜子笨,不想供她读初中。

我不喜欢杨小雨。其实,我有点怕杨小雨。杨小雨比我大五岁,按辈分我得喊她姑,可杨小雨却没个当姑的样子。杨小雨太把家了。杨小雨不让我们在她家门前的池塘钓鱼,杨小雨不让我们爬她屋后树上摘梨打枣。不止我们说杨小雨把家,连杨小雨的邻居狄柱婶都说:"雨妮子把家,别想从她眼皮底下拿根柴火棍。"可狄柱婶还说:"雨妮子知道东西中用,谁娶了她,日子过得不会差。"

看见我,杨小雨也没理我。

杨小雨甩甩披肩的黑发,把伞从左手换到右手,径直向前走了。

杨小雨个子高腿长步子大,一会儿就把我甩远了。

我走到西河边,杨小雨过了河上的小桥,在蹚东边的水坑。汇合王寨和王楼的支流,西河宽约二十米;河东岸还有一片三十多米宽的洼地,是一块块稻田。天色越来越暗。雨小了,细细地飘着,河面上雾蒙蒙的。沿河堤向南,我低头弯腰迈短腿弓脚背疾走;刚拐到往小桥的路上,听见有人喊我:"亮子,亮子,你快点哪。"细雨中,声音如银铃般清脆。杨小雨竟站在桥上。

杨小雨咋折回来了?

杨小雨咋没打伞哩?

我呼哧呼哧地跑向小桥。小桥是用两个水泥圈子并成的,桥面铺的石板,被来往的人踩得光溜溜的,下雨滑得很。过了小桥,地势低成一处水洼,路北稻田的水常漫到路南的稻田里。晴天,我们要踩着垫的石头过去;一下雨,水洼成了水坑,高年级的学生蹚水过去,低年级的学生则被邢大国夹在胳肢窝里,掂了过去。

河水又升高了，水都漫过桥面了。上了桥，我小心翼翼地往前挪……见我胆怯的样子，杨小雨笑着说："还是男孩子哩，胆小鬼！"杨小雨扯住我的胳膊，拉我过了桥。被喊胆小鬼，我的脸红了。脱下雨衣包住书包，褂子掖进裤腰带，挽起裤子裹在大腿上，我一手掂着胶鞋，一手举着书包，一步一步往水坑里走；没走十步，水就浸到了裤子。

"别走了，水底有石头，危险！"杨小雨一喊，我不敢往前走了。被石头绊倒，衣服湿了不要紧，书包掉进水里，回家少不了一顿饱揍哇。我正进退两难，杨小雨走过来了。杨小雨的个子真高哇！水浸到我的大腿了，却刚及杨小雨的膝盖。杨小雨先把我的书包和胶鞋拿到对岸，又折回来走到我面前，说："你要能过，我就不等你了。来吧，我背你。"

杨小雨弯下腰，我趴到她背上，胳膊搁在她的肩上。抱住我的腿弯，杨小雨直起腰蹚着水往前走。雨仍在落，我看见杨小雨的头发上沾了很多水珠。她走得稳稳的，背着我过了水坑。从书包里拿出毛巾，杨小雨到稻田边洗腿洗脚。杨小雨的腿白脚白，脚趾头是红的。擦干脚，穿上胶鞋，杨小雨撑开了雨伞。我背着书包掂着胶鞋跟着她往村里走。撑伞的杨小雨像朵大蘑菇，伞下的我就是刚出头的小蘑菇。细雨斜斜如织丝，杨小雨却跟我算起了旧账。

"胆小鬼，你说我咋把家啦！"

"我没说，是狄柱婶说的。"

"她？她还说啥？"

"她夸你哩，说谁娶了你，会过好日子。"

"啥娶呀嫁呀的，小屁孩，你不懂瞎说啥！"

"是——是狄柱婶说的……"

"好啦，别说啦！胆小鬼，嘻嘻……"

杨小雨笑了，嘴角凹出浅浅的酒窝，两腮红红的，宛若雨后的晚霞。杨小雨笑得真好看哪。

三十年过去了，我还记得杨小雨的微笑。

（原载《安徽文学》2022年第1期）

下雨天出门远行

沈婧懿

多年以后，每当他站在火车站的大门口，总会想起那个他拖着行李箱独自去远方的阴雨绵绵的下午。

那天下午，他收拾完上路必需的行装，就坐在光秃秃的床板上拨弄着他的木吉他，用自己很欣赏的嗓音动情地自弹自唱了一首 *Five hundred miles*，然后背上吉他，拖着行李箱出门了。

天在下雨，让原本就显得有些悲壮的远行更添了一分凄凉。他没打伞，远游的游子不需要这些，他的行囊尽可能地轻便，能扔的东西他一件也没留下。他就这样走在大街上，头也不回。

雨不大，缠绵如丝，像是故土对他恳切的挽留，轻轻柔柔飘落在他的头发上，于发梢积出细小的雨珠连成网，将他的薄外套淋得到处是深浅不一的痕迹。天阴阴的，压下来，世界晦暗。透过这迷离的雨雾，他恍惚看到路上的行人向他迎面走来，汇成浩荡的人潮，或者说，是他感到自己正孤独地在人潮中逆流而行。

"我要去哪里？"他脑海里忽然冒出这个问题，但他马上清醒过来，他要去赶公交,去火车站,去寻找诗和远方。

诗和远方,多么诱人的字眼,那里春风十里,鲜花遍地,阳光从枝叶间斑驳落下,湖面静若碧玉。那里到处回旋着传说中的天籁之音,人世间的一切美好,就种植在人们的房前屋后。

彼时正是十一月,寒冬料峭。他站在公交车站台,缩着脖子,手插口袋里,望着坑坑洼洼的马路内心茫然。雨越下越大,雨珠一串串沿着站台的棚檐滴落下来,形成一片雨帘,将他包围在里面。跳跃的雨滴跌入积水成洼的路面,了无痕迹。水不动就死了,死了的水会变臭变脏,失去鲜活的灵魂。

破旧的公交车终于摇摇晃晃地来了。门打开的那一刻,他真想扭头回去。车上乌泱泱地挤满了人,污浊的空气冲出车门,巨浪一般朝他扑面而来,天地间雨的清新与惆怅顿时消失全无。他犹豫了好一会儿,最终在司机不耐烦的催促声中上了车。的确,像这样的雨天,这样坑洼不平的马路,错过了这班车,谁知道下一班什么时候再来,有没有下一班都是个问号。

车上真挤,人贴人,到处挤得严严实实。他背着吉他,拖着行李包,硬着头皮使劲往里面挤去,车上的人勉强闪开身,为他攒出一条缝。他艰难地裹挟在乘客当中,动弹不得。在这密不透风的小匣子一般的空间里,各种人身上散出的气味和发动机的汽油味混合在一起,闷得他喘不过气来,胃里翻江倒海。顿时,他有一种想哭的冲动,什么时候受过这委屈呀?

诗和远方连影子都未瞧见,生活已给了他当头棒喝。

耳边的喧杂与吵嚷络绎不绝,不同形状的脸庞在他眼前晃来晃去,晃得他一阵晕眩。他拧转脸,透过人缝瞅着车外一闪而过的城市。车外,雨还在下。车窗上的雨逐渐越积越多,由细细密密的小颗聚集成大颗,从玻璃窗上艰涩地滚落,像一个人哀怨的泪水。他看得出了神,觉得这场雨应该下在马孔多。

我要去哪里啊?他又一次问自己。

哦,要去远方,要去寻找向往已久的诗意生活,他再一次提醒自己。他是怀着这种憧憬出门的。可车上这些人呢?他们为什么要上这辆车?他们也是去追求诗和远方吗?

年轻的妈妈抱着孩子,小心翼翼地呵护着。年迈的老人背着蛇皮袋,颤颤巍巍地,佝偻着身躯。魁梧的大叔倚在座位旁玩手机,几个中年妇女叽叽喳喳地聊个不停,时髦女郎的电话响了又响……他从狭窄的缝隙里望过去,一时间分不清是自己上错了车还是他们搞错了目的地。

车一站一停,有人上,也有人下。离终点站越近,人就越少,车里的空间有了松动。年轻妈妈在一个空出来的座位上坐下,把孩子放在自己膝上。有青年人给年迈的老者让了座,老人坐下后把巨大的蛇皮袋紧紧地抱在怀里。中年妇女要下车了,彼此依依不舍地道别,约定"下次再聚",使得车里一下子安静了不少。那个魁梧的大叔呢?他没留意,依然一心扑在手机上。

就这样,公交拖着一车截然不同的人,到达了它的终点站。车门开了,冷飕飕的雨丝向他袭来,他背着吉他拖着行李跳下车,顿感浑身轻松。

火车站的大楼巍然矗立在眼前,尽管是下雨天,人群依然如翻涌的浪潮持续不断地奔向它。他愣愣地看着,火车站的胃口可真大,似乎能吞下全世界的旅行者,而来来往往的列车,就像这巨兽缓缓蠕动的肠道。他忍不住扭头回望身后的公交车,犹如一个被遗弃的玩具,刚刚吐出那个背着蛇皮袋的老人,然后缓缓关上车门,一瘸一拐地驶出他的视线。他似乎看见,多年以后回到故乡的自己,大约也是这个模样,背着把旧吉他,步履蹒跚,眼光浑浊。

雨仍是下个不停。

视线愈渐模糊。他打了个寒战,忽地听见心里有个声音在说话:"别傻了,十一月的马孔多下雨很正常。"他知道自己接下来要面对的是比公交车更拥挤的人群,更错综复杂的世界。他顿时醒悟,所谓诗和远方,从来就是这样。

他整了整行李,迎着风雨向火车站走去。多年以后,当他想起那个独自出门远行的阴雨绵绵的下午,总会像回想起一句箴言那样在心里念叨,十一月的马孔多本来就会下雨。

(原载《微型小说选刊·高校在线》第1期)

任意门

余青

这是一个平常得不能再平常的周六。老婆昨晚带儿子回娘家了，整个屋子静悄悄的，密实的窗帘挡住了室外的阳光。闹钟响了，梁博挣扎着想睁开眼，却发现有心无力。算了，不如再睡一会儿。

梁博吹着口哨拉开卧室门，咦，门的那边居然是办公室？昨天下班前，他交代全员加班，当然，这加班是免费的。他看了一眼，人是都来了。刚入职不满三个月的妙珠正在前台教其他几个女同事化妆；市场部钟林拿着一沓发票，凑在财务云姐那里，磨着能否多报销一点，到时候请她吃饭；广告部梁全跟部门的几个新人居然玩起了吃鸡游戏……看到这里，梁博气不打一处来，刚想开口骂他们，却发现自己站在门口像是一个透明人，既进不去，也没人发现他。

梁博啪一声退回，把卧室门关上。

我明明是在家里。梁博在心里默念了三遍，然后闭上眼睛，再一次拉开了卧室门。啊，没错，门的那边又变成了自己家的客厅。儿子练过的架子鼓还摆在一角，茶几上还放着一些玩具。

难道刚刚是自己心心念念想着公司的事，所以产生幻觉啦？梁博想把床头的手机拿上，转个身，卧室的门又被关上了。

手机里，刚好是丽丽发过来问候的信息。想到那个小野猫，他的心里就痒痒的。昨晚妻子问他要不要一起回娘家，他推说公司忙，其实是偷偷跟丽丽去约会了。干柴烈火的两人，再加上烈酒的醇香，丽丽在月色下紧紧地抱着他，说她从没遇到过像他这样的男人，年轻有为，英俊潇洒。被年轻漂亮的女人这样夸奖，梁博自然是一颗心都化在她身上了。

算了，一会不如约丽丽去逛街，给她买个包吧。

梁博再次拉开卧室门，却看到了门外的丽丽。不，应该说是看到了丽丽和她的老公，丽丽穿着吊带长裙坐在沙发上涂指甲，男人边跟她聊天，边在厨房里忙。你最近老是加班，周末我给你补补。

老公，还是你心疼我。哎，你都不知道我那个客户多难缠，那个姓梁的，自以为长得帅，都四十多岁的油腻老男人了，贼眉鼠眼的，还老喜欢盯着穿裙子的女客户看，要不是看在订单的分上，我才不想理他呢。

梁博站在门口听着昨晚还在对自己示爱的娇滴滴的声音，一口闷气堵在胸口，脸色也越来越黑，他只得怒气冲冲地关上了卧室门。

难道他是穿越到了异时空的任意门里？只要他心里想的是什么，就能看到对方在干吗？

他默默地深呼吸一口气，闭上眼睛，想了一下自己的父母。他轻轻地旋转门把手，探身从门缝里看出去。没错了！客厅突然又变成了父母的客厅，父亲一个人正在书房里练字，母亲则在厨房里也不知道忙什么。想到这里，梁博鼻子一阵发酸，他也好久没有回去陪父母吃饭了，老婆周末只想回娘家，父母亲连孩子也见不到，周末难免也就冷冷清清的。

但此时此刻，拥有任意门的狂喜已经胜过了一切！他轻轻地把门关上。这下他就能够看到所有想要知道的真相了！真的是天助我也。下周刚好有一个大工程的招标，他前两天刚公关完对方的一把手，也不知道情况怎么样了。

梁博闭上眼睛，在脑海里开始回想那个郑局长，还有他那个胖胖的夫人，他们可是收了他不少的礼，还拍着胸膛保证说没问题。咔嗒，门把手再次被轻轻旋转，打开——

门外，看样子郑局长是跟一群人刚打完高尔夫球。好几个人围在他身边，几位年轻漂亮的女孩子娇羞着上前给郑局长擦汗。这郑胖子，果然如传闻般财色兼收！梁博在心里骂了一句。

郑哥，城南的开发工程，不会有变动吧？我看那个姓梁的，可是上蹿下跳得紧呢！

郑局长轻拍了一下漂亮的女孩子的腰，回答道，那姓梁的，还不够格呢……众人听了发出一阵哄笑。

妈的！梁博重重地一把关上卧室门，这郑胖子吃喝拿卡要的嘴脸也未免太得意了！他掏出手机，想要拨打手机，却发现怎么也按不开屏幕……

妻子从娘家回来，发现原来卧室的门封了，在另外的地方开了个新门。你不是说身体不舒服吗，怎么连门都改了？梁博心想，是啊，总是做梦，幻觉，真真假假的事掺杂在一起，身心好累啊！嘴上却解释：做了个梦，说这样日子才会好过，便把门改了。说也奇怪，改门之后，乱七八糟的现象再没出现过，当然，自那之后，他再也没去见过丽丽了。

（原载《梅州日报》2022年6月18日）

我曾截留过一个眼神

赵伟民

春雨打在电动车棚上，像洒落的豆子般争相跳跃起来。我走出单位大门，站在房檐下的台阶上正要撑开雨伞，忽然在车棚的边缘上，截留到一个热烈的眼神。

眼大有神、黑白分明为福相，而她的眼却有些过于大了，有点露神，脸却小。相书上说，这样的相貌有财多劫。很显然，她也看到了我。她停好电动车，隔着雨帘对我微微笑了一下："好巧，你怎么也在这里？"

"我在这儿工作，你呢？"我走上前两步，把手里的伞递给她。

她没有接，只是把手提袋揣进风衣，手挡在眉前，三步并作两步跨上了台阶。

"我来参加个活动，没想到半路竟下起了雨。"她头也没抬，拍打着肩头还没来得及滑落的雨珠。她看起来要比年轻时发福了许多，下巴叠成了两层，好在眉细弯长，鼻高翼张，唇红齿皓，五官虽说历尽沧桑但仍旧秀美，特别是她说话轻声细语，柔和得如这一袭丝滑的春雨。

不知怎的，我竟想起了岚山巷，那儿有个孤儿院，我曾在那里做过很久的义工。也是个雨天，我为孩子们剪完指甲仰起脸的那一刻，一双又圆又大的眼睛正水汪汪地盯着我看。她扑闪着睫毛，眼珠子骨碌碌地在我身上画着圈圈。孩子们拍手呼叫着："小燕子姐姐，小燕子姐姐来了。"我这才发现，她还真像《还珠格格》里的小燕子。我慌忙避开了她的眼神，把头藏进了怀里。我不敢让人知道，那些日子我过得有多落魄，做义工只为了可以在孤儿院吃上两顿热饭。我白天去做义工，晚上就窝在出租屋里写诗，我想过诗意的生活，最终却发现诗只不过是现实生活里的一缕炊烟。

"小燕子"的到来，让我在炊烟中看到了现实的模糊影子。她每天下午放学都会到孤儿院为孩子们做面包，或者带上水果牛奶做水果沙拉什么的，她说这是她在幼师学的，正好可以派上用场。

"这是你写的诗？"她歪着头看我涂鸦在孤儿院小黑板上的粉笔字，一字一顿地吟念："我回来了/带着风雨千载的伯牙余音/和着玄奘取回的万字箴言/穿行在你消失的雨巷/风，已提前翻过院门，而我/却被拒绝入内……"

"这首诗一共五节，发表时编辑只用了这一节，我问为何，她说断章比整章更有意味。其实她不知道，我更喜欢最后一节，但喜欢又能怎样，发不发表我说了又不算。"些许委屈伴着沙哑的声音从我的喉咙里挤了出来。她手搭在我的肩头，甩了下马尾，拧着鼻子说："哼，看把你能的！"

"我家就住在岚山巷，我爸收藏了好多的诗集，要不要借给你看看？"她背着手神气得不得了。

"你爸也写诗？"我问。

"不写，写诗只能要饭吃，我爸是做生意的。"

"你懂什么，写诗是我的梦想，诗人是高尚的！"我愤愤然。

"好好好，别生气嘛，我俗气，我们全家都俗气，行了吧。"她噘着嘴，两只大眼睛像黑夜里的两束灯光，照得我睁不开眼。她噘起嘴的样子很好看，我忽然就笑了，她也笑了。

不过，我最终也没去她家借诗集，因为我的工作有了着落。后来，我偶尔还会去孤儿院为孩子们洗头剪指甲，偶尔也会遇到"小燕子"，每次遇到她，她都会给我带上一本她父亲留下的诗集。她说她要写诗，还让我闲了的时候给她指点指点。她不知道，我其实也就发表过那一个小节。时间久了，我拗不过她，就故作深沉地给她说，想写诗，就得有丰富的生活经历，像她这么年轻单纯，怎么能写出具有生活深度的句子呢。她倒是听得很认真，还记了笔记。她时常给我发短信，都是些简单的短诗，字里行间充满了对生活的憧憬和期许。开始的时候，我还回复她，给她"指点"，后来因为忙就回复得少了。直到有一天，我在岚山巷遇到她，她正匆匆地帮忙搬行李。我还没来得及问她，她先开了口："我爸破产了。"刹那间，她那葡萄似的大眼睛如被挤了一般，汪汪地流起泪来。我正要安慰她，她用衣袖抹了把眼睛，从包袱里抽出一个本子递给我后，头也不回地消失在了巷子里。

我还没来得及告诉她，我已经不再写诗了。

不过，我仍会到孤儿院去，去聆听孩子们朗诵"小燕子"教给他们的诗：我是天空的孩子/从一个枝节，一片叶子的尖上/接过升起的太阳/再从一阵风中，聆听着/时光变迁的和弦……

没有"小燕子"的消息后，我百无聊赖，想提笔写几句，却发现写出来仍旧是当初发表过的那一节，我知道，我败给了现实，诗意的生活早已离我远去。好友白小暖给我打电话，说她要出诗集，让我给她写个评论，我这才想起"小燕子"留给我的本子还躺在床头柜里。

见我撑着伞站在雨地里发呆，"小燕子"瞪着一双大眼打趣道："想什么呢？"

"还写诗吗？"我怔了下问。

她没说话，撩开额前的湿发，从怀里拿出手提袋，掏出一本装订新颖的书递给我："真没想到能在这儿遇到你，若是早些时间遇到，我还要让你给我写个序呢。"她的笑容在这阴雨天里异常灿烂。

她的眼神中好似有一团火，可我知道，我再也无法截留住这充满诗意的眼神了。

(首发《百花园》2021年第11期)

天医星

许嫒

最近根保可忙了。

年底了，茨村的水泥村道上，静悄悄的，就只看到根保戴着头盔口罩，骑着那台旧摩托车，后面绑着个画了个红十字的箱子，在田间地头呼啸而过。

根保是茨村的村医。

根保家住在田螺山里，十岁的时候，他爹就把他送到德芳家拜师。德芳是市医院退休的中医，回茨村过着隐居的生活，他常年一袭青色布扣衣衫，穿着阔口白色千层底布鞋，红白喜事给人写对联，清晨捧着泛黄的线装书在屋后竹林吟诵，白天给慕名而来的人把脉瞧病，开药方用的是毛笔写小楷字。

德芳医生收徒要求非常高，根保爹死缠烂打一定要把根保塞在德芳家，每个月送来大米猪油掉头就走，村小学就在德芳药铺旁边，根保放学放假就赖在药铺里。

德芳药铺前后收了五个徒弟，有灵活聪慧的有认真本分的，最后都忍受不了师傅的严苛先后离开，根保被师傅无数次撵回山里，说他实在是太愚钝了，一个汤头歌诀，读三天背不出来，猴年马月才能学会炮制中药？德芳医生一脸嫌弃：我药铺好歹也要收个八字里有天医星的徒弟，你根本不是个学医的料，不要砸了我的牌子。每逢根保被师傅退回山里，又被他爹揍回茨村，"你不要怕，你有的是时间，你师傅的儿孙辈都进城有工作，就你一个嫡传，你学会了终究饿不死你，棒槌钻牛皮，你总要钻出个名堂来"。

根保胖矮，一脸憨厚，头大眼小，总一副没睡醒的样子，典型的闷葫芦，一骂他就躲在柴房里哭，哭完继续背书。

他五点钟必须起床洒扫庭院，生火煮饭，师傅喜欢吃瓦罐煮肉，火堂里坐着瓦罐，水经常烧干了都不知道。煮饭打扫忙完后背诵汤头歌诀和各种线装药书。终于熬到初中毕业，根保上了卫生学校，一放假还是在师傅这里煮饭、洗衣、背书、扎针。

师傅驾鹤西归前，心不甘情不愿把药箱和药书一应家什给了根保，老人久久不愿闭眼，眼含老泪，他想要的徒弟是霁月风清头脑聪慧的疏阔男儿，可根保……如果说师傅有慧光普照，根保恐怕只是一尊玻璃，无法渗透，愚钝平庸得很。

腊月忌尾正月忌头。庚子正月初一这天，按茨村的禁忌是绝对不能出门的，根保电话就像过年出天荒的爆竹，响个不停。

村后的树农家有人发高烧，快来。有人在电话里惊慌地说。

媳妇拦住他：你平常成天往外跑，我不说你，今天是初一，外面雨加雪，不能出去！

这个非常时期还管么子初一十五啊？根保穿了大棉袄就朝外跑，不顾媳妇在后面絮絮叨叨。

住在村东的树农常跑武汉贩谷酒，年前回茨村过年。这些天，根保每天骑着摩托车去给几家从外地打工回来的人量体温，当小喇叭宣传规定。刚一听到有人发热，根保蒙了。到树农家有七八里山路，房子建在田坎边，里面一段路还必须步行，他背着药箱，套雨衣，戴口罩、头盔、手套，骑着破摩托车冲了出去。雨水夹杂着雪粒,打在他的头盔上,流到雨衣里,冰凉刺骨,面罩模糊,根本看不清路,他一下撞在山路边的石头上摔在地上,他扔下摩托,深一脚浅一脚来到树农家,一量体温,38.9℃。根保魂魄飞到九霄:背时鬼,我打了包票不让茨村有感染的。

根保仔细把脉检查,嘘了一口气:是喉蛾。

喉蛾么里鬼啊?家人问。

扁桃体发炎了,为防万一,我马上和镇卫生院联系,去医院检查,你们其他人,不能跟任何人接触。

绝对不接触,我们听你的话!树农家人齐说。

根保把树农背到大路边,让镇里的车子接走,不久传来消息,树农得的是急性扁桃体炎。

根保忙完已是深夜,回到家中,他站在堂屋"天地国亲师"位牌前。堂前师傅清瘦儒雅,严肃淡漠看着他。

师傅啊,我脑袋不灵泛,医术不行,不能和您一样救治疑难杂症,实在是砸了您老的牌子。他一阵伤感,胸口如一坨热红薯堵着。

根保回到偏屋的房间里,窝在床上,钻进被窝,他开始背诵《伤寒论》,迷糊中在脑海中一页一页翻这本曾经背得滚瓜烂熟的书。

根保啊,师傅算错了咧,你的八字里还真有天医星命。师傅笑意盈盈地敲敲他的额头,快起来生火!

根保霍然惊醒,手机不停闪烁,微信一条条涌进来:

根保医生,我有点干咳,快点过来啊。

我奶奶说她的医保卡不见了。

我爸爸的降压药没有了,麻烦送到牛家岭。

我爷爷今天冒胃口,他要你来屋里陪他聊会天。你不进门也可以,就站在窗外和他说几句。

……

(原载《嘉应文学》2021年第7期)

继任者

谢松良

樊家面馆店铺不大，除了卖面条外，还兼卖炒菜、卤菜，以及米酒。因为是小店，没有聘请服务员，七十多岁的老板樊老头和老伴兰姨忙进忙出，整天乐此不疲。

樊老头每天起得早，天微微亮，面馆里便响起锅碗瓢盆的撞击声，或者剁肉砍骨头的声响。我吃过早饭上学，故意绕道经过面馆，总爱在店门口怯生生地往里张望一阵。若是被樊老头看见了，他准会走过来问我："小孩子不赶紧去上学，在这里逗留个啥？迟到了，小心挨老师的批评。"

"不会的，我走路快。"我低声回他。

去的次数多了后，我便和樊老头熟络起来。有一回，我忍不住问了一件闷在心里很久的事情："你的生意这么好，一到吃饭时间，店里的客人都挤不下，为何不扩大经营呢？"

樊老头告诉我，做生意铺子大，可能多赚钱，也可能不赚钱；大有大的难处，小有小的好处，小打小闹以一当十，做精做细，说不定小本生意也能做出点名堂。从樊老头的话里，我悟出：做人和开店是一个道理，只有走适合自己的道路才能成功。

我那时正念高中，学习成绩不理想，每次考试一个头两个大，樊老头的话点醒了我。我决心偷师学艺。到了周末，我时常装作无所事事的样子，去樊老头那里凑热闹。客人不多的时候，我站在樊老头一旁问这问那，他的一招一式都逃不过我的眼睛。

终于，给我看出了门道，面条煮得好不好吃，主要是看拌面的臊子，我细细点数，樊老头主要卖以牛肉、肥肠、瘦肉、猪杂、炸酱等为配料的面条，佐料有红油、胡椒粉、花椒、盐巴、猪油、葱花、陈醋、酱油、蒜末、姜水、料酒共十一味，还有两味装在陶罐里，看不见也猜不透。

一个周末，我如期到了店里，兰姨招呼纷纷涌入店内的客人落座，收了钱，一一写好单交给樊老头去做。不一会儿，煮好的面条端上来，肥肠、牛肉、精瘦肉等臊子，配以芝麻和秘制豆瓣烧制酱料，宛如红玛瑙一样覆盖在面条上，泛着微红的面汤上浮着星点绿色葱花，面条里面再藏上几片翠绿的青菜叶，刚一入口，麻辣鲜香口感直透脏腑，那就一个香啊！

客人们发自内心地打趣道："樊老头，你这面条真是人间美味啊！"眼尖的客人看到我在樊老头跟前鞍前马后，就问："喂，老头，你收徒弟了？"见樊老头不置可否，客人又笑着说："你也该收个徒弟，要不然，你哪天去了天堂，我们去哪里吃这么好吃的面条呢？"

这时候，樊老头拉着我冲到那位客人面前，歪着脖子红着脸对他说："你还真说对了，他就是我收的徒弟。"

我生怕樊老头反悔，立马跪下去，给他行拜师礼。樊老头一把扶起我，说你这个调皮的孩子，也懂这个。然后，樊老头像捡了宝一样，扬声对客人们说："你们常来帮衬我的生意，我很感激，借收了徒弟的机会，我今天就好好露一手，做两桌下酒的好菜，庆贺一下。"

樊老头炒菜，我在一旁打下手，他悄悄地对我说："小子，你看好了，我不光面条煮得好，菜烧得更好吃。"果然，菜一端上桌，就传来一片叫好声，客人说："樊老头，你这几样菜煎炒烹炸卤炖都全了，味道堪称一绝，神厨啊！"

兰姨在一旁说："你们今天能尝到我家老头的手艺，全沾我家徒弟的光了。"我心里那叫一个美啊！

我跟樊老头学厨艺的事传到父母的耳朵里，他们不反对也不赞成。拿到高中毕业证后，我干脆搬到樊家面馆去住了，一心一意跟着樊老头学厨艺。

三年后的深秋，樊老头无疾而终。樊老头无儿无女，根据他老人家的遗愿，我成了樊家面馆的新主人。而这时，传来了政府要整体搬迁到樊家面馆对面新楼办公的消息，一些嗅觉灵敏的商人，天天来找我们谈面馆出售或转让的事。

面对他们开出的优厚条件，我动了心，劝兰姨将面馆转出去，去其他街道另开一家。一切谈妥，就在转让协议上签字时，樊家面馆的木牌突然掉下来，我一惊，手中的笔掉在了地上……

（原载《北京文学》2022年第4期）

吃瓜

秋泥

孙子指着茶几上的西瓜问奶奶,这玩意儿您认识吗?老太盯着看了半天,用手指着说,这,这是西瓜吧。身边的女儿笑了,边笑边用蒲扇扇着。孙子也笑了,说,是呀。

老太说,叫你一问我还不敢认了,我没傻透腔吧?整个西瓜来考我。

不是考你,孙子说,我这西瓜和别的西瓜不一样。

老太说,咋就不一样呢?你自己生的呀?

孙子和女儿互相看了一眼,都被逗乐了。孙子说,这我可生不了,但它确实就不一样。

老太问,用嘴吃不?孙子说,谁家西瓜不用嘴吃呀?老太说,那你还兴许用鼻子吃呢!女儿又被母亲逗笑了,看了一眼侄子说,你奶奶太聪明了。

孙子叹口气说,好心给您买个西瓜吧,却使劲儿跟我抬杠。老太说,你买的呀?孙子说,我不买哪来的?老太说,我寻思你帮人卸车人家送你的呢。女儿又乐了,一边乐一边拍着母亲的肩膀头儿。

孙子说,干啥呀?我为吃一个西瓜还得给人卸车去?老太说,你小时候……孙子说，行了吧，奶奶，咱别说小时候的事，行不？女儿也说，给您孙子留点儿面子吧。老太乐，给他留啥面子呀？

孙子说，二姑，你把这西瓜切开，我奶奶就知道了。

二姑说，这西瓜能切呀？孙子说，二姑你咋也跟着抬杠呢？二姑说，你这西瓜挺特别的，咱得问个明白呀！

二姑咋也这样逗。孙子说。

二姑笑说，那行，我给你们切去。

一会儿工夫，二姑把切好的西瓜用托盘端了上来，满满一托盘，竟然都是黄瓤儿的，金灿灿的。

老太说，这西瓜真不一样，咋这色儿的呢？孙子说，那人家就这色儿的呀！老太说，外国西瓜呀？女儿又乐了，说，妈呀，这不是外国西瓜，头些日子我在市场上还看见过的。老太看着女儿说，那你咋没买呢？女儿说，我头一次看着没敢买。老太说，它还能咬你呀！女儿和孙子又互相看了一眼，乐了。女儿说，妈，我错了，您赶紧尝尝吧。

老太拿起一块咬了一口，说，还真挺好吃。

孙子说，是吧？好吃吧？老太说，好吃，好吃。孙子的鼻子有点儿堵，看着姑姑说，看来这是好了。

姑姑说，好了好了，彻底好了，贼精八怪的。说完就抹起了眼泪。

老太放下西瓜说，这咋还哭了呢？

孙子也哭了，说，奶奶，您吃您的，别管我姑姑，她是馋的。

老太说，至于吗？想吃就一起吃呗，这么多呢。不对，你们这是有啥事瞒着我吧？女儿搂着老太的胳膊哭着说，妈呀，您终于明白了。

老太有点儿蒙，看着孙子说，到底咋回事儿？

孙子抹了一把眼泪说，您一点儿也不记得了吗？开春的时候您在马路上摔了一跤，磕着脑袋了，肋骨也折了两根，您就不认识人了，住了一个月院后回家又躺了一个多月了。

老太说，是呀，我一点儿也不记得了，你说我连你都不认得了？

可不咋的！孙子说，我昨天来的时候还问您，奶奶您认得我不？您猜您咋说的？您说，你是我大哥吧。

老太说，那可是真糊涂了，我大哥都死多少年了。

孙子说，前两天给您拍了胸部 CT 和头部磁共振，肋骨都愈合了，长好了，脑腔里的出血点也都吸收了，医生嘱咐要慢慢养，会恢复，不过慢一些，因为年龄大了，没承想您这么快就好了。

老太说，我啥时候好的？女儿说，就刚才呗，早起还不明白呢！孙子说，我一个黄瓤儿西瓜就给您整明白了。老太说，哎呀，那还得谢谢西瓜呢，那还能吃吗？孙子说，咋不能吃呢？给您买的。老太说，给我买的，是给我买的，那西瓜是恩人呀！

不管了，啥有您的健康重要啊！孙子说。

也是，老太说，那就对不住西瓜了，大家一起吃吧。老太给女儿一块，又给孙子一块，自己也拿了一块啃了起来。

老太说，还有这事儿，好好的谁都不认识了。不是逗我吧？

不是。女儿说，看看你俩手背上的针眼儿，看看这一炕的药。

老太四下瞅瞅，还真是。俩月呀，把你们折腾坏了吧！

没事，孙子说，只要奶奶好了，咱们家就都好了。

老太笑眯眯地看着孙子，和你爸一样，破瓶子长个好嘴儿。

三人一起笑了起来，笑出了满眼泪花。

（原载《百花园》2022 年第 6 期）

遇见苏东坡

陈树茂

我从没想到会以这样的方式遇见苏东坡。

夕阳西下,微风轻轻吹过稻田,一片绿油油的秧苗微微弯腰,倦鸟懒懒飞回远山的栖树,牧童哼着歌儿骑牛归来,农忙一天的人们陆续回家,不远处草屋的炊烟袅袅上天。就在这样的富有诗意的画卷中,我见到了苏东坡。

你虽头戴草帽、身穿衣服、脚穿草鞋,刚从田地里劳作归来,我还是一眼就认出你了。我欣喜迎上去拱手问候,东坡先生好!

你见我身着奇装,好奇问,你不是本地人?

我不能说实话,如你知道我是来自千年后的现代人,不知道会何感想,我微笑答,我叫徐文,外地慕名而来拜访先生。

你哈哈大笑,有朋自远方来,今晚我们大醉一场。

你拉着我的手说,今早出门我就见喜鹊飞过,知有喜事,特让夫人今晚准备了我独创的猪肉和自家酿的美酒。

我受宠若惊,连连致谢,先生太客气了,心里却想着正宗的东坡肉究竟有多美味呢。

我们走到几间草屋前,你轻轻说,到家了。我抬头看看,只有三间茅屋,中间客厅,一边卧室,一边厨房,我看看地板还是泥土夯实的,我鼻头一酸,忍不住想掉泪,一代文豪、行政职务正部级干部,就住这样的草屋!

你没有发现我的诧异,走进家门将我一一介绍给家人。夫人非常贤惠,很快就上菜,东坡肉、红烧鱼、野菜,斟满美酒。我们喝了满满一大碗酒。你开始详细给我介绍红烧肉的做法,从取材到制作,还有酿酒工艺,让我感动不已。三碗酒过后,你开始诗兴大发说,我给你朗诵一首前些日子作的词。你借着酒意开始高声朗诵"大江东去,浪淘尽……"。

这首《念奴娇·赤壁怀古》,我从小就背得滚瓜烂熟。但我第一次听到一个正气凛然的男人朗诵如此豪迈的词句,跟着你的朗诵节奏,我仿佛置身于赤壁,站在惊涛拍岸的江边,怀古叹今,思绪万千。最后一句时,我竟忍不住轻轻附和"人生如梦,一樽还酹江月",吟完词句,我忍不住热泪满眶,举杯敬你,一干而尽。

你哈哈大笑说,徐贤弟也是性情中人呐。

我多想提醒你,今后作诗词不可太外露,整个朝野上下都在关注着你,但见你满怀正气、一脸坦诚的样子,我还是忍住了。历史的车轮是抵挡不住的,避开这个灾祸,也不一定会得到那个福。眼前的你,就是最好的自己,最好的人生。

你借助酒兴说,我再朗诵一首新作《赤壁赋》,你起身慢步走出门口,抬头仰望星空,双手靠背,轻轻吟唱"……清风徐来,水波不兴……"。我轻轻敲着节拍,附和着你这首千古流传的赋作。

你低吟完"不知东方之既白",就跨步走进厅里与我连干了三大碗酒,喝完连连说,豪爽!幸福一直洋溢在你的脸上。

任何打击都摧垮不了你,你是一个传奇!你到哪里,哪里就会有你的传奇故事,黄州、杭州、惠州……但命运为何对你如此不公?!一位一心为民的父母官,竟命运多舛,四处飘零。我再次热泪盈眶,站起来向你敬酒说,赤壁赋还可以再写，人生还有多种可能，干杯！

你豪迈说，说得好，再写一个《赤壁赋》，干了这杯！

我看到书桌上堆满宣纸，你往往酒后梦醒作诗。我想求一幅字，但这是不可能的，我不能带走一千年前的东西。能遇到千年前的你，就是万世积来的福分，此刻我只能默默享受与你畅饮的每一刻。

你好像喝多了，忽然问我，贤弟，你到底哪里人？

我笑笑说，你信不信，我是未来人。

你呵呵大笑，我信，我信你！

再喝一碗酒，你或许就要醉了，我还是坚持和你喝完最后一大碗，今朝有酒今朝醉！你酒碗刚落，人就趴着桌子呼呼大睡起来了，我欲扶你回房休息，夫人悄悄说，随他吧，这样他最开心！

今晚梦里，你会不会遭遇另一个奇妙的故事，或许醒后你会疾笔狂书，又会给我们留下一篇美文。

我再次叮咛夫人，要好好照顾你，你是国家的栋梁，百姓需要你。夫人点点头，默默流下一串热泪。我知道伟人背后的女人更不容易。

我回头看看你，你像一个天真的小孩熟睡了，不时露出幸福的笑容。

我离别了你，当晚月明星稀，乌鹊南飞。

我只能以这样的方式离开你。

（原载《嘉应文学》2022 年第 1 期）

厨师的父亲

赵文辉

两天前,儿子告诉他们:崔颖的爸妈要来家里看看。文刚没有吭声,他是一个非常不爱说话的人,村里人都叫他"闷葫芦",他的长处在别的地方。新菊却有些紧张:儿子在县城一家酒店上班,砧板老大。之前在一家火锅店做花式烩面表演,一身素白,反戴着棒球帽,穿着轮滑鞋,在客人中间一边穿梭一边甩飞手中的烩面片,不时惊起一片欢叫。崔颖和儿子就是那时候认识的。崔颖在南关幼儿园带中班,爸爸是城内学校的一把手——那可是响当当一个人物,城内学校的教学成绩在他手里从没下过全县第一名,家长们挤破头想把孩子往这里送,一到招生季节崔校长干脆闭门关机,县长都找不到他。这次崔校长来访,新菊不免会有些压力,她把猪场里里外外打扫了一遍又一遍,又征求文刚的意见:

"要不咱搬回村里的家招待亲家?"

文刚和新菊是初中同学,当年,他们的同学有的被上天垂青,考上中专和县一中,后来又考上大学;有的接班或走关系,吃上了商品粮。而文刚呢,在生他养他的这块土地上,安心农事,并不羞于成为一株坦诚的庄稼。

文刚一边种地，一边养猪，从不羡慕别人家的日子，也不为身边任何赚钱的生意动心。图方便，他们一家搬到猪场已经数年。文刚坚决不同意新菊的做法，他对儿子说："我们没有什么可隐藏的，我们的身份不如人家，但我宁愿他们看到我们的普通。"文刚打定主意要把这日常的生活礼貌而真实地展示给未来的亲家。

儿子也同意他们的做法。他们一家人受人尊敬，是出了名的勤劳能干的人家，从来不自视高人一等，同样，也没觉得低人一等。歉收的季节或养猪事业的低谷，文刚会振作精神迎难而上；即便收成很好，毛猪卖出的价钱叫人在地上翻跟头，他也要在卵石遍布的地里耕种不辍，打碎播种前的最后一块土坷垃。当儿子的花样烩面视频在朋友圈和公众号上疯传的时候，他让儿子打了辞职报告，他对儿子说：那不是厨艺。儿子开始与十八子刀建立起感情，刀功练习入魔的那些日子，他见啥比画啥，田埂上还未离秧的冬瓜被他雕成了一只只花篮。

十点多，一辆白色轿车徐徐开到猪场，一家人都迎了过去。新菊今天穿了一身干净衣裳，从头到脚拾掇得整整齐齐，从姑娘起一起陪伴她的大波浪烫发头见证了一个"60后"农家主妇的审美标准。这一瞬间，她突然想起和文刚举办婚礼的场面，仿佛就在昨日。这一晃就该做婆婆了。儿子上前拉开车门，崔校长跳下车来，鼻子上架了一副镍铜合金无框眼镜，很斯文很学究的一个人。儿子把他们双方介绍后，崔校长很有气度又不失热情地冲文刚伸出手：

"老哥好！"

没想到崔校长这么随和，文刚感到一阵温暖，距离一下子拉近了。正是柿子变红的季节，他们头上方，一个个红宝石般晶莹剔透的果实，预告着一个北方的丰年。一只白色田园犬跑出来，一个一个去嗅客人的裤管。屋前有一个劈木柴用的墩子，上面斧痕显明。木柴在自砌锅台的炉膛里熊熊燃烧，五层高的蒸笼咝咝冒着热气，里面是当地人待客的"十大碗"。新菊伸出一双侍奉农事的手，一手攥住崔颖一手攥住儿子未来的丈母娘，往屋里让她们。

崔校长一下车文刚就觉得眼熟，跨进门槛的一刹那间，两人都认出了对方："老同学！"原来当年两人在县二中复习班待过，应该是八五届。两双手握得更紧了。

"我今天早上五点就起床了，帮一只脱肛的猪做缝合，还给三天前刚下的一只猪崽割了一个小屁眼。"落座后，文刚打开了话题，崔校长呵呵地笑着，想继续听下去：面前坐着的是一个真正的农民。这些年，文刚的猪越养越多，地也越种越多。那些在外打工的、做生意的，都嫌种地没利润，文刚听说后会主动上门跟人家商量承包的事。这个汉子，从来没有对脚下的土地失去信心。

之后他们又聊起了县二中，聊起当年的自带咸菜疙瘩和食堂夹生的卤面，还有卤面上面那一层装模作样的黄豆芽炒肉丝。结果发现他们都跟那个打菜的独眼厨师吵过架，并一致同意那是个讨厌鬼。

他们交谈的时候，崔颖跑去外边帮未来的婆婆烧火，她对这里可是一点儿都不陌生。"十大碗"冒着热气端上桌，新菊忙着打开一桶果粒橙，文刚拎出一个白色塑料壶，咕嘟咕嘟倒满两大碗。当地人称这种零酒叫"皮壶大曲"。崔校长端起碗闻了闻："不错，应该是酒头。"

饭局开始，新菊好几次欲言又止，她想问问亲家，俩孩儿腊月能不能结婚。最后下定决心刚要张口，结果又被文刚用眼睛制止了。文刚给崔校长夫妇敬过酒，他们又回敬了他。他感觉到了，每一次酒碗与他对喝时都没有潦草。

饭局结束后崔校长没有立即告别，他很喜欢这个地方，很想跟眼前这个地道的农民多待上一会儿。新菊清了清桌子，沏上一壶信阳毛尖。儿子在一边提醒她水温不能超过80℃。崔颖建议大家"斗地主"。两副崭新的扑克牌放到桌上，儿子自告奋勇来洗牌。只见他将扑克分成两沓，分别在两只手里弯成弧形，接着，扑克牌发出咻咻的风声，相互飞进对方的阵营。

见女儿又忙着把洗牌的视频发朋友圈，崔校长夫妇笑了。他们知道女儿没有走眼，他们未来的女婿受到了不一样的影响，实打实的家庭教育。这是另一个世界，未来的女婿会闪闪发光，尽管他是农民的儿子，尽管他干的是厨师。

　　一如门前那棵沉甸甸的柿子树,果实永远重于枝干。

（原载《小小说选刊》2022年第8期）

村庄的婚礼

田光明

1

孙子要结婚了。这些年,关于孙子的婚礼,全家人议过无数次。特别上心的是爷爷王大奎,他想孙子大学毕业,在省城上班,一定要把婚礼办得风光。

孙子带对象回来了,他和村主任是发小,他们聚了几次,孙子就变卦了。说是要在村庄里举办婚礼,按照传统的规程,宴请亲朋好友。村主任帮着运筹,恳请王大奎同意。王大奎跺着脚,瞪着眼,他心里千万个不乐意。

村庄里五十五户人家,二十五户都迁到镇上住了。村院里冷冷清清,野草长得房檐高,就剩了几户老人和几个残疾人,找个主事帮忙的人都难,这婚礼能办成吗?

"年轻人,突发奇想!"王大奎坐在门前的石墩上,抽着烟,心里七上八下,脸上写满了愤怒和无奈。

孙子执意要这么办?谁也改变不了。

2

王大奎三十岁时,没有寻下媳妇。爹娘都急疯了,烧香拜佛,托人送礼。最终,用三斗麦子,从南山坳里给儿子领回了媳妇。大奎爹站在场院里,高着嗓门,向邻里乡亲们保证,把儿子的婚礼办得红火,要让大家吃饱、喝好。

那年春天,爹从大奎的舅家、姑家、姨家,凑了几斗麦子、两斗黄豆,磨面,做豆腐。让大奎从镇上的百货店里给媳妇买了身新衣服,一块碗口大的镜子,一把雨伞,一双红艳艳的鞋。择了个黄道吉日,迎娶媳妇进门。

婚礼前三天,全村停了农活。大总管是队长蛮娃,男女劳力帮忙。大人小娃,穿着过年的新衣裳。男人村上村下跑着,搬桌子拉凳子,借来锅碗瓢盆,搭棚起灶,妇女围在厨房,择菜刷碗。村庄升腾的炊烟,裹着浓郁的香味,在村里村外弥漫。远远赶来的几个乞讨者,靠在场院的麦垛上,嘴角流着口水。

婚礼当日,总管蛮娃有言在先,主要亲属、随礼的客人上席,其他人靠边,帮忙的人,尽心尽力,把事执硬。就这样,防来挡去,还有不该上席的混上了席,菜到桌上,筷子都在打架,主家准备的米面油吃得都见底了。送走了客人,村里帮忙的男女,拉长着脸,自己动手熬了两锅大烩菜。主家又从代销店赊了烟酒。大奎爹红着脸,和儿子给众人敬酒,道歉致谢。

大总管蛮娃喝醉了,他哭着闹着,掀翻了酒桌。

王大奎心里清楚,蛮娃大他两岁,他娶的媳妇是媒人先介绍给蛮娃的,他家拿不出那三斗麦子,媒人才把她说给了他,成全了今日的婚礼。从此,两家人见面都绕着走,长时间都不说话。

3

土地下户，王大奎家分得了二十亩薄地，全家人耕田种地，养猪养羊，铆足劲挣钱囤粮，给儿子订婚。拆了土房子，建起了砖木的瓦房子，四处张罗着给儿子寻媳妇。

山里条件差，娃们订婚难。儿子在西安打工，谈了个山西姑娘，女方彩礼要得多。没办法就向亲戚借，银行贷，给女方家过了彩礼，就筹划着结婚。

王大奎挺直腰杆，在场院里向邻里们说，儿子的婚礼要办得上档次，全村第一。

婚礼当日，请了三位大厨，摆了三十桌酒席。八凉八热，有鱼有鸡。酒桌开席，一眨眼，就被来客涌满。村里帮忙的人，亲友随礼的人，拖家带口，都拥上了酒席。这些年，家家有余粮，但不是天天都吃肉，人们稀罕着坐席。盘子上的鱼没翻身，鸡没展翅，就被大嫂大妈装进袋子。

客人一茬一茬来，又一茬一茬地走。备好的米面，宰的三头猪吃没了。女方家约定来十桌客，来了十五桌，坐席秩序乱了。招呼不周，亲戚大吵大嚷，把婚宴喜庆弄没了。

村里帮忙的男人，吆五喝六地喝着，几个人喝得烂醉如泥。让人更生气的是村里的赖子，喝醉了酒，睡到场院里麦秸垛里，打着滚，骂主家吝啬，没给客人吃好。把他自己偷藏在怀里的两盒香烟也撒落了一地。

4

孙子婚礼的总管是村主任。前三天，主任在村里"大家庭"群里发了通知，全村总动员。村民们从四面八方赶了回来，清扫院落，把冷清的村院弄得红红火火，热气腾腾。

大型餐车停在场院边，各种食材，四季菜蔬，垒成了山。大厨们舞动着锅铲，翻炒着美味佳肴。

婚礼正日，王大奎一家三代人站在场院里，穿着里外新的衣服，笑盈盈地，同客人们打着招呼。他们能想到的客人来了，没有想到的客人也来了。县电视台来了记者，摄像的师傅是赖娃的儿子，他扛着摄像机，跑上跑下摄着。镇上文化中心还派来了二十名演员，在碌碡、磨盘垒起的舞台上表演着节目。装台布景的道具，都是出了力、流过汗的农具。

村主任主持着婚礼，按照乡里最传统的婚礼议程，一项一项进行着。新郎和新娘拜天地，敬祖先，给乡亲们行大礼。最后全体村民集体合影，照张合家欢。

爷爷奶奶们坐在中间，村庄里的人一个都不能少，就连患脑溢血后遗症的蛮娃，也穿上了崭新的衣服，坐着轮椅，是新郎和新娘把他推上台的。王大奎忙上前，把蛮娃拉到自己身边。

今天婚礼的大总管村主任就是蛮娃的孙子。婚礼结束，村主任郑重其事地向村民宣布，我们的村庄就要重新规划了，这个老村庄不久就消失了。借着这场婚礼，给村庄留个纪念……

（原载《山西文学》2022年第4期）

多了两只羊

李伶伶

早上，马哈发现羊圈里多了两只陌生的羊。他家的羊个个圆乎乎的，这两只羊很瘦，混在羊群里很明显。马哈这几天累了，昨天下午去山上放羊时，躺在山坡上睡着了。醒来时天快黑了，他急忙把羊赶回家，没注意羊群的变化，更没注意当时还有谁在附近放羊。村里养羊的人家不多，马哈给村里养羊的人家打了电话，都说没丢羊。马哈又去周围的村子问了，也说没丢羊。马哈纳闷，难道这两只羊是从天上掉下来的？

一连半个月，马哈都去同一个地方放羊，想着丢羊的人可能会自己找上来。两只羊，在行情最低迷的时候也值一千多块钱，这不是个小数目，丢了羊的人家肯定很心疼。可是半个多月过去了，竟没有人来找马哈要羊。

这天，马哈去村里的商店买烟。商店里坐了一屋子的闲人，有打麻将的，有看热闹的。见马哈来，都问他找到羊的主人没。马哈说，还没有。大家都说马哈运气好，白得了两只羊，便起哄让他请客。马哈以为他们在开玩笑，没想到一人拿了一包烟，都记在了马哈的账上，一共是一百三十块钱。马哈觉得冤枉，因为他根本没想把两只羊据为己有。可是，如果他不付烟钱，会让大家伙儿觉得他小气，他就硬着头皮把烟钱给了商店老板娘。

马哈的羊养得好，长膘快，不只因为他天天把羊赶到山上去吃草，还因为他舍得给羊喂料，玉米、豆饼、麸皮等，他都舍得给羊吃。外来的两只羊，一个多月的工夫，就胖了起来。眼下，羊的行情在逐渐上涨，从最低迷时的六百多元一只，上涨到近千元一只。人们再看到马哈，不问别的，先问那两只羊卖没卖，说要是卖了，一定请大伙儿吃一顿，沾沾他的运气。

一两个人这么问，马哈没往心里去，见到他的人都这么问，马哈不得不认真考虑这件事了。快两个月了，两只羊的主人还没找来，估计不会来了。但他不能白得这两只羊。想来想去，马哈决定把这两只羊交给村委会，让村里处置。

这天，马哈把两只羊牵到了村委会。村主任听明原委后，让马哈把羊牵回去，说该养就养，该卖就卖，两只羊的主人要是找来，有羊你就给他羊，没羊你就给他钱。马哈说，要是他一直不来呢？村主任说，那就当你白捡了个便宜。马哈说，我可不贪这个便宜。说完，马哈把拴羊的绳子交给村主任，转身走了。村主任看着这两只羊，一时不知道怎么办才好。

村里为这两只羊特意开了个会，研究怎么处理这两只羊。有人主张把羊杀了吃肉，有人主张把羊卖了，有人说要想办法找到羊的主人。大家意见不统一，但是赞成后者的占多数，两只羊就留在了村委会，由村委会一边代养一边找羊的主人。

村干部都不住在村委会，喂羊的事就交给了村委会的打更老头张大爷。张大爷年纪大了，放不了羊，每天只给羊抱去两捆玉米秆，让羊啃。玉米秆太硬了，羊啃不动，只能吃点儿秆上的叶子。光吃叶子吃不饱啊，羊饿得直叫唤。张大爷耳背，听不见。

村里游手好闲的铁三没事总去村上转悠。这天，铁三又去村委会，看到两只羊被拴在一个木桩上，一边绕着木桩转，一边叫唤。他问张大爷羊为啥叫？张大爷摇头。铁三说，它们可能是饿了，我帮你去放放吧。说着，不等张大爷点头，就把两只羊牵出了村委会。

铁三知道，这是马哈捡的两只羊。有那么一瞬间，铁三想把两只羊牵回自己家杀了吃肉，犹豫了一下，没敢。他把羊领到离村委会不远的荒草甸子上吃草，想着等羊吃饱了，第二天牵到集市上卖了。两只羊好几天没吃到青草了，见到草，狼吞虎咽地吃了起来。铁三见两只羊吃得欢实，就躺在地上晒着太阳想美事。草甸子旁边不知谁家栽了一地的树苗，里面长满了草，两只羊钻到树苗地里吃了起来。

铁三把羊牵回家，没有一袋烟的工夫，两只羊居然死了。

经查，羊是吃了大头钉死的。原来，那片苗圃地周围挡了三道铁线，大头钉撒在了铁线里边。也就是说，如果羊没有越过铁线去吃草，是吃不到大头钉的，种苗圃的人家怕树苗被羊吃了，才这么做的，铁线杆子上有个提示牌，提示放羊人注意，说苗圃里面撒了大头钉，看好自己的羊，别让羊进去吃草。

这事责任在铁三。可羊已经死了，村里只好把羊杀了，把羊肉给大家分了。

村里人再看到马哈，都笑呵呵的，说托他的福，吃到了羊肉。马哈听到这些话，心里难受，他觉得对不起那两只羊。

没过多久，马哈家忽然来了个陌生人，问马哈是不是捡到过两只羊。马哈问他在哪里丢的羊，羊长什么样？陌生人一一做出了回答。马哈知道，这人是那两只羊的主人。此时，距马哈捡到两只羊已经过去三个月了。马哈问他，为什么才来找羊？陌生人说，羊是他儿子放的，儿子脑子有毛病，羊丢了他也不知道。他媳妇得病去世了，爹妈年纪大，日子过得糊里糊涂。他一直在外面打工，前天才回家，发现羊少了，问儿子，儿子只是说，羊没得病，也没卖钱。他就知道，羊是丢了，便四处打听，听说马哈捡到过两只羊，马上跑来问问。

马哈听了，一时语塞，不知道怎么回答。

（原载《天池小小说》2022 年第 13 期）

翻鱼

陈小莲

他找了个靠窗的位置坐下，给发小打电话，没见接，又发了微信，也没见回。

他招手叫来服务生说点菜，服务生指指桌角的二维码，说现在都扫码点菜了。他才发现桌角的二维码，奇怪自己怎么没看到，便自嘲地笑了笑。

刚才下班走在路上，他又接到了电话，一时犹疑不决，不知不觉就走到了江边，抬眼就看到了这家店，看门面装修还不错，便走了进来。店里人不多，零星坐了三四桌，空调温度适中，环境雅致。江边的好多店家都将桌椅支在路边，男人们光着膀子，满脸油光，喷着酒气吹牛猜拳，闹哄哄的一片，看着就头涨，还是这地方好，他需要静一静。

他的旁边坐着对年轻男女，看着像情侣。他扫了眼他们桌上的菜，分量不大不小，也算得上精致。他拿起手机扫桌上的二维码，点了三个菜两瓶啤酒。点完又翻回看微信，发小还是没回。

点太多了，吃不完浪费。

听女的这么说，他目光便再次扫过他们的桌面，上了五个菜，他同意女人的意见。

男人给女人夹了块肉,说今天领到工资了,真的比原单位翻了一倍多,当然要庆祝一下。他不禁多看了男人两眼。

那也不能浪费啊。女人嗔怪道。

他把目光移向窗外,天已经全黑了。江对岸鳞次栉比的高楼霓虹闪烁,不时变幻着各种图案,那是全市最繁华的地段。他的收入在全市人均水平之上,不过对那里的房价也只能仰望。小梅几次拉他去那边看房子,畅想着有朝一日能过上早上一睁眼在床上就能看见日出,傍晚在阳台上吹着风欣赏落日的日子。他的思绪便回到了之前的问题上。

您的菜上齐了。服务生说。这时手机响了一下,他想那小子终于回我了。不想点开微信,却是师父的:方案看了,改了几个地方。不是说做两百万的单吗,怎么才三十万?没谈成?没关系,再谈谈,我相信你!对了,周末有空带小梅和孩子来家里吃饭,师娘给你们做好吃的。他有些脸红心热。

当年他大学毕业找工作四处碰壁,是师父收留了他,师父说从他身上看到了当年的自己。师父其实也是他的领导。他后来时常跟人讲,当年如果不是师父一路领着他,自己也不可能走到现在。他盯着屏幕发呆,不知怎么回,这时手机震动了一下,发小回话了:发定位过来,马上到。

他让服务生开了啤酒,拿两个杯子放在面前,倒满,刚端起一杯准备放到对面,就听到有人说,唉,等等。他手缩了一下,朝四下里一看,才发现是那女人冲着男人说的。

鱼不能翻!鱼不能翻!说了多少回了。你不知道我们公司是做什么的吗?吃鱼不能翻的,要不我们公司的船会翻的,那得损失多少钱呀。

真是迷信!照你那样说,天天都有人吃鱼翻鱼,你们公司的船都不够翻的。

呸呸呸!我们公司的人都这样说的,我们可不想公司的船翻了。女人说的时候,眼睛快速将周边巡了一遍,扫过他的桌面时,冲他笑了笑,他却脸红了。

只见女人很熟练地用筷子夹住靠近鱼头的脊骨，轻轻一拗就断了，接着挑起鱼骨拉到鱼尾处，再轻轻一拗，整根骨头就被夹起来了。好了，可以吃了。女人对男人说。

在他看女人挑鱼骨时，发小也到了。两人有一搭没一搭地聊了一阵，几杯酒下肚后，发小说，人往高处走，水往低处流，走是对的，以你的能力，去哪不行。那两百万啥时跟你新东家签，吱一声就行。

没有新东家。

怎么？又不走了？

他瞥了眼旁边，那盆鱼被他们吃得差不多了。鱼不能翻。他说。

啥？鱼？发小瞅一眼旁边，又瞅一眼他，似懂非懂。可以啊，那再点条鱼呗。

（原载《三亚日报》2022年3月18日）

父亲的曲线回乡策略

朱宏

那个傍晚,父亲从上海出差回来,脸上春风荡漾。

母亲看出来了,一定是意料之中的好事发生了,马上把父亲的茶杯端了过来。

这次出差,父亲顺道去了趟仪征,那表情,当然与仪征之行有关。

父亲一口气干了一杯茶,感觉就像是干了一杯老酒,脸上泛起了红光。他在全家人期盼的目光中,娓娓道出此次仪征之行的故事。

父亲说,他等了一个下午,才等到了那个亲戚,然后把托人从深圳捎来的涤纶裤料送给了那个亲戚。他判断,一个在单位里非常忙的人,肯定是有实权的,求他办的事大概能成,我们很快就能调到仪征了。

于是,这一夜全家人都兴奋得没有睡安稳。我梦见我能说一口流利的上海话了,还和几个上海的同学交了朋友。翌日清晨,我张开口,却不知那吴侬软语如何发出,顿时有种怅然若失的感觉。

父亲是个在河南新乡工作的上海人。聪明而又多才多艺的父亲改进了电镀工艺,自学了几样乐器,业余时间积极参与样板戏演出。由此可见,他是个安心工作的人。可安心工作并没有妨碍父亲的乡愁暗自滋生。母亲是南京人,能烧一手地道的南方菜,舌尖上故乡的味道多少化解了一些父亲的乡愁。

那时候,工厂的管理还是比较人性化的。让北京人出差去北京,让上海人出差去上海,方便你顺道探亲。因此,我父母时常能争取到去上海和南京出差的机会。

父亲一回到上海的乡下,就像那里特有的白水鱼回到了它熟悉的河湖一样。要么用乡音和人打招呼,在乡下的剧场里给沪剧演员伴奏;要么摆开阵势给乡亲们写对联,仿佛他始终是这里的一员,一刻也不曾离开过。每次回乡都进一步激发父亲调回故乡的冲动,他也真的运作了起来。可那时调动工作,哪像今天这么潇洒,什么世界这么大,我想去看看,想都别想。一旦辞职你就成了没有单位的人,没有单位就是没有正当职业,这是个可怕的人生标签。工厂没有放人的理由,在故乡也没有找到接收单位。这两点,让父亲根本看不到回乡之路。

这天,父亲正在厂门口画宣传画,是整面墙那么大的宣传画。脚手架下有人喊,张铁板儿,你的长途电话。父亲忙不迭地跑回办公室,一边喘着粗气拿起话筒,一边端起了搪瓷茶缸。听筒里传来的消息让他因为呛水咳嗽了好一阵子,亲戚在电话里告诉他,仪征正在建设一家大型企业,而这位亲戚的亲戚就在建设指挥部里当领导。父亲意识到,建设之时正是招兵买马之日啊,这还真是个千载难逢的好机会。于是父亲就把目标投向了仪征。

这是父亲发明的曲线回乡策略。新乡到上海一千多公里,而仪征在江苏省内,距上海仅有三百多公里。到了仪征,故乡就近了,这是向故乡挪了多大的一步啊!

全家都在等着那一块涤纶裤料能换来好消息,一等就等了一年。在这一年里,父亲对工作并没有懈怠,他在这一年里,掌握了照相制版新技术。

这一天,一个包裹意外地从仪征寄来,里面是一块涤纶裤料和一封非法夹带的信。信里写满了抱歉的话。

母亲在失落之余请人把那块料子裁了,直到这时,才被裁缝师傅发现,这是一块缺尺短寸的料子。如果不采用套裁的手法，根本不够给父亲做一条裤子的。裁缝师傅的话固然有炫技的成分，但料子比通常的面料少了两寸也是事实。父亲有时会迁怒于那块料子，认为一定是短缺的料子惹亲戚的亲戚生气了，是奸商毁了他的回乡梦。

回乡的念头终究抵挡不了岁月的稀释。在后来的日子里，父母专注于把小房子换成大房子，专注于用自己的精明去挣点小钱改善生活。回乡这个词几乎不再触碰了，也许是怕再去触碰吧。

很多年后，我把父母安葬在了新乡。父亲的回乡梦这才算不无遗憾地放下了。

（原载《天池小小说》2022 年第 7 期）

感觉

莉璎

博士生刘雅前来报到,辅导员秦明皓老师送她至寝室。一路上,他们彼此了解情况,秦明皓老师30岁了,未婚。刘雅28岁,离异单身,在职考取博士生。

秦明皓老师问刘雅:"为什么离婚?"

刘雅淡淡地笑:"没感觉。"齐耳短发随即甩到脑后,丹凤眼充满向上的睿气。

刘雅中等身材,端庄秀美。

秦明皓老师长满自来卷头发的漂亮脸孔露出些许羞涩,他高高的个子,不论脸型还是身材都有点像欧洲人,倜傥不羁的样子很迷人。

寝室里已经住下一位女子,高挑个,刚洗过的直发散落双肩,瓜子脸很白,大眼睛水波清澈,一笑,露出玉齿。

秦明皓给刘雅介绍:"这位是肖筱茗,我大学同学,也28岁,在职考取了博士生,我特意把你们俩安排在一个寝室。"

刘雅近前与肖筱茗握了握手。

新刷的墙壁，耀眼白，味蕾受到刺激，三人惊呼晚饭时间到了。刘雅把沉重的行李箱打开，里面露出许多书，秦明皓看见，眼神立刻闪烁兴奋的光泽，都是他钟情的哲学书籍。

"你喜欢看这些书？"

"是呀。"刘雅说着取出手包，他们仨外出吃晚饭。

"我们学校的图书馆晚间也开放，明天晚上我们一起来图书馆读书吧！"秦明皓向二位女士发出邀请。

肖筱茗摇头："我不喜欢看书，你们去吧。"

"来，干杯。"刘雅提议，他们把红葡萄酒一饮而尽。

刘雅知道了肖筱茗还是未婚姑娘，回寝室，她直接问肖筱茗："你喜不喜欢秦明皓？"

肖筱茗说："我们大学同班，太熟悉了，没感觉。"

刘雅突然大笑："你跟我对前夫一样，没感觉！"

夜风从窗纱缝隙筛进来，好不惬意。

刘雅经常跟秦明皓到图书馆读书。拜读海德格尔《存在与时间》和萨特《存在与虚无》的时候，两个人讨论得激烈，秦明皓的观点向来比较温和，刘雅则尖锐。秦明皓看着刘雅不服输的俏皮脸庞，每次都以妥协结束争论。

刘雅的思想像火炬，点燃秦明皓的心空。半年以后，秦明皓托肖筱茗，让她帮问下刘雅，对他有没有感觉。

肖筱茗问了，而刘雅的回答很干脆："没感觉，真的没感觉。"

肖筱茗满脸失望："秦明皓很喜欢你。"

"是吗？"刘雅仿佛想起了什么，从行李箱里拿出二斤藏蓝色毛线，递给肖筱茗，"我知道你会织毛衣，帮我织一件，送给秦明皓老师做个纪念吧。"

肖筱茗有些不情愿地接过毛线。

刘雅不再和秦明皓一同去图书馆了，她借了书在寝室阅读。秦明皓则继续坚持去图书馆看书。肖筱茗为了对比毛衣编织尺寸，她去图书馆找秦明皓。秦明皓看书，她坐在旁边默默编织毛衣。春天织了一件藏蓝色的，秋天又织了一件深红色的。

临近毕业，秦明皓晋升教务处副主任。刘雅忙着做论文答辩，忙着走动关系，她想留校任教。

此时，刘雅也说不清原因，她对秦明皓突然之间有了感觉。尤其那天在全校师生大会上，秦明皓的就职发言，让刘雅心潮澎湃，内心涌起一阵阵莫名其妙的情愫。

有一天休息日，肖筱茗背着毛线包去了图书馆。

中午时，刘雅看见肖筱茗和秦明皓肩并肩，手拉着手走出图书馆。秦明皓身上穿着藏蓝色毛衣，是肖筱茗给秦明皓织的那件毛衣，毛线还是刘雅给的呢。

早春的阳光照耀着两个人，都是高高的个子，两个人高高兴兴，有说有笑向前走去。

刘雅一个人呆呆地站在原地，光秃秃的树枝上被春风吹落一片秋天的枯叶，带着冰碴，掉到地上摔碎了。

望着肖筱茗和秦明皓他们远去的背影，刘雅心里突然生出一种很酸楚的感觉。

（选自《海燕》2022年第5期）

锅巴肉片

安晓斯

冬至那天，七叔来城里办事。午饭时，七叔对桌上的锅巴肉片赞不绝口。盘大，量足，味道鲜美。临走时，还打包带走了两份。回家让你七婶也尝尝，女人家整天围着灶台转，没出过远门。

今天是周五，李小照晨会结束刚进办公室，七叔就和本家的金柱进来了。

七叔脱了鞋，盘腿坐在沙发上。你这孩子，都当主任了，回家也不吭声。要不是问了门岗那老头，叔还不知道哩。

李小照赶紧递烟。叔，小主任，不值一提。

金柱也点了烟，用胳膊肘捣捣七叔。看您那脚脏的，赶紧穿上鞋，小照哥的沙发恁干净……

七叔笑笑，拍拍金柱的肩膀。你不了解叔和你照哥的关系。

抽了烟，喝了茶。李小照问七叔，啥事？要不要帮忙？

没事，没事。七叔喝了口茶。我和金柱到县城坊街南头置办些农具，先来你这儿报个到，响午咱爷儿仨喝点。

对七叔，李小照还是很有感情的。当年，父亲在村里当支部书记，七叔是分管治安的村干部，朴实厚道，聪明能干，是父亲的得力干将。

大学毕业后，李小照应聘进了这家公司。靠着自己的才华、努力和勤奋，一年后就成为总经理助理。几年后，又成为董事长助理、办公室主任。本来，李小照是可以坐着轿车、西装革履回老家的。谨记父亲教导，李小照回老家从不声张。穿着个旧夹克，骑着辆破自行车，到了村头，就推着自行车走，见人就递烟，叔啊伯啊，哥啊弟啊，让人感到亲切。村里人都说，瞧老李家这孩子，都在县里工作了，一点架子都没有。

对七叔，李小照更是尊敬有加。小时候，李小照偷偷到村东的大水塘里洗澡，要不是七叔舍命相救，差点被淹死。救命恩人，一生都不能忘记。

午饭时，七叔和金柱来了。

李小照在公司附近一家熟悉的饭店预订了包间。按七叔和金柱的意思，点的都是肉菜。出门不吃肉，不如在家受。朋友朋友，喝酒吃肉。七叔开玩笑说。来俺大侄子这儿喝酒，没有素菜。

自然有七叔喜欢的锅巴肉片。

喝了三大杯酒，七叔话就稠了。

照啊，叔就佩服你这为人处世。抽了口烟，七叔说。咱村东街老刘家那孩子小光，听说在县城一家公司当经理，回老家横七竖八，太霸道。下个象棋，不能输，不赢一盘不散场。打个乒乓球，不赢一局不收兵。坐酒桌必当司令，动不动就拍桌砸板凳。太逞能，不知道天高地厚。

金柱喝得不少，话也稠。七叔您还不知道，就那小光在村里打篮球，在球场不能碰他，谁碰和谁急，几次都差点打架。

见两人一直絮叨村里的事，李小照赶紧截住话头。吃菜吃菜，叔，咱再来份锅巴肉片。七叔点头。好，好，叔就好这口。

临走时，李小照依旧打包了两份锅巴肉片，让七叔带走。

和老家人有缘分，未尝不是一件好事。和老家人相处，有着很深的学问。参加工作后，李小照谨记老领导孙总的话。

那时，李小照还是孙总的助理，经常替孙总接待老家的人。

孙总说，老家的人，一年可能就找你一次，可不敢马虎。替他们办十件好事，一件办不好都会挨骂。打电话联系你了，最好说出差了。堵在了办公室，能帮的尽力帮。帮不上，多说宽慰话。到饭点了，千万记得请老家人吃饭。

经历的事多了，李小照觉得孙总的话很有道理。

那天，七叔打来电话，李家祠堂要搞续家谱庆典。李家祠堂在二十公里外的李洼村，沁水湾的李姓家族是很多年前从那里迁来的。七叔想让李小照安排个中巴车，去十来个人。七叔说，坐个中巴车，亮亮堂堂，咱老李家有面子。

这些年，七叔是村里的李姓掌门人，操持着家族里的红白大事，管理着祠堂祭祀、宗族内部事务。遇上续家谱这类大事，七叔自然特别重视。

李小照没有多想，爽快地答应了。

公司里有中巴车，车辆也归李小照管。但公司内部有规定，公车私用必须按里程收费。李小照让司机班算了算，到财务缴了费用。想了想，又买了两条玉溪烟、二十包奶糖。交代司机，到了车上，男的每人发两包烟，女的每人给两包奶糖。

当天下午回来，司机对李小照说，一车人都在夸您啊。

李小照笑笑，拍了拍司机的肩膀，没说话。

这以后，七叔来县城办事的次数越来越多，每次都先到李小照的公司报到。饭后，李小照依旧打包两份锅巴肉片让七叔带走。七叔爱炫耀，时间长了，村里人都知道李小照和七叔走得近。那爷儿俩，可不是一般关系。

倒是妻子的话提醒了李小照。咱七叔，知道不知道招待他吃饭、用车，都是咱自己掏的钱？他肯定以为你是公款招待的。

那个周末，李小照请了饭店的厨师长，到家里教妻子做锅巴肉片。妻子懂得李小照的意思，就很认真地跟着厨师长学习。试做了几次，还真的是有模有样。

从此，李小照每次回老家看望父母，都会让妻子在家里做锅巴肉片，然后打包两份给七叔送到家。七叔自然是满心愉悦。

转眼中秋节到了。李小照在电话里询问七叔都需要啥,回老家了带去。

七叔客气了几句。照啊,啥都不用带,就来七叔家喝酒。

停了一会,七叔说,照,你最近给七叔送的锅巴肉片是不是换了饭店?

李小照就问,咋回事?七叔说,咋感觉最近那锅巴肉片的味道,不如咱常吃的那一家?

还买那家的,七叔放心。李小照赶紧说。

看着妻子愣怔的脸,李小照的心有点酸。咱再努把力,肯定能做好。不就一份锅巴肉片吗?又不是山珍海味。

(原载《啄木鸟》2022 年第 3 期)

蝴蝶女孩

王立红

胡小蝶喜欢蝴蝶。

妈妈说胡小蝶出生的时候,有一只金黄色的蝴蝶飞进屋来,绕着胡小蝶飞,怎么撵都撵不走,所以就给胡小蝶起名叫胡小蝶了。

或许,胡小蝶真的是蝴蝶变的,她对蝴蝶有一种天然的亲近感。胡小蝶第一次看见蝴蝶,就瞪大了眼睛,咿咿呀呀地叫,还伸着小手要去抓蝴蝶。胡小蝶稍稍长大了一些,她就迈着小短腿,追着蝴蝶到处跑。到了七八岁,她更是整日地待在菜园里,跟蝴蝶嬉戏,跟蝴蝶说话。胡小蝶不愿意跟别的孩子玩,那些孩子总是笑话她,说蝴蝶又听不懂她的话,说她是傻瓜。

胡小蝶撇嘴。哪个傻吗?蝴蝶明明能听懂我的话。

那时候,胡小蝶的世界是纯净的,是充满了快乐的。

后来,胡小蝶进了城。初中,高中,直到上了大学。每年暑假,胡小蝶都会回老家。菜园子还是那个菜园子,只不知,今年的蝴蝶,还是不是去年的那只蝴蝶?

胡小蝶不再追蝴蝶。她坐在梨树下,数蝴蝶。数来数去,却总是数不清。风热热的，胡小蝶的头枕着支起的膝盖。她梦见自己变成了一只白蝴蝶。怎么会？我不是一只黄蝴蝶吗？

黄蝴蝶是你，白蝴蝶也是你呀！一个声音说。

一个身影追逐着蝴蝶，面部模糊。渐渐地，身影现出了脸部轮廓，竟然是黄安。

胡小蝶学的是植物保护专业，黄安学的也是植物保护专业。第一次上解剖课，竟然是解剖蝴蝶。胡小蝶蒙了，解剖台上的那只蝴蝶越来越大，最后变成了无数只蝴蝶，在她眼前翻飞乱舞。胡小蝶忍不住吐了，把肠胃都差点儿没吐出来。

同学们捂着鼻子，嫌弃地避开。胡小蝶羞恼不已，恨不得找个地缝钻进去。这时，黄安递给了她一瓶水，还有一包湿巾。后来，呕吐的污渍也是黄安给清理的。

胡小蝶感谢黄安，请黄安喝咖啡。

"你就那么胆小？连解剖蝴蝶都不敢，还怎么当科学家？"黄安搅动着杯子里的咖啡。

"我不是胆小，就是，别的什么都行，就不能是蝴蝶。"胡小蝶咬着唇。

"你，你不会是蝴蝶精吧？"黄安盯着胡小蝶，上上下下打量她。

胡小蝶红了脸："我，我喜欢蝴蝶，我不能伤害蝴蝶。"

胡小蝶低着头，指甲几乎抠进了肉里。黄安诧异地看着胡小蝶："你就那么喜欢蝴蝶？"

"是。"胡小蝶抬起头，眼里闪动着醉人的光彩。

"我天生的喜欢蝴蝶，我的生命里不能没有蝴蝶。我会保护它们，又怎么会伤害它们呢？"

黄安有些懵。蝴蝶又不是人，至于那么喜欢吗？

咖啡屋里雾气氤氲，灯光幽暗、缠绵。胡小蝶推开门，阳光猝然洒在她的身上。黄安透过门玻璃，看到胡小蝶长发飘飘，金黄色的裙摆被风微微吹起，就像一只金色的蝴蝶，翩翩飞舞。

自然而然地，胡小蝶和黄安成了恋人。暑假的时候，胡小蝶带着黄安回了老家。

菜园子由姥姥种着,园子里有黄瓜、豆角、茄子、辣椒、芹菜、西红柿等各种蔬菜。园子的四周是柳条围成的栅栏,在东面的一侧,牵牛花爬满了栅栏,肆意地绽放着。胡小蝶牵着黄安的手,坐在梨树下,看着白的、黄的、红的,各色的蝴蝶,满园飞舞。

黄安是在城市里长大的,他从没有见过这么多的蝴蝶。黄安追来追去,可一只蝴蝶都没有抓到。胡小蝶捂着嘴乐:"那是我小时候干的事情,你都多大了,不幼稚吗?"

"我好想回到小时候!"黄安说。

一只蝴蝶落到黄安的头发上。"别动!"胡小蝶说。

黄安蜷着腿,胡小蝶俯身,张嘴轻轻地一吹,蝴蝶飞起来了。

阳光热烈,泥土的气息夹着淡淡的芳香,让人沉醉。

梨树下,黄安枕着胡小蝶的腿,数蝴蝶。那一刻,黄安忽然懂了。他懂得了胡小蝶。他知道,胡小蝶就是一只蝴蝶。

四年后。大学毕业季也是分手季,胡小蝶和黄安没有逃过分手的命运。又过了几年,黄安娶了妻,胡小蝶也嫁为人妇。

胡小蝶还保持着习惯,每年暑假都要回老家看看。菜园子还是老样子,只是那棵梨树死了,蝴蝶也一年比一年少。

夕阳西下,胡小蝶痴痴地数着蝴蝶。爱人悄悄地拿着一把扇子,给她扇风。感觉到了凉意,胡小蝶回头,眸子里满是歉意。

爱人亲了亲胡小蝶的发丝,说道:谁的人生轨迹里没有一段美好的时光呢。

(原载《北方文学》2021年第10期)

护镖

楸立

那几年时局动荡,军阀混战,盗匪横行,民不聊生。

为了维持生计,直隶大城县东桑生村李万龙在广安集上开了一间不大不小的饭店,主营鲁菜。李万龙在保定府隆和饭庄后厨做过伙计,跟着掌勺的山东大师傅学了些烧菜的手艺。广安地处交通要道,是东去天津卫西奔太原的必经之地,人流量较多,李万龙人勤谨厚道,饭馆生意还算不错。

"来的都是客,全凭嘴一张。"李万龙深谙其道,看人行事,一来二去就结识了不少朋友。其中一位姓丁的河间府人,早些年在北平会友镖局做过镖师,做镖师是个刀头舔血的差事,江湖上玩了几年命,丁爷攒了些积蓄,就回了老家过太平日子,但因为在"道"上的声望,隔三岔五,河间本地的一些商人财主托亲靠友慕名而来,请过去给做些保镖押货的差事。

李万龙对丁爷十分敬重,只要这位丁爷带人到他的饭馆吃饭,李万龙亲自沏茶端菜。这丁爷走南闯北能聊擅侃,江湖绿林上的事儿说起来一套套的。李万龙喊他丁爷,他不让,他说还是头一回来你这里称谓最好——丁师傅。

押镖护院的基本都有随手兵刃刀枪斧棒的，而这丁师傅则不然，手里长把着一支长杆烟袋，这烟袋比寻常人用的烟袋长两拃，精铁打造，烟袋锅如婴儿拳头大小、烟袋嘴犹如枪簪。头一次看到就让李万龙暗自称奇，丁爷拍着李万龙的肩膀，李子，喜欢你来几口（抽）。

有懂兵器人告诉李万龙，丁爷这烟袋，可有讲究，这叫"拦面叟"！这条"拦面叟"，挑打沂河水盗杨凡，雾灵山点抽黑白二鬼，谁人不知哪个不晓呀！丁爷笑笑，忙向讲说之人起身抱拳致敬，惭愧惭愧，朋友高抬高抬。

年根底下，丁爷走镖回来过广安，偶害风寒，病倒在广安老周家车马店，请车马店老板到饭馆要碗羊油疙瘩汤。李万龙一听丁师傅病了，二话不说，拎着食材到了车马店亲自上灶把汤做好了，端到丁师傅炕桌上，丁爷风卷残云一顿热腾腾的疙瘩汤进了肚子，出了通身大汗，这病说好就好了。

临回河间府，丁爷抱拳致谢说，李子，什么也不说了，日后有用得着老哥哥的地方尽管吱声，河间府丁家庄。

翌年秋天。

李万龙在本地揽了一趟"赶脚"生意，货物送到河间后，领完三块大洋，舍不得住店，在城墙根下背风处眯了半宿，天刚蒙蒙亮儿就往回返。没走出几里地，回头还能望见河间城墙的钟楼，路旁小树林里"噌"地蹿出个人来，面目狰狞，双手端着雪亮的朴刀，上来就把马嚼子勒住了。

甭走了，把三块大洋拿出来。对方一说话就是知根知底。

李万龙仗着胆子说，好汉爷，你能不能给留一块（大洋），回去百十里路上人吃马喂没钱走不了呀。

劫道这个人朴刀一晃，张口就是狠话，要命要钱自己选！

瞅着明晃晃的大刀，李万龙吓得魂都飞了，乖乖地交出光洋，对方一把夺过，纵身进了树林。有几个起早拾柴火捡粪的当地人过来，问呆在原地的李万龙怎么了，他战战兢兢把被劫的事儿告诉人家。

当地人叹了口气，得，认倒霉吧，这劫道的可惹不起，外号"赛尔敦"，衙门里的人都逮不住，还伤了几个，你命在还算不错。

李万龙一听没辙了，冷风一吹，猛然想起那位丁爷不就是河间府的吗，何不找找他？遂问清丁家庄的方向，甩开大步，风风火火地就来到了丁家庄。一打听真有丁爷这么个人，到了丁家，只有丁爷的儿子在家。

　　李万龙自报名号说，我大城东桑生的，叫李万龙，原先在广安开饭馆子，有事求丁爷。

　　丁爷的儿子说，以前听我爹提过你，他被河间府张爷请去当管家了，走，我带你去。

　　两人起身就往河间城里赶。

　　晌午时分，就进了城里张财主家，远远就见张家大门口槐树底下藤椅上丁爷坐在上头，吧嗒吧嗒地嘬着烟袋。

　　李万龙摆手就喊，丁师傅。

　　丁爷一愣，嗳！李子，你怎么来了？

　　李万龙说是这么这么回事儿。

　　丁爷问，你说下这人的长相。

　　李万龙又描述了一下劫道人的长相，又加了一句，听当地人说这个人自称"赛尔敦"。

　　丁爷听罢眉头一拧，过了一会儿说，你在这里等着，我去去就来。

　　李万龙在门口石墩上焦急地等着，脑子想了好多不好的结果，两个时辰过后，丁爷大步流星地回来了，手心里攥着三块大洋。

　　李子，给，三块大洋。

　　李万龙一看激动不已，拿出一块说，丁师傅，这一块大洋，是我们仨人的心意。

　　丁师傅用手一推，江湖上不兴这个，日后路长着呢，过一段没准大城见呢。

　　爹，你的家伙什呢？儿子在一旁问。

　　李万龙才注意丁师傅的那杆大烟袋没在手里。

　　丁爷笑了笑说，在朋友那里先放一放。

　　李万龙想这三块大洋丁爷要来得肯定不容易，但又不方便问，给丁爷作了个高揖，丁师傅，谢啦！等着在大城招待您。

此后，李万龙的饭店门口立了个招牌："凡丁姓人，凭身份证即赠送羊油疙瘩汤一份。"

（选自《小小说月刊》2022年第3期）

荒凉

李伶伶

罗明帮镇上老陈家装完暖气片出来，才看到雪下得很大，地上的积雪有十厘米厚。陈家大哥担心三轮车开不了，对罗明说，回不去就住我这吧。罗明说，没事，我慢慢开。

雪还在下，西北风夹着雪花打在脸上有点疼。罗明开三轮车走到一个拐弯处，遇到他家邻居铁刚。铁刚浑身散发着酒气，摔倒在雪地里，自行车倒在一边。他想站起来，挣扎了好几次都没成功。罗明赶紧上去扶他。铁刚见是罗明，甩开他的手说，不用你扶我！罗明知道铁刚会这样，没往心里去，再次伸出手要拉他起来，铁刚却用脚踹他。罗明一边揉着被踹痛的小腿一边想，十年了，铁刚对他的误解不但没有随着时间消逝，反而越来越深。

十年前的夏天，罗明的儿子小军和铁刚的儿子百顺一起在河套边玩。刚下过雨，河水上涨了不少，罗明叮嘱他俩不能去河里玩，就去离河套不远的地里干活儿了。活儿还没干完，就听河套边有人喊救命，罗明赶紧往河套跑。跑到河套边，看到俩孩子都在水里挣扎。小军离他近一些，百顺离小军还有十多米。罗明赶紧先把小军救上来，又去救百顺。百顺不会游泳，在水里没有任何抵抗力，只能顺着水流往下漂。罗明一边让百顺别害怕，一边奋力向他游去。就在罗明要游到百顺身边时，百顺忽然掉进一个漩涡里，好半天没浮上来。罗明一阵心慌，一边喊着百顺的名字，一边往前游，游得腿都抽筋了，也没找到百顺。罗明上岸后马上给铁刚打电话，铁刚听说百顺出事，整个人都要疯了。

铁刚和家人在河里找了两天，终于在离出事地点十多里的地方找到了百顺，百顺已没了呼吸。铁刚哭得晕了过去。百顺是铁刚的独生子。铁刚媳妇三次流产，第四次怀孕后吃了很多保胎药，才生下百顺。百顺出生后，铁刚喜欢得不行，天天抱着他，一岁多了还不肯教他学走路，说怕把他摔坏了。这么宝贝的儿子突然没了，他怎么受得了。

罗明很难过，他问小军为什么不听话？小军说，我没有不听话，是百顺不听话，非要去河里玩，下去就上不来了。我去救他，没想到自己也掉进河里了。罗明知道这事不赖小军，还是把他打了一顿。

没过几天，村里传出谣言，说百顺在河里淹死，都怪罗明，如果他先救百顺，百顺就不会淹死了。说百顺比小军离他近，他却选择先救自己的儿子。罗明听到这些谣言气得想打人，他去跟铁刚解释，铁刚却对谣言深信不疑，根本不听罗明的解释。之后，铁刚再也不跟罗明说话，还在两家中间的墙上竖起一道一米多高的铁板墙，两家人站在院子里相互看不见对方。铁刚家住在东院，这道铁板墙竖起来后，罗明家屋子里多了很多阴影，清晨的阳光照进来的时间也变迟了。

百顺走后，铁刚媳妇想再生一个，却一直没怀上。铁刚像换了个人，干啥都提不起精神，整天喝酒消愁，经常把自己灌醉。没想到这么大的雪，他也出来喝酒。

铁刚自己起半天还是起不来。罗明看着不忍心，再次对他伸出手。铁刚说，走开，你害死我儿子，我恨死你了！

罗明见他这样很生气，扔下他，开上三轮车走了。走出十多米，又停下来，见铁刚还坐在地上。罗明不放心，又把车倒回来，跳下车，强硬地把铁刚从地上拽起来，推进三轮车里。铁刚一边坐进三轮车里一边说，别以为你这么做我就会感激你，我到死都不会原谅你。罗明不理他，又把他的自行车装进三轮车，然后开车回家了。

罗明一直把铁刚送到家才回自己家。媳妇问他怎么才回来？他说，半路遇到铁刚了，这家伙又喝多了。媳妇说，这么大的雪他怎么还出去喝酒？幸亏遇到你，不然得冻死。罗明没吱声。

铁刚酒醒后并没有被罗明感动，转天见到他，照样不说话。他媳妇很感谢罗明，让罗明别怪铁刚，说铁刚不是在恨他，是恨他自己没把儿子看好。罗明让铁刚媳妇劝铁刚少喝点儿酒。铁刚媳妇叹了口气，说，咋能不劝，劝不了。

铁刚因为喝酒，家里的日子过得一天不如一天。以前他家养猪又养牛，日子过得很有劲头。自从儿子出事后，铁刚忽然觉得没了盼头，把猪卖了，把牛也卖了，地也不好好种，天天喝酒，一喝就醉。有好心人劝他想开点，他听了啥也不说，只是掉眼泪，回到家继续喝。整天沉醉在酒里的铁刚，有一天跌到河里淹死了。村里人说他是不放心他儿子，找他去了。

铁刚走后，铁刚媳妇一个人在家不敢住，搬回了娘家。以前生机勃勃的院子，现在一点儿生气也没有。

一天晚上下大雨，罗明躺下后蒙蒙眬眬地刚要睡去，忽然听见外面呼隆一声响。他担心房子被雨浇塌了，起来四处查看，见房子没什么问题，又躺下睡了。

第二天早上起来，雨停了。罗明一出屋就感觉院子东边变敞亮了，仔细一看，是东墙上的铁板墙倒塌了，铁刚家的院子毫无保留地呈现在他面前。罗明看到院子里长满半人高的蒿草，猪圈墙倒了一半，牛棚里竟长出了野生的小榆树，高的已经钻出窗子。

罗明看着眼前的景象，心里一时五味杂陈。如果时光能倒流，重新回到百顺出事那天，他一定会把百顺带离河边，那样，也许铁刚家就不会是今天这样了。

（选自《百花园》2022 年第 6 期）

黄山的雾

崔立

这天，苏芊突然问我，你见过黄山的雾吗？如梦如幻的那种。我当然是否定的，身为一个土生土长的上海人，面对这位来自黄山的同事，我只能表达歉意。因为我告诉过他，我没有去过黄山。

这家看似正规的单位，工作节奏却并不正规和轻松，老板的一句话，周六保证不休息，周日休息不保证。注定了在这冬日的寒冷早晨，我们好不容易熬过了五天忙碌的工作日，又不得不从被窝里钻出来，着急忙慌地往单位赶。

苏芊说，真心累。打了个长长的哈欠，苏芊看着我。我说，活着能不累吗？窗外的天气，没有阳光的照耀，天际间灰蒙蒙的。苏芊突然变得很兴奋，从一堆材料中冒出了头，说，这是雾吗？我低沉着声音，不，这是霾，肯定不是雾。苏芊说，霾？我说，对，霾是因为空气中的污染造成的，吸入后对人体有一定的伤害。哦。苏芊的声音又萎靡了下来。

桌上的电话响起，苏芊接听后，匆匆地往部门负责人老黄的办公室去。紧闭的门内，很快钻出来老黄近乎咆哮的声音，……你这个材料，你写的时候能不能上点心啊，重要的素材、亮点，上回我都给你讲过的，你写进去了吗？……我计算着时间，一分钟，两分钟……在十分钟快到的时候，门打开了，苏芊低着头走出来，面色沮丧，像株霜打过的茄子。

我低声说，怎么了？苏芊摇头说，什么都是他上回说的，我也按照他的意思改的，现在他又把自己的想法给推翻了，还推到了我的头上。这已经是改过的第七个版本了，看苏芊难过又无助的表情，我又能说什么呢？

这日子一天天地过，以为会越来越好，又很大程度上无法跟随人的意念而往好的方向去。

又是一个霾天，苏芊从外面进来，不知道是不是被霾笼罩的天空过于阴暗了，连苏芊的脸都是阴暗的。苏芊说，我准备要走了。走？你要往哪里去？苏芊的声音有点大，我赶紧把他拉到墙角边，低声问他。苏芊说，我又被扣钱了，原本以为这个月忙成这样会多一点，谁知道越来越少了，马上又要交房租，算算这钱都不够交的……

苏芊是在一个霾天离开单位的。很奇怪，这段时间上海的霾特别浓重，像单位里沉闷的空气一样，似乎不把人逼疯誓不罢休般地。

再接到苏芊的消息，是因为我突然收到的一盒包装精美的猴魁茶，面对这份没有留名字和电话的快递，我第一反应是寄错地址了吧？但上面留的我的名字和地址，又毫无疑问确实是给我的。直到一个陌生的电话打来，熟悉的声音，猴魁茶收到了吗？当年是用来进贡的茶，便宜你了！苏芊爽朗又轻松的声音，让我错觉，这是我认识的难过又沮丧的苏芊吗？

距离苏芊离开单位，有一年多时间了。

难得的休息天，我打开这盒茶，叶色苍绿匀润，全身披白毫，轻轻抓起一把放入杯中，倒上热水，少顷，就有暗香扑鼻，我迫不及待地入口，一种醇厚的味道，回味无限的感觉瞬时而来，在我唇齿之间流连，意犹未尽。

我给苏芊讲喝猴魁茶的感受，苏芊惊讶出声，说，你居然也是这样想的，这也太奇妙了吧？问起苏芊现在做什么，过得好吗？苏芊说，你猜。电话那边的苏芊依然爽朗的语气，让我羡慕不已。

关子卖过了，苏芊缓缓地给我叙述，在离开上海回到黄山后，他已经想好了做猴魁茶的生意，说动了父母投了点款，他从别人手里转包了一处茶园。他倒不完全是为了赚钱，他原本就喜欢喝家乡的茶，也喜欢黄山这边不紧不慢的生活节奏。现在，他每天可以睡到自然醒，不用考虑所谓的上班时间，徜徉在这大片绿意盎然的茶园中，别提生活有多惬意了。

窗外，一缕阳光徐徐升起，越来越大，似乎是驱散了空气中的霾，天际间逐渐放亮。

手机微信跳出一个信息，打开是一张照片，认真去看，站在茶树之中的苏芊笑容满满，一群工人动作熟练地采摘茶叶，我似已听见他的笑声般，他的身后丛雾云腾，铺天盖地而来，像人间仙境。

（原载《小小说月刊》2022年5月上）

较劲

薛培政

茹冈村编写村志，要论村中名人，有两人绕不过，一个是牛登科，另一个是侯入相。

20世纪50年代，村里能读到初中的没几人，高中生更稀罕，这两人却双双考进省城的大学。

两家世代为邻，两人又同年生，小时候好得像一个人似的，成年后却成了出锅的麻花——拧上劲了。

有人传言，说他们同在省师范大学读书那会，都对"班花"心仪已久，暗中较上劲儿。临近毕业，那"班花"却跟省城一公子哥儿好上了，面对情何以堪的结局，两人产生了裂隙。

这话传到牛登科耳朵里，他好像被人揭了短一样，面红耳赤地争辩道："哪有的事儿，净瞎扯淡哩！"

侯入相听了，却哈哈一笑反问道："竟有这等美事儿，我咋就没印象呢？"

又有人说，这两人心存芥蒂，可能与工作分配有关。毕业前夕，学校邀请英雄事迹报告团到校做报告，战斗英雄的先进事迹，听得学生们热血沸腾，纷纷递交申请书，决心"到艰苦的地方去，到需要的地方去"，结果牛登科去了全县最偏远的乡村，专心教书到退休；侯入相却托人找关系留在县城教书，后来还当上县教育局领导。

是否因此起的隔阂，年代已久，无从考究，不说了。

两人退休后，都选择回乡养老，抬头不见低头见，偏偏又较上劲儿了，哪天不抬杠，都觉得心里痒。

那年春上，省城来人考察乡村旅游，对村头那棵古槐产生了兴趣，就问起这树的历史。

"据老辈人说，这是清朝乾隆年间栽的树，都200多年了。"坐在树下乘凉的侯入相接上了话茬。

"乾隆爷是1736年登基，少说也有280年了，你说准确点好不？"教过历史的牛登科朝他瞪了一眼。

"乾隆爷在位60多年，若是这树是乾隆后期栽的，我也没说错嘛！"侯入相也猛地吼了他一声。

"凭什么就断定这树是乾隆后期栽的？"牛登科不依不饶地反问道。

侯入相鼻子哼了一声："也没人说清是哪年栽的不是？"

这下牛登科没辙了，撇了撇嘴道："你啊，就是嘴硬！"

看着俩老人争执不下，来人不免有些尴尬，陪同考察的村干部却不以为然："喊，俺村这俩老汉抬杠，比小孩打架好得还快呢。"

话虽如此，可抬杠久了，再好的口才都觉得乏味。

那天，在村头老槐树下，两人默不作声地坐了半天后，牛登科望着不远处那片工地说："哎，老东西，咱俩在村里也算是有身份的人，这样整天闲磨牙有意思吗？"侯入相似乎深有同感，顺势把话接过去道："谁说不是嘞，现在乡村振兴搞得热火朝天，咱俩也该发挥余热尽把力才是！"

两人一拍即合，都铆足了劲儿，使出浑身解数比绝活儿。

侯入相喜欢接受新事物，拉起一帮人做乡村旅游直播代言人。他们拍摄制作的"十里槐花香""千亩油菜花如潮""农家地道美食"等图片视频尽在网上飞扬，点击率哗哗往上涨，石磨豆腐、地锅馍、蘑菇炖柴鸡等家常饭菜，成了外地游客舌尖上的美味，当地的小磨香油、山地小米、红薯粉条等也变成抢手货，名不见经传的穷山沟，竟变成了网红打卡地。

牛登科也不甘落后，他熟悉当地历史，酷爱乡村文化，牵头组建业余写作班子，充分挖掘乡土史料，将散存民间的传说、民谣、小曲、民歌整理成册，组织民间艺人把说唱当地历史融入乡村旅游；还建议村里建起农具博物馆和民俗博物馆，让游客们在尽情观赏中，留得住记忆，记得住乡愁，吸引着一批又一批游客慕名纷至沓来。

去年年底，县里召开乡村旅游表彰大会，俩人同获突出贡献奖，书记县长为他们披红戴花、颁奖合影。俩人那个激动啊，连声说："俺们做梦都没想到，老了老了，还能戴着大红花上台领奖！"

哪知兴奋劲刚过，在回村的半道上，俩人又"杠"上了。

侯入相拍拍牛登科的肩膀，学着县长的口吻道："这个老同志哎，你干的可不简单，要再接再厉啊！"

牛登科抿嘴一笑回敬道："少耍贫嘴，来点实际的，要不到村南羊肉汤馆抿两盅，犒劳一下自个儿？"

"嗨——去就去，谁怕谁啊！"侯入相抹了一把脸，假装糊涂地问道，"咱俩该轮谁请客了？"

"人老忘性大，我也记不住，要不来个'剪子包袱锤'？"牛登科微笑着逗他道。

"中，来就来，不过咱可有言在先，无论谁请客，都得自掏腰包，县里奖励给咱们的钱，一分不少地捐给村小学！"侯入相一边回应一边提议。

"对，全部捐给村小学！"牛登科爽快地答应了。

事毕，俩老汉孩子般边比画边吆喝起来，决出胜负后，说笑着朝村南羊肉汤馆走去。

（原载《北方文学》2022年第2期）

井水有点咸

王琼华

细细品一下,这水有点咸味。

水取自裕后街犀牛井。该井长条青石砌成,深一丈左右。水清见底。井水中横卧一巨石,周身贴着一层苔藓水草,酷似一头体健毛丰的大犀牛。故名。

犀牛井旁有一盐铺。

铺主姓梅,并不是土生土长的街坊。他原在桂阳七里街最南端开盐铺。有一次,他来裕后街江西会馆访友,吃过这里用犀牛井水做的豆腐,赞不绝口。其友戏言,不妨长住裕后街,如此时刻皆能解豆腐之馋。果真,他将桂阳店子给了儿子打理,自己则来裕后街开铺卖盐,取名叫"嗜味盐铺"。街坊眨眼,这铺名多少有点怪味。私塾先生说其是取自北宋梅尧臣所言"嗜味固足珍"一语。梅铺主是否属梅尧臣之后,无人考证。但梅铺主平时确是爱说梅尧臣旧事,没完没了描述梅尧臣与欧阳修、江休复、赵概来往如何密切,一块作诗品茶,甚是惬意。由此推断,梅铺主也当有一副文人之胚体。但街坊后来发现,梅铺主所行之事并不带半点文气。

那日，梅铺主又到郴江河码头提货。待挑夫将盐一一挑进铺里时，他才突然想起，今日没买豆腐。宁可食无肉，也不可无豆腐。到了豆腐坊，人家说最后几块豆腐刚刚卖给了私塾先生。

"刚刚……"梅铺主问道。

"他人顶多拐进巷口。"

梅铺主拔腿就追。他拐过墙角，即看见了私塾先生，便大声喊道：

"站住，把豆腐留下。"

"……青天白日打劫，也得扯块抹布遮去你半张脸吧。"

梅铺主一噎，笑了笑："先生如愿将豆腐给我，我将回报先生与豆腐同等重量的上等盐。"

赶圩日。梅铺主刚喝过豆腐脑，哼着小曲往回走。突然，他眼瞪了一下。原来，一生面孔男子贴到一老妇人身后，从其所挎竹篮中抓出一小包盐。他忽地蹿上前，一把将生面孔男子的手腕攥着。

生面孔男子恶狠狠地："你多管闲事——"

"这点盐怎么会被你看上？你要是有缘，不妨将我家的盐全背走吧。"

"哟，我今日遇上一个二百五！"

"但我有一条件。我家里那盐，只得你一个人背，而且背一次就能将我家的盐全部背走。否则，你得空手回去，以后也别再来裕后街现身。"

"有财不发，二百五是我！"

梅铺主让街坊帮忙从屋里把一麻袋盐扛到生面孔男子肩上时，生面孔男子当即无比兴奋地："不就是一袋盐？"他刚要迈步离去，梅铺主抬手一拦："且慢！"紧跟着，街坊又搬出三四麻袋盐。

这时，生面孔男子傻眼了，只得求饶。

看到这场景，盐帮二当家也笑了，跟梅铺主说：

"你整人比老子还狠！"

"惭愧！幸亏这人不是牛魔王投胎！"

这事传到私塾先生耳中，特意请梅铺主到一品茶馆喝茶。

秋日，裕后街的风声很紧。国民党部队突然开进裕后街，继续"围剿"

湘南游击队。这时候,湘南游击队困到山上已过一月,缺衣少食,尤其缺盐。多次派人去七里街带盐,也是一一没能如愿。

傍晚,梅铺主与私塾先生又在茶馆见面。俩人嘀咕了半天。原来,私塾先生是湘南游击队安插在裕后街的一个联络站负责人。他见梅铺主疾恶如仇,便时常让他帮忙筹集一些紧俏物资。这时,私塾先生交给他一个任务,尽快帮弄到一批盐。梅铺主晓得,眼下弄盐如同玩命。但他没打半声嗝。之后,梅铺主将自己好不容易才攒下的钱塞到了盐帮二当家的手里。七日后,两担盐被盐帮二当家带进裕后街。看到盐入了仓库,梅铺主便松下一口气。

但盐帮二当家匆匆捎来口信:"狗鼻子嗅到了味道。"

梅铺主当即明白,出事啦,得马上做出一个决断。

没多久,十几个国民党士兵荷枪实弹闯进嗜味盐铺,声称有人举报梅铺主贩卖私盐。他们搜查了好几遍,一粒盐也没见到。驳壳枪顶着梅铺主额头,威胁道:

"快说,盐去哪了?"

"铺里的盐早卖完了。"

"私盐要是找了出来,老子今日就用这些盐将你活腌了!"

"我家里有大瓦缸。"

"那你就等着吧。"

驳壳枪吆喝一声,将梅铺主吊到树上,毒打一顿。梅铺主遍体鳞伤,仍一口咬死没盐。驳壳枪一怒之下,忽地将竹片插入梅铺主手掌心。梅铺主大叫一声昏死过去。驳壳枪见折腾了半天,也未发现私盐,就将铺子砸个稀巴烂,悻悻带兵离去。

梅铺主好不容易醒了过来。

这时,私塾先生已经坐到他身边,安慰道:"保住性命再说,盐找机会再去弄。"

梅铺主咧嘴一笑。

他撑起身子,将私塾先生带到犀牛井旁,往井里吊了半桶水上来,跟私塾先生说:"喝一口吧。"

"喝冷水干吗?跟我喝茶去。"

梅铺主努努嘴。

私塾先生看了梅铺主一眼,才好奇尝了小半口:"啊,这井水好咸!"他恍然:"梅老板,你将盐——"

"盐不能落到他们手上,但我来不及把它转移出去。"

"就将盐全倒进了犀牛井?!"

梅铺主点了点头。

"妙啊,哪怕他们挖地三尺,也找不到这批盐的去向。可惜,我们不可能将井水挑到山上去吧。"

"找豆腐坊帮忙,让他们连夜挑水煮盐。"

"煮盐——"

看到梅铺主点点头,私塾先生两眼当即放亮。

第二天大早,一批盐被悄然带出裕后街送往山上。

之后,犀牛井里吊上来的水总是有点咸。如果不相信,不妨去尝一口。

(原载《郴州日报》2022年5月22日)

来了个家伙叫田叔

郑俊甫

田叔一踏上鲁国的土地，我就明白父皇的用意了。但我没有在意，谁都不能阻挡我一颗向往自由的心。

那天，侍臣小声问我："大王，孔庙还拆吗？"哦，忘了告诉你们，我喜欢建筑，没事就自己动手设计，然后兴兴土木，把图纸上的线条变成美轮美奂的房子。孔庙就在我的宫殿隔壁，占卜师唾星飞溅，信誓旦旦，说是一片风水宝地。那就拆喽，盖成我刚刚设计的作品。

一群儒生跪在宫门前，又是罢学绝食，又是痛哭流涕，觉着我冒犯了圣人。笑话！我是鲁国的封王，普鲁国之天下，莫非王土，何况一个死去了多年的教书先生。

侍臣见我旧事重提，赶紧提醒说："这次不是儒生的事，儒生的事早就被前相国平息了。这次，是费用，国库眼见就要空了。"这帮蠢材，以前又不是没有空过。鲁国食邑万户，多征点儿税不就行了？实在不行，打些白条，都先欠着。

侍臣有点儿着急，咳嗽了一声，提高了音量："大王，征税的事归相国管,现在田叔是相国,很多人都跑到他那儿告状去了。"

告就告呗。父皇派来的相国,也是我的臣民,能翻起多大的浪来?

没想到,第二天午时,我的午膳还没有用完,侍臣神色张皇地跑进来:"大王,不好了,宫门外乌泱泱全是人,把大门都快堵死了。"

"谁这么大胆?"我吼了一嗓子。堵宫门,这是不要脑袋了呀!

"是田叔。"侍臣应道。

"他想造反?"我拍了下桌子,顿时杯盘狼藉。

"那倒不是。"侍臣定了定神,慌忙解释,"听说是一百多个小百姓闹到相府,指责大王增加税赋的事情。田叔把这些闹事的家伙都给抓了,张贴告示说,为首的二十人,每人笞打五十大板,其余的人各打手心二十。现在就要在宫门外行刑呢。"

这倒是件有趣的事情。看来,田叔也算识趣,知道鲁国谁是主人。那就去瞧瞧吧,父皇派来的能人,戏一准唱得别样精彩。

我更了衣,率着一众好热闹的妃子,登上了宫殿的城墙。宫门外,熙熙攘攘,一百多号平头百姓,被举着棍棒的兵士团团围着,像是一群待宰的羔羊。侍臣眼尖,一下就发现了人群中的田叔,他激动地跳着脚:"大王快看,田叔在训那帮不懂事儿的家伙呢。"我乜斜了侍臣一眼,田叔那么大嗓门,我能不知道他在训话吗?

田叔举着马鞭,对低眉顺眼瑟瑟发抖的百姓发着怒火:"你们这帮刁民,大王不就是多收了你们几次税吗?不就是给你们打了几张白条吗?那又怎样?大王是你们的君主,你们的一切都是王的。损失了一点儿饭钱,居然就敢到处毁谤君主,该当何罪!"接下来就是噼里啪啦的棍棒和野猪般的哀嚎,招引得围观民众密密麻麻,呼声震天。

老实说,开始我对田叔还是抱有好感的。虽说在宫门外行刑过分了些,但是杀鸡儆猴,总得有个轰动效应的场所,这事我懂。可如是者三,我终于坐不住了。那只被儆的猴子,不会是我吧?这个田叔,弄一出活广告,是要让我在鲁国臭大街呀!

我召来田叔,二话不说,吩咐人从内库中取出钱来,让他偿还那些挨打或者即将挨打的百姓。

田叔摇头，说："大王自己征收来的，让臣去偿还，这是让大王落个坏名声而成就臣下。臣万万不敢！"

想想也是。凭什么我出钱，他落好呀？于是，我亲自出面，把多收的税赋尽数偿还给百姓。

没了钱，画再多的图纸也没了用。我索性放弃盖房子的嗜好，转而开始打猎。锦衣貂裘，宝马良弓，倾城随寡人，千骑卷平冈。挺好。

唯一让人郁闷的是，每次打猎，田叔都要跟随进入狩猎的苑囿。来就来吧，这么些随从，也不多他一个。可田叔从不打猎，也许这家伙根本就不会骑射，也说不定。那也没关系，苑囿有的是馆舍，装饰华丽，有酒有肉，你休息便是。他不，他非要走出馆舍，坐在苑囿大路边，露天地里等着。仲夏时节，烈日当空，钻进馆舍都能把人热出一身臭汗，田叔这是想做甚？

我一次次派人，想请田叔回去休息。毕竟年龄也不小了，中了暑，出了意外，我跟父皇也不好交代。田叔不肯，每次还都回得振振有词："我们大王暴露在苑囿中，风吹日晒，风餐露宿。作为臣子，怎能独自到馆舍中苟安呢？"

这个，我是不是又错啦？错不错暂且不提，为了不再听到田叔酸溜溜的滥调，我决定，猎也不打了。

从此相安无事。

几年后，田叔在鲁国国相的任上死去。为表心意，也为了彰显我的爱才之心，我送去一百斤黄金给他作祭礼。没想到，田叔的小儿子田仁坚辞不受。他说："臣不能因为一百斤黄金损害了先父的名声。"

话说得恭恭敬敬，又不卑不亢。好像我这个当王的，是个多大的小人。

哼！

（选自《山西文学》2022年第1期）

梨花

尹湘涵

梨树村在镇子最高处。每次回婆婆家,梨花都犯愁,自己本来就晕车,可梨树村村口前的盘山路上,一个大弯儿连着一个大弯儿。下车后,梨花总要蹲在路边吐上好大一会儿。

刚来家里时,梨花的婆婆见到梨花这样,还以为儿媳妇怀孕了,心里这个乐啊。可两个春节过去了,梨花还没有让她抱上大孙子,梨花的婆婆就着急了。

自从儿子宝兴结婚,梨花婆婆就不允许别人叫她宝兴妈,她总是纠正着,叫我梨花婆婆好了。

今年春天,梨园中的梨花开得异常茂盛。梨花婆婆对老伴儿说,看来,梨花这是要给咱家添丁进口了。

晚饭后,梨花婆婆给儿子宝兴打电话,想问问小两口要孩子的事。接电话的是梨花,梨花告诉婆婆,宝兴洗澡呢,咱俩先唠会儿?婆婆听了,把快要冲出口的话咽了回去,说,没事儿没事儿,就是想问问你们,今年过年回家能待几天啊?

梨花说，哎呀妈，这才是春天啊，咱家的梨树刚刚开花吧，离咱吃冻梨还远着呢。

婆婆听了，哈哈笑了起来，说，那让宝兴洗去吧，俺们先睡了。

想问的话没有问出来，梨花婆婆心里不痛快，和老伴儿说话的嗓门就高了许多。

老伴儿知道她的心事，就没理她，拽过被子把头盖上睡觉了。

转眼到了年根儿，梨花婆婆没有像往年似的，约上隔壁的关二姊一起去镇上赶集买年货。梨花婆婆早早起来，赶上第一趟车去了镇子里。这一回，梨花婆婆不仅买了对联和福字，还买了两张大胖小子的年画。回到家，梨花婆婆没顾上喝口热水，立马喊来老伴儿，要把年画贴到墙上。

老伴儿一边贴着年画，一边嘿嘿地笑。

梨花婆婆问，你笑啥，你倒是说啊，你喜欢孙子还是喜欢孙女？没良心的，给你生了儿子，你却不知足，总是和亲戚朋友说，闺女才是爹的小棉袄。你这个闷葫芦，真是拿你没办法。

梨树村有七十多户人家，谁家有个大事小情的，都是瞒不过一顿饭的工夫。这不，关二姊过来送豆包，一眼就看到了墙上的年画，很快，左邻右舍就知道梨花要生孩子了，一个个地赶来道贺。这下可把梨花婆婆弄尴尬了，想解释又被乡亲们的热情给顶了回来，只好陪着大家伙说笑着。

还是关二姊替她解了围，说，咱们先回去忙吧，别耽误梨花婆婆给梨花准备好吃的，等梨花回来咱们再来。咱可提前说好了，等梨花回来，先吃俺家的梨子，俺家儿媳妇就是吃了俺冻的梨子，顺产生下了八斤重的大孙子。大家伙听了，轰的一声笑了起来，拍拍打打着各自回家了。

梨花婆婆这才想起，该给宝兴打电话了。这个点，小两口应该到机场了。没想到，打了几遍电话，都是占线。再给梨花打电话，也是占线。这下，连慢性子的宝兴爸都着急了，问，咋回事啊，不是说好了今天往家来的吗？

梨花婆婆本来心里就焦虑着，一听老伴儿这么说，一股火就上来了，喊到,你就知道催我,你咋不给儿子打电话问问呢?

正在这时,电话响了,是宝兴打来的。宝兴说话的口气不同以往,有些急,还有些犹豫。宝兴说,妈,看来,我和梨花都不能回去过年了,我刚刚接到通知,单位领导让我把机票退了,马上赶到单位。梨花也是,她正在接听单位的电话,估计也是让她退票的事。

梨花婆婆听了,像是吞下了一块冻梨似的,心里唰的一下凉透了。

老伴儿见状,抢过手机问,咋回事啊,啊?你快说说,发生啥事了啊,你妈听了电话咋成呆子了?

宝兴爸握着手机,听着听着,表情凝重起来,接着,不住地点头,嗯,嗯,爸知道了,你们俩都是国家的人,快去忙吧,回头我和你妈慢慢说。别忘了,让梨花给她家里打个电话,免得她爸妈惦记。

放下电话,宝兴爸轻声说,他妈,你先上炕歇会儿去,我把缓着的冻梨拿到院子里再冻上。这样也好,咱们就不用忙活了。说完,朝墙上看了一眼,去厨房忙活了。

大年初一,关二婶的两个外孙子过来拜年。梨花婆婆抓了两大把糖果塞到了孩子的兜里,说,宝宝乖,叫我一声奶奶,奶奶还给你们好吃的。俩孩子平时都叫她姥姥,一时改不过来,当哥哥的犹豫一下,喊了一声奶奶,当弟弟的也犹豫了一下,还是喊了声姥姥。

梨花婆婆听了,笑了起来,说,看我这个姥姥,这是怎么了,大过年的,难为起孩子来了。来来来,快把红包拿好,回家交给你妈存着,给你们俩买好吃的。

俩孩子接过红包,转身跑了出去。

梨花婆婆看着两个孩子的背影,对老伴儿说,等开春了,梨花开了,咱也去拍个视频给梨花和宝兴看。

这俩孩子都有正事,他们的心啊,像咱梨园里的花似的干净。他们干的事都是大事,咱不给孩子添乱。以后,你看住我的嘴,想孙子了,我就看看墙上的画,不给孩子们打电话问那些车轱辘话了。

老伴儿听了,冲她竖起大拇指,说,真有你的,办事说话这么敞亮。

疫情过后,梨花怀孕了。梨花的婆婆说,怪不得呢,今年,咱家的梨树,是全村子开花最早的。

(选自《天池小小说》2022 年第 13 期)

俩老头儿的醉梦时光

原上秋

过了大堤，下坡，就是黄河滩了。

俩老头儿在那里生，在那里长，那里的每一座房屋，每一棵树，甚至路边的荒草，都熟悉。

这条路，他们瞎摸也不会走错。沿着这个蜿蜒的土路下坡，走不多远，就是他们的村子——泥湾。

老陈问，今天到你家喝，还是到我家喝？

老薛说，到我家吧，去你家要从前街绕道后街，还要绕过一个大水坑，曲里拐弯的，太远。

老陈说，我家隔壁有一个小卖部，能凑个下酒菜。

老薛说，不用，我这里有你弟妹炸的花生米，够了。他把一包花生米拿出来，举了举。

他们来到老薛的家。老薛的家好找，在大路边上，门前有三棵大槐树。院子中间摆着一个石桌，围着石桌，是四个石墩子。那是他们原先经常喝酒的地方。

他们很熟练地把花生米和酒摆上，一人倒一杯，互不相让。谁喝完，自己倒。他们就着油炸花生，喝出吃开封大席的感受。不一会儿，一瓶酒见底，晕乎起来。

老薛说，老陈啊，我咋觉得像在做梦呢？

老陈说，你回家，让弟妹掐掐你，掐醒了，那就是梦，掐着感觉疼，那就不是做梦。

老薛说，在生产队的时候，你当队长，天天领着大伙挖河，不到年根儿，泥腿不拔出来洗。

老陈说，那，也没吃上个啥。

老薛说，后来呢，包产到户了，虽说饿不着肚子了，可一年忙到头，还是没富裕。

老陈说，黄河滩里，你想咋样？

老薛起身，晃了一下才站稳。他回望刚才坐过的地方，微微一惊。刚发现似的，根本没有所谓的石桌，也不存在四个坐墩。三棵大槐树的地方，变成三个很大的土坑。

老陈也站立起来，屁股上全是灰土。他们刚才，是席地而坐。几颗花生米在一个白色塑料袋里，像羊粪一样滚着。空酒瓶歪在边上，瓶口滴出剩酒，在泥土上洇出一枚铜钱。

站立起来的老陈和老薛感觉奇好，他们相视一笑，继而大笑，开始互相捶打。

阳光散乱一地，这是一个整村搬迁后的废墟。那些残砖碎瓦告诉你，这里曾是烟火气浸润过的地方。老人们靠着几十年的记忆，一回回，总能轻车熟路找到这里，找到自己曾经的家。

老陈和老薛结伴回来好几次了。

他们笑着打着，打着笑着，老薛突然哭起来。老陈，咱们的家，没了。

停住手的老陈扶着老薛说，废话，不是没了，是搬走了。

老薛说，我每次上那楼，总感觉没迈进这院子脚下踏实。

老陈说，你思想跟不上形势。当初政府动员搬家，我是第一个响应，你呢？

老薛说，我不是也搬了。

老陈说，你还不是怕留在黄河滩里，没人和你做伴，叫狼吃了你。泥湾最后一个搬家，你说你，是不是落后分子？

老薛说，我哪能和你比，老干部，优秀党员。说真的，当看到你们戴着大红花，站在主席台上领奖，让人眼红，我得跟你学，到时候也戴个红花啥的。

老陈说，一定能。说罢，大笑一阵，突然停住。他提议，去他家看看。

去老陈家，遇到麻烦。他们记得，从老薛家出来，顺着一条大路朝西，见一个大石头再朝北走。大石头去哪了？没有了大石头，就没了走路的参照。转了半天，大水坑不见了，老陈说的小卖部也尸骨无存，记忆中的街道和现地咋也无法印合。

老陈就说，不找了，回吧。

老薛附和着说，不找了，回吧。

回来的步履有些沉，他们一直推着车走，都不说话。上了黄河大堤，往北瞭望，一片繁华。那是黄陵新区。黄河滩里的人，都沐浴在新生活里……

老陈打破沉默，问老薛，现在，让你搬回来住，你愿意不愿意？

老薛思考一会儿说，这个，小孩子们肯定不愿意。

老陈说，没让你说孩子，说你自己。

老薛突然笑了，是大笑。老陈也笑，笑过，用手抹一把脸，湿了一片。

他们又出发了。前面的路灯一下子亮起来，宽敞的大路一直延伸到一片高楼。那里，是他们的新家。

（原载《小小说选刊》2022 年第 9 期）

篾匠的儿子

范子平

姜睿是村里有名的能人，别看没上过几年学，可他处处留心博闻强记，看电视听广播都能串成串，能讲三国道水浒，春节还能给人写门联，又是红白喜事的办事手，平日里在大街上一站，总有人围过来听他的。姜睿还是世传的篾匠，手艺三里五村数得着。他编的菜筐、筷子笼、礼品盒子，精巧漂亮；他编的竹席，手握起来像一把棉布，一丢开，砰的一声就弹成一个光滑细腻的大床单。

他传授的五六个徒弟，家里小日子都红红火火，至于当师傅的他，在村里更是先起楼房的。以前姜睿美中不足的，是两口子不能生育，后来他到省医院看好了病，四十多岁老婆又给他生下一个宝贝儿子，自觉得从此一飞冲天，走路都挺着胸脯翘着脚板儿。

姜睿干活儿不怕人看，人越多他劲儿越大。一把篾刀在手，竹子被他丝丝地劈成一条条薄而细的竹篾，然后竹篾从"度篾齿"小槽里抽出，打磨得更加光滑圆润。姜睿丢下"度篾齿"，手指上下翻飞，长长的竹篾如灵蛇甩尾，穿梭般来来往往。一会儿工夫，一个精美的竹器就站到案头。看的人都赞不绝口。

姜睿对宝贝儿子寄予厚望，想让儿子从小能入行，让这门绝技在儿子手里发扬光大。儿子上小学低年级时还行，回家就爱站旁边看他编织。但到小学高年级，也许是作业多，儿子就很少顾得上观赏他劳作的英姿了。现在儿子上初中了，进家都躲着他那些东西走。要说儿子功课是紧，但还是有假期的。假期里姜睿曾苦心孤诣教授儿子技艺，但儿子却视为游戏，嘻嘻哈哈的，论劈篾他无力，论编篾他无能，一不小心又弄破了手，大呼小叫去粘创可贴，高低不入门道。儿子还说，都啥年代了，现在都是电脑程序自动化，这种老古董技术早晚得淘汰。气得姜睿恨不得扇他嘴巴，但真要叫去扇，他可下不去手。再说，老婆多次在他耳朵边吹风，咱儿子学习成绩在学校里可数一数二呢！

初冬的这天中午，阳光温和，又没有一丝风。姜睿在街头跟几个崇拜他的街坊吹"张辽威震逍遥津"，唾液沫子乱飞。儿子小果正好放学背着书包过来。姜睿曾经的学徒老牛就随口喊道：小果，来听你爹讲曹孟德第一战将！多有意思！小果扭头瞥一眼，不搭理，继续往家走。姜睿就随口说一句，咱祖传的文化博大精深，他们学生娃才懂个啥呀！小果听见了，转身走过来说，爹，你懂得恁多，我就问你两句，都老简单了。你说咱村这个池塘是圆圆的，老师领我们量过，转一圈周长是721米，那它是多大面积？多少平方米？姜睿答不出来，一时面红耳赤。围着他的大都是没上过几天学的中老年，你看我我看你一时都愣住了。小果继续说，爹，π小数点后边的数字，我能背诵出一百个，你能说出几个？姜睿就不知道"排"是个啥，神情更加尴尬。小果不依不饶，继续说，爹，我再问你个更简单的，幼儿园级的，二进位制里的一二三四咋写？姜睿从没有听说过二进位制，云里雾里更是一脑瓜糨糊，心下恼火，大喊一声，滚回家去，上两天学不是你了！光在这儿逞能！一时间大家都笑了起来。小果也笑，蹦着跳着往家里跑了。

第二天是个星期六。姜睿喊儿子，小果，走，拜师傅去！

小果正拿着苹果啃，不在意地说，拜啥师傅？你不是师傅吗？嗯嗯，你是说拜祖吧？我不去！

当篾匠之前都得拜祖，当上篾匠也得时不时地拜祖，才能精通技艺，带来财运。村口就有"祖"庙。"祖"是谁？还是小果给他考证出，这个"祖"是春秋时代鲁班的师兄弟张班，是篾匠技艺的开山鼻祖。

姜睿知道儿子不好降服，只好软着来，说，你不是想要笔记本电脑吗？去了，回来就给你买。

儿子顿时笑逐颜开，响亮地喊道：去！去！

在信阳开竹编店的徒弟周青过年看他带来两筒一级毛尖，姜睿将茶叶装进他精心编织的礼品盒子，竹编盒子又装进肩背包里。他让儿子背上。儿子一愣说，拜祖还要礼品？他不回答，转身出了门。儿子只好背着跟上。姜睿的脚步比平日里沉重疲沓，噗噗踏踏的，可儿子不管这些，一蹦大高，嘴角溢着笑想，不管咋着，回来就要有笔记本了！

到了村口，祖庙就在旁边，姜睿却领着儿子从门口过去，径直向东走。儿子迷惑了：往哪里走？不拜祖了？

姜睿站住了，长出一口气说，拜啥祖？你又不想弄篾匠。儿子说，那咱去哪里？

姜睿说，去学校，找你们老师去，找班主任，咱就拜他！我还要请他客呢！

儿子哭笑不得道，你这是哪一出啊？老师对我可好了！天天见面的，根本用不着"拜"！

姜睿说，可我就想跟他说说话，听他讲讲我才明亮，才更放心。以后你就一门心思奔你的数理化吧，那前程宽广着呢。儿子咯咯地笑起来，说还有语文英语生物史地呢！

父子俩大步向学校奔去。

（选自《小小说选刊》2022 年第 13 期）

身影

田玉莲

早上还是合理合法的夫妻,中午却不是了。他们之间的那关系被一纸离婚证书切割了、分离了,成了两只断了线的纸鹞。

他把那辆车开到院前,慢慢停稳,用抹布仔细地擦拭着。她的外公在国外,给她寄过不少美金,这车就是她给买的。属于她的东西,他想还给她,让她带走。

她胸前揽着儿子,坐在小板凳上择菜。她想和他同吃最后这顿团圆饭,然后好说好散。对他的一举一动,表面看来,她是很冷漠的,其实尽收她的眼底。他们都是装有满肚墨水的人,涵养颇深。离婚,对一般家庭来说,算得上一件惊天动地的大事。但在他们来说,好似极平常的事,像他俩在走路一样,走着走着,遇到岔道就各奔东西了。

儿子捧着一盒新买的积木,在母亲怀里摆弄来捣弄去,玩得很费劲儿。稚嫩的娃子,哪晓得父母之间的恩怨,家庭解体的悲哀?

尽管佯装一副很平常的心态,可是他在擦抹车辆时,心里像装着半瓶子水,难免有些动荡。

他是个玩笔杆儿的，在镇委做点芝麻绿豆之类的小事。他的"巢"，就在镇委后边一河之隔的不远处。河叫百尺河，冬春，河水干枯，人可行走。一入伏季，洪水泛滥，水流湍急，人是不便通过的。河上原本有座小桥，毁于一场洪水，因为上游已建了一座新桥，此处也就无须再造。那天，做小学"大教授"的妻到县上参加考试，把孩子撇在家中。日落西山，他推上自行车匆匆地往家赶，惦着发烧的孩子，心里有些急躁，于是，就抄近道想早一刻回家。

因为头天才落了一场雨，河水齐腰深。他没有多想，骑上电动车就过河。河两边在田里忙活的人都喊他，要他改道行，他没动摇。到了河心，水流急了，他一脚踩空，连人带车被水卷走。幸而几个干活的小伙子跳下去，好不容易才把他拖上来。事后，有人如此这般地把经过告诉了他的妻子，气得她狠命扇他的胳膊："你呀你，发疯了吗？拿着性命当儿戏！"

"嘿嘿，没事的，我会凫水。再说孩子病着，我能不着急？"

这天的事情，把妻的心搞得酸溜溜的，多日不欢畅。不久，就给他买了辆"宝马"，叮嘱他"宁走千步远，不走一步险"。

当孩子缠着妈妈讲故事的时候，她总是把这"惊险而又曲折"的事向孩子一遍遍地不厌其烦地讲述，作为对孩子进行安全教育的活教材。孩子不知故事里边的主人是谁，便问妈妈。她就把眼一乜斜，目光斜向丈夫："咦，还会是别人吗？"

孩子就走过去，小手的食指指着爸爸的鼻梁骨，上上下下地刮起来。嘴里还奶声奶气地嚷着："傻瓜，傻瓜，爸爸顶顶大傻瓜！"

往事如今回忆起来，仍像卷心菜似的，有一缕甜滋滋的味道浸入心底。可是后来，因为一些恐怕连他们自己也说不清道不明的鸡毛蒜皮的小事，夫妻之间竟出现了裂痕。她，总觉得自己在学校里忙了一天，回家又得照看孩子，白天黑夜不得闲，希望丈夫多做点家务；他，发现自从有了孩子后，妻子对自己的温存体贴少了，便时不时想摆一摆大丈夫的派头。于是，牙碰牙的事多了起来，并终于导致了昨天的激战。一个说："既然过不到一块儿，不如各走各的路！"一个说："条条道儿通南山，偏得跟你一块儿走?"话说出了口,谁也不肯主动收回,就这样,两人一前一后去了乡政府。民政助理员再三做工作,两人依旧各不相让,谁也不首先认错服软,最后终于领回了分道扬镳的证书。然而,他们似乎并没有那种笼鸟回归蓝天的解脱感,感受到的却是一股料峭的春寒。

就在他俩各想心事的时候,猛然发现孩子不见了,做母亲的也不知孩子是怎么挣脱她的怀抱跑出去的。两颗做父母的心,一齐跳了起来,他前脚出门,她后脚跟随,四处寻找,费了好大功夫,才远远望见孩子在百尺河边。

他迈开大步奔了过去,她一溜儿碎步也赶了过去。同一瞬间里,四只眼睛都透出一线光亮:孩子用积木在河边搭起了一座小桥。孩子的衣衫被水洇湿,一双小手冻得通红,脸上却绽满笑纹,嗓音甜甜的:"爸爸,以后你就从这座桥上走,好吗?"

他的眼眶里储满了泪水。

她赶忙把脸歪到一旁,手伸进兜内,像在掏手帕。

"好孩子,爸爸谢谢你!"他抱起孩子,紧紧地贴在胸口上,紧紧地。

归家的路上,孩子左手拽着爸爸,右手扯着妈妈,曲曲折折的山道上,留下了三行并排的脚印,还有三个紧密相连的身影……

(原载《日照广播电视报》2021年9月16日)

师惑

孙春平

三十多年前,我在一所中学当美术老师,同时兼着初三六班的班主任。学校好几位女老师休产假,我只好滥竽充数了。

充数的结果自然成绩平平。到了期末,其他班级都有奖状抱回,独剩我班墙壁上空白得干净。我脸面上过不去,便放出话,谁要是能为班级争得荣誉,我就让他当班干部。我的话里已有了悬赏招标的意思,但如风过耳,无人响应。

寒假前,学校给学生下达了积肥指标,每人五十斤。"积肥"这个词放在当下,许多年轻人已很难理解了,可当年,学校在郊区开出一片农场,组织学生学农种庄稼,把积肥任务落实到学生头上很正常。

指标下达后的一天,有学生对我说:"老师,我能给咱班争取个积肥冠军。"

我好不容易才想起他叫邵杰。我问:"你准备怎样夺冠军?"

邵杰说:"我在班里啥也不是,说话谁听?"

这便是在伸手要官了。我想了一下,说:"那你就代理班长吧,正好班长寒假时去奶奶家过年。"

一朝权在手,便把令来行。但初涉"班政"的邵杰放假后却和文艺委员紧密协作起来,他们组织同学在教室里排练对口词、小合唱,把本应冷清的假日教室搞得热热闹闹。那些日子,我心里嘀咕,怕不会是邵杰看文艺委员漂亮就有意和人家套近乎吧?

一练练到傍年根儿,邵杰才下达了第二道命令:全班同学都要穿戴上过年的衣裳,去部队联欢。

那天,同学们排列整齐,直向位于北郊的部队营房开去。我当然也得去,班主任嘛。演出之后,邵杰又提出帮解放军叔叔打扫卫生,目标是营房西北角的猪舍。

首长见孩子们如此积极,且带来了工具,感动得不住嘴地夸奖。

猪舍足有几十间,大猪小猪百余头。

到了这个份儿上,再愚钝的同学也猜知了八九,这叫曲线积肥呀!大家立刻鸟儿一般飞散而去。那一刻,我不时偷瞄邵杰,揣摩着他下一步的部署。

粪肥堆在了一起,挺大的一堆。邵杰跟首长请求:"叔叔,快过年了,这东西堆在这儿不好看,我们运走好不好?""这……好吧。"首长小有犹豫,还是答应了,又嘟囔说:"其实部队有园田,粪肥也不扔。"

邵杰装作没听到,立即安排同学去了营房北边的村子,借来了不少篮筐和扁担,还有两辆手推车。

我悄声问邵杰:"你怎么知道这儿有猪舍?"

邵杰一笑:"我舅家就在这村子。"

那一天,邵杰的巧出奇兵,不知激活了我的哪根神经,队伍快进校门时,我叫了停,说:"哪位同学家院子大,咱们先把粪肥送到他家存起来,大年初一再往学校送!"我又叮嘱学习委员:"你抓紧写篇文章,打在过革命化春节主题上,报社电台都给寄过去。"

经此一役,我们班一下变成了黑马,开学后,我们班不仅得了积肥奖,还有假期活动奖,我还被评为模范班主任。

开学后，那届学生就进入了中考冲刺阶段。发榜时，我特意关注到邵杰考上了师范专科学校，虽非重点高中，但也不错，师专毕业生可获国家分配，旱涝保收啦。

几年前的一天夜里，我接到一个电话，开口喊我老师，说要来拜访我。我问他是谁，他说："我是邵杰，我当过代理班长，还带同学们去部队营房搞活动，想起了吧？"

远去的记忆蓦地在脑海中浮现。邵杰很快来了，身后跟着的秘书放下礼品盒就退去了。哦，三十余年未见，当年活蹦乱跳的小鹿已变成了训练有素的高头骏马。

落座，叙谈。我问："你来得突然，不会是有什么事吧？"邵杰答："那我就直奔主题。我现在的职务是市政府副秘书长，过两天有领导要出国考察，总要备些礼品，不可过于张扬，也不可显得小气，我就想到了老师的画作。我此程来，就是专程求画，也不白拿，三千元一幅，我要十幅，不难为恩师吧？"

三千，十幅就是三万！这些年，我虽痴迷于此，偶有出售，却多是两千一幅。

我故作迟疑，说："只是时间太紧啊。"邵杰说："我一直在关注老师的创作，知道老师高仿某画家山水人物，几可乱真。因为时间紧，这次您可只仿同一幅，先仿三幅就可。落款署名用印，您都仿就是。"

我脸上灼烧起来，原来这个他也知道。

两年前，几位画友酒后小聚，我乘兴仿某人画了一幅，画友说仿得好，若能把落款用印也仿上，几可乱真了。唉，都是拿不到台面上的东西呀。

我说："这不好吧？"

邵杰说："有什么不好。我听说，眼下国内，仿某人的不在少数，听说连他本人都在批量地生产画作。再说，此画带出国外，送画不过是一种礼仪，何谈鉴别真伪。"

那晚，邵杰打开礼品袋，盛情难却，我喝得有点多，加上夫人去了女儿家，没人监管，就更放得开，话也多起来，江河横肆，全无顾忌。邵杰也喝不少，说："眼下从政，实际跟老师从教从艺一样，要说难，真难；要说容易，也简单。你只需记住四个字——hu、hu、hu、hu，全了。"我一时懵懂，追问："哪四个字？你细讲讲。"

邵杰却猝然酒醒，摆手笑道："玩笑，玩笑话，不说了。"

两天后，我如期交画接款，但邵杰说的那 hu、hu、hu、hu 四字，却好似魔界咒语，在我耳畔久久盘旋。我翻字典，敲电脑，终不知他指的是哪四字。便又想，我和邵杰相识几十年，到底谁是师，谁是生，真的整不明白了……

(选自《鸭绿江》2022年第2期)

似水

云裳

雄狮是在抬起头来的时候，看到了那朵洁白的睡莲。

这是一个微凉的秋夜，雄狮一路仓皇地逃到了一片沼泽地带，他的右腿受了伤。看看没有追兵，他的脚步放慢了。刚刚，他经历了一场生死搏斗，又累又渴的他步履蹒跚地来到了水边饮水，水里映出他的影子，他第一次看到了自己的沧桑和落魄，心里不禁倍感落寞荒凉。这些年，在弱肉强食的丛林里，每一次地盘的争夺和食物捕获中，他都奋不顾身，一往无前。拼死拼活中他成了万兽敬仰的王，慢慢地他也成了万兽惧怕的王。他变得武断而霸道，听不进半点与自己相左的意见，即使是他之前最信任最依赖的军师白狐。这次战争，忠诚的白狐离开了他，最爱他的雌狮美拉也离开了他。这次战争他耗尽了所有，腿也受了伤。他心里充满了懊恼和悔恨。

喝足水的他，缓慢地抬起头来，茫然地向四处张望。远处，他蓦然发现了水中央有一朵洁白的睡莲，他久久不愿移开目光。那睡莲宛若一个妙龄少女，清新而淡雅，静静地在水中，远离喧嚣的凡尘俗世，高洁而美好。雄狮突然心生羡慕，心想，我何不做只睡狮呢？远离争夺，远离厮杀，像美丽的睡莲这样，安然平静地生活着多好。曾为百兽之王的雄狮，看到恬淡的睡莲，突然厌倦了血雨腥风、你死我活的争斗，只想过上安静的生活。就这样，狮子变成了睡狮，在水边草地上栖息，守望着那朵洁白的睡莲。

睡莲也面带娇羞地远远看着睡狮，她安安静静地生活了十几年了，从前只有小鱼小虾在她身边游来游去，还有一些水草在水里摇曳。像睡狮这样的雄壮威武的庞然大物，她之前也只是在梦里梦到过。看到睡狮远远地注视自己，睡莲并未感到害怕，她倒觉得那目光温暖亲切。看到睡狮闭上了眼睛，她知道他累了，他在调养生息。睡莲也就闭上了她的花瓣样的眼睛。

第二天，睡莲睁开花瓣似的眼睛时，睡狮远远地对她说："你真美！你的美治愈了我的心！"睡莲羞涩地说："你是个大英雄！我的汁液可以医好你的伤口。"睡狮沉默了好久才说："我不能取你的汁液，那样会伤害你的。"狮子真的成了睡狮了，之前那个嗜血如命、残暴凶狠的狮子也知道怜惜一棵植物了。睡莲欣喜地低下了头。

他们默默陪伴了好久。睡狮总是远远欣赏睡莲的美，睡莲总是心疼睡狮的伤。

一个月光如水的夜色里，就在睡狮刚睡着的那会，一位身着白纱的妙龄女子，手持莲花灯，飘然来到睡狮的身旁，看了看狮子受伤的右腿，伤口已溃烂了，如不及时救治，睡狮会失去右腿，甚至失去生命。那白衣女子急得掉下了眼泪。

早上狮子醒来，远远地向睡莲看去，只见睡莲愁容满面，不禁问她："你怎么了？睡莲妹妹。"这一问，睡莲眼泪掉了下来。睡狮更是不解，他想上去问个究竟。刚一起身，就扑通一声倒在了水边。睡狮这才意识到自己的伤越来越严重了。就在这时，睡莲被一阵风吹到了睡狮的身边，她抬起纤纤玉手，轻轻地抚摸起睡狮那只受伤的腿。睡狮的心怦怦地狂跳起来，腿的伤口立马不疼了，他不由自主地抱住了睡莲，想看个仔细时，发现怀里的睡莲变成了一位曼妙的女子，睡狮的心被融化了。

原来，睡莲是一位善良美丽的女子和一条美丽的鱼相爱生下的女儿，人们不能理解人鱼之恋，以为鱼给女子施了妖法，就用计杀死了鱼，睡莲的妈妈就抱着鱼跳进水里生下了睡莲，自己也同鱼一同死去。睡莲独自长大，甘心做水中的一朵睡莲，平静平淡地生活着，远离一切奇花异草。

只是这两年睡莲晚上经常做一个梦，梦到一只雄壮威武的大狮子向她奔来……

直到睡狮的到来，像母亲爱上善良的鱼一样，睡莲爱上了勇敢而沧桑的睡狮。每到夜晚，睡莲化身美丽的少女，用她的柔情蜜意医好了睡狮的伤。

睡狮经过潜心修炼，每到黄昏，他化身一位美少年，在月光的柔波里与睡莲相爱相知。

此时，厌倦了在同类世界里争夺杀戮的雄狮，只愿意沉醉于睡莲的身旁。

柔情似水。

（选自《河北小小说》2022年第1期）

是节东篱菊

徐水法

"有这样一个人,把一朵菊花,造出了一个时节——菊花节,打成了一个产业——菊花宴系列。你说这样的人值不值得宣传?"这是安城老同学宾轩的原话。昨晚,他又来电话说明天是重阳,我们去实地体验一番,于是就有了我这次的徐里重阳之行。

在安城的高速路口接上等候的老同学,车子就直奔目的地徐里,车上老同学就开始如数家珍。

徐里村地处龙门山脉余支,自古就有种植菊花的传统,据说也是杭白菊贡品产地之一。村里有个年轻人叫徐阳飞,土生土长的,和许多村里人一样,中学毕业后就出门打工。辗转几年后,这个徐阳飞来到珠三角一带,细心的他发现广东人不仅爱喝清凉解暑、明目益肝的菊花茶,好多菜里还添加菊花,这彻底颠覆了他的观念。老家产菊花,平时除了泡茶外,也就重阳节各家做点儿菊花酒,菊花能做菜真是闻所未闻。

机会总是留给有准备的人,徐阳飞感觉这菊花或许可以做做文章,就更加用心关注,这一下还真的收获很大。除了菊花家常菜,还有养生保健菜、各种菊花茶等，可以入菜入茶的不单老家的白菊，黄色、紫色、粉色等多种菊花搭配起来，这些菜品看上去不是菜，而是让人不忍下箸的艺术品。就这样，徐阳飞辗转当地一些高中档酒楼饭店，专门学习菊花菜系列，几年下来，成了当地专业做菊花菜的一名厨师。

前两年他回了家，做了吃螃蟹的第一人，租下老家一座四合院，开设了第一家专营菊花菜的农家乐，菜系以养生保健为主、吃养结合的方式，生意非常火爆。不仅县域内，连毗邻徐里的诸暨、富阳等地的吃客也闻讯而来，有时甚至一席难求。让人意想不到的是，徐阳飞没有吃独食，他在村里免费开设菊花菜烹制培训，前提条件就是学会后必须在村里开店，村里很快出现了一家家专营菊花菜的农家乐。短短几年，徐里村成了远近闻名的菊花村，种菊花、吃菊花，还带动了周边村子也种植菊花供应徐里村。为了让村里的菊花菜走得更远，徐阳飞召集人制定了菜系标准，让村里干部组织了督察小组，如果不按标准偷工减料等，停业、封店，丝毫不客气。这样一来，徐里村的名气越来越大，菊花宴成为村里乡里对外最好的宣传品牌。

江浙一带，大多有重阳做酒的节俗，这个时候新米入仓，就要进入冬闲，于是，家家户户开始在重阳制作米酒，家里有人爱喝酒，会用大缸制作，年前年后可以自己畅饮，也可以招待客人。家里没人会喝酒，一般就用酒坛少做一点儿，酒香时候正好过年招待客人。也不知哪一代的徐里先人，有一年在做酒时不慎掉进去几朵菊花干，酒熟时发现入口的米酒有一种淡淡的菊香，酒香也显得更为悠长有余味。于是，次年重阳做酒时有意识地在几个酒坛里分别放了一些菊花，摸索出了合理的菊花酒配方。淡淡菊香掩盖了浓烈的酒香，但入口平和微甜，余味醇厚悠长，徐里菊花酒就这样慢慢成为徐里村的又一大特色。徐阳飞稳定了菊花宴菜系后，高薪聘请酿酒师傅，根据宋朝古籍《太平惠民方》，在家酿的基础上配制了"菊花养生酒""菊花保健酒"等，尤其"菊花美容养颜酒"一推出，村里仿佛开妇女大会，都是前来品尝美容养颜酒的女宾，成为当地一大新闻。

重阳节就是徐里在整合菊花菜开发、菊花酒创新的基础上设立的，这一天，除了当地独有的一些民俗活动，还有菊花新创菜、重阳斗酒两大比赛活动，吸引更多的外地客人来品尝。当地政府因势利导，引进县内外美食和一些适合农村开展的趣味赛事，于是，徐里每年重阳日成为既有古风民俗又有现代气息的特别节日，吸引了四乡八村人纷至沓来，热热闹闹过大节。

时间不长，我们的车子进入了通向徐里的村道，在城市里习以为常的堵车，居然成为眼前的风景，我们的车子也成为汽车长龙中的一节，慢慢地跟着车队前进。最后还是离村远远地停好车，步行进村，村里村外，到处都是操着各种口音的人。幸好吃饭的包厢是老同学昨天订好的，不然，恐怕得满村里去碰运气了。

菊花宴荤素搭配，很有特色，果然名不虚传。先是各种菊花为主的解乏提神茶、美容养颜茶等十几种茶类；主菜前有菊花开胃汤、芦荟菊花蜜、菊花猪肝汤等各种养生健体汤系列；正菜有菊花三丝、枸杞菊花排骨煲、菊花干贝丝、菊花鸡丝、鱼香菊花茄子、菊花芙蓉鸡、番茄菊花鱼、梅子菊花炖牛腩、菊花里脊等二十多道菜，荤素搭配有序端上来；中间穿插了一些菊花系列精美点心，如菊花酥、菊花马蹄糕、菊花纸杯小蛋糕、水晶菊花糕等；主食是菊花普洱茶汤面、菊花蒸饺、菊花粥等。这顿菊花宴让人食欲大开，吃了个酣畅淋漓。我这个平时自诩"跑过三江六码头"、见过一些世面的人，也被这个小山村的菊花宴震撼到了。

饭后，我急切地让老同学联系一下，我要见见这个堪称缔造山村奇迹的徐阳飞。结果却让我失望，徐阳飞临时去了省城。原来徐里村的成功，让他看到了发展商机，前些日子他在省城郊区租了一片山地，打算再造一座"徐里菊花村"，自然，花丛中间少不了已经名声在外的菊花宴、菊花酒餐饮中心。

（选自《小小说选刊》2022年第14期）

手足

脱微娜

一阵急促的手机铃声响了。正在睡梦中的我爹摸索着拿起手机,大清早的谁这么无德,他嘟哝着,觑着眼看是陌生号码,想不接,却不巧碰到了接听键。电话通了,对方没有声音。

"喂,找谁?"还是没有声音。我爹正要摁死,一个沙哑的声音传来:"哥,我是老二。"是我二叔。我爹没有吭声。二叔继续说:"明天清明,我想和你一起去给咱爹咱娘扫扫墓,咱俩还有一笔账没算。"我爹怔住了,自从这个一奶同胞兄弟十多年前在爷爷墓地和他闹掰以来,兄弟情义就一笔勾销了,两家再也没有走动来往,就连每年清明扫墓,也都各扫各的,井水不犯河水。如今他们都过了花甲之年,现在二叔以扫墓的名义旧账重提,把我爹的心病又勾出来了。

我爹冷笑一声:"今年疫情严重墓园不开你知不知道,爹娘活着时对他们好点比什么都强。"

要在以往,爆仗脾气的二叔听这话早蹦高了,可是今天却蔫蔫的没了脾气。

"那咱去乡下老房子祭拜一下？"

提到老房子，触碰了我爹的痛处，心开始翻江倒海。爷爷奶奶相继去世后，二叔自己有房子，还霸占了老房子，更可气的是，老房子被征用后，政府给了一笔不菲的补偿款，二叔竟独吞了。为这事我娘不干了："老二，你今天给我说清楚为什么？"二叔说出的理由让我娘气得差点背过气来。原来我爹开车领我爷爷去旅顺游玩，游玩后又领着下馆子，洗澡，他本想让老人家尽情享受一番，不承想在回家下车时，我爷爷摔倒在地，80多岁的人了经不起这一摔，卧床不久就去世了。为这事我爹很自责，暗自流泪，二叔更是不依不饶，说我爹害死了我爷爷，他没资格拿老房子的钱。我娘要打官司，被我爹制止了。

"老房子都拆了，还看个啥？"我爹态度十分坚决，不想跟二叔废话。

二叔告诉我爹他得重病，差点死了。我爹心猛地一抽，态度软下来问："什么病？"

"新冠肺炎，现在已经治好了。"

我爹心里好一阵不是滋味，决定去见二叔。

爷爷奶奶的老房子在城乡接合部，有着五间瓦房和一个大套院。市里成立高新园区那年，老房子被征用融入了广场一角。我开车拉着我爹去和二叔见面，心中做着种种猜测，兄弟失和多年，见面不知是喜是忧？能不能再吵起来？

正是新枝发芽的季节，道边迎春花寂寞地开放了，人们封闭在家，街上几乎见不到行人，只有几个社区工作者戴着口罩在小区和要道口例行检查。我爹指引我走了一条偏僻的小路，他很熟悉这条路，小时候和二叔天天在此玩耍。

"哥。"车停在广场，二叔上前打招呼。二叔明显老了，人也瘦了。兄弟相视一笑抱在了一起。我爹和二叔比比画画找着老屋的位置。

"看，咱家院里的银杏树还在这。"确定了位置后，我从车里拿出两束鲜花，我爹上了一炷香，开始念念有词。我爹拜完后，二叔上了一炷香，拜了几拜大声说："爹娘呀，今天不能去墓地看你们了，因为世界发生了瘟疫大灾难，肆虐的病毒已经将我们封闭在家，我们只能在这祭拜你们。我也被感染了，好在有你们的保佑，我死里逃生，在此谢谢二老，望继续保佑我们。"说完，跪在地上磕了三个响头。

祭拜完后，爹和二叔在银杏树下坐在了一起。二叔兴致勃勃唠着许多往事，并未提算账的事。

我爹说："这次疫情你大难不死，必有后福。"

二叔说："现在回想像做了场噩梦。开始以为是重感冒，发烧咳嗽，当确诊是新冠肺炎后，我想我挂了，精神一下子倒了。因为每天医院都往外抬人。那两天我确实看到死神了，真的，你们千万别说我是幻觉，我是清醒的。那东西长着蛇一样的脑袋，在病房的灯管上盘旋，直愣愣地看着我，我吓得闭上了眼睛，睁开眼还在那。那一刻，我忽然后悔许多事，当时我特想见哥……"

"这么大事为啥不告诉我？"我爹动情地问。

"怕传染啊，我不能再害你。"

我爹唏嘘起来："老二，哥也有对不住你的地方，咱爹那件事……"

"哥快别说了，不是你的错……"

"那你跟我还算不算账了？"

"算，亲兄弟明算账嘛！"二叔一脸严肃。

看我爹有些茫然，二叔站起身来，从兜里掏出一个信封给我爹。我爹打开一看是一张银行卡。

"这是你的，记住，密码是咱爹的生日。"

（选自《百花园》2022年第1期）

守墓的老人

王培静

夏天的某一天，我们上次相约的那几个老兵，没有一个人食言，从天南海北赶来，相聚在了某海防团的招待所。

有我这个中部战区记者的牌子，又听说我们是要去小岛上看望守岛老人，海防团很是重视，先是政治处李副主任来问候，晚上藏政委亲自来看望我们。他说，你们从全国好几个地方跑来，要上无名岛看望守岛老人，我代表海防团全体官兵，谢谢你们。听说你们中间有个我们团的老兵，是哪一位？那位上一次在酒桌上给我们讲故事的战友站起来说，报告首长，我叫春江，原为三中队四分队分队长，现为中州市海天贸易公司总经理。说完，他举起右手，向藏政委敬了一个军礼。藏政委还了一个军礼后说，欢迎你带战友们回第二故乡来看看，还带来了战区的大记者。我忙说，我可没有任何采访任务。藏政委笑着说，那我们更是得欢迎。我了解了，明天气象条件不错，我派团里最好的一艘巡逻舰，送你们去无名岛。在我们海防团的每个官兵心中，守岛老人是我们海防团里的一员，是我们团不在编的一个老战士。

坐在巡逻舰上，望着舱外天海一色一望无边的大海，真是感到了人在自然界的渺小。

上了小岛，那位被老人救过命的战友，看到老人，跑上去抱住老人痛哭起来，继而跪下，哽咽着说，大伯，我终于又见到你了。这些年多少次我梦里重回小岛，可醒来总是泪湿枕巾。

卸下部队和我们给老人带来的东西，十几个人一起足足搬了十多趟。昨天晚上去超市，那位被老人救过的叫春江的战友，像抢购似的，把部队派来的面包车几乎给装满了。

中午做饭时，我们来岛上的所有人员强烈要求，不允许老人插一下手。

这顿饭的内容主要成了敬酒，在这浩瀚大海中的一座无名岛上，望着这位有着一脸古铜色面容的守岛老人，这位在我们心中像一座雕像似的无名英雄，我们每个人都想表达一下对他的崇敬之情，而什么样的溢美之词在这儿都属多余，我们不约而同地选择了敬酒这种中国人最传统最古老的方式。春江喝醉了，除了海防团的几个官兵外，我们几乎都喝醉了。

送我们来的巡逻舰回去了，这天晚上我们这几个老兵都没有走。

夜深了，看我们一个个都没有睡意，守岛老人说，我给你们讲讲我女儿的事吧：有一天，我坐在父亲和救我牺牲的那个兄弟坟前陪他们说话，时间长了，我也累了，我就躺在他们身边睡着了。

当被人推醒时，我身边站着几个人。

来人中的其中一个说，大伯，我们是海城市侨联的，想找您了解点情况，是关于您女儿贺小花同志的事情。听说您这个女儿是从海里捡来的？

女儿在不长的时间里是来过两次，她吞吞吐吐地探问了些她小时候的事，她是不是从什么人那儿听到什么风声了，知道了我不是她的生身父亲，还是她自己的身世？从女儿懂事时，我就这样告诉她，你母亲生下你不久，就得病死了。从你小时候就是咱爷俩相依为命过来的。女儿大了，比谁都孝顺，特别是成了家后，多少次劝他回去和他们一起住。他是死不开口。女儿今年都七十多了，难道真……

是捡的怎么样？不是捡的又怎么样？你们想问什么，就明说吧。

大伯，我们没有什么别的意思。捡到这个孩子时，她身上或身边有什么信物吗？

还真被自己猜着了。他心里一颤，莫非真是女儿的身世有了下落？

我是烈士的后代，你们到底想知道什么，还是明说吧，我不喜欢拐弯抹角。

那几个人交换了一下眼色，一开始和我说话的那个人笑了笑，对我说，老爷爷，事情是这样的。有个日本老妇人名叫川田美幸子，是上个世纪日本侵略中国时日军的随军护士。来之前她怀上了在大学教书的男朋友的孩子，分别时她男朋友给了她一块玉坠，上面刻着他们给孩子起好的名字：田角幸荣。他们商量，不管将来川田美幸子生下的是男孩还是女孩，都叫这个名字。她生下这个孩子时，正赶上日军战败。到处兵荒马乱，日本人没有了组织，都自顾自逃命了。她一个弱女子，刚生下小孩不久更是没办法。有一天，她把孩子放在一个筐里，绑在一块大木板上推入了海中，她跪在海边，面向东方，向天祈祷，愿孩子能被人救起，最好是被日本船只救起。将来孩子能回到家乡、回到亲人的怀抱……

这时我的脑子里几乎是一片空白，要真是那样，我竟给一个侵略中国的日本娘们养大了孩子，而我父亲却死在了日本鬼子手下。

那块玉就埋在我身边父亲的碑下。

那个人接着说，川田美幸子女士还说，她女儿左屁股上有一块红痣，小时有中国铜钱那么大小。我们已找贺小花同志核实过，她的血型也和川田美幸子夫妇的相符。我们能理解您现在的心情，您的父亲就牺牲在日本人的手下。川田美幸子虽然参加过日本侵略中国的战争，她也是被逼无奈从军的。现在她是日本一个反战同盟的负责人，倾力为日本侵略中国时的中国受害妇女和日本侵华时中国劳工在日本受到的非人折磨向日本政府讨还公道……

不知守岛老人这历经风霜的满脸沟壑里掩藏着多少动人的故事。

我们离开时，春江留在了岛上，他想劝老人跟他离开小岛。他说，只要老人愿意，他情愿给老人养老。并答应把两位烈士的墓也一并迁走。后来听说，春江的努力没有成功。

离开小岛前，我们要求老人带我们去了那两位烈士的墓前。我们想，有守岛老人在这儿陪伴他们，他们一定不会寂寞的。又一想，守岛老人不在了以后呢？

我们这些身在军营或曾在军旅的人，一个个缓缓举起了右手，久久没有放下……

（原载《解放军报》2021年8月10日，获第十届长征文艺奖）

庭有枇杷树

冯焕绮

元熙二十年，国泰民安，风调雨顺。

爹爹说皇上圣明，将国家治理得井井有条，我嗯嗯啊啊地点点头，忙着往嘴里塞牛乳酥，一会儿还要同隔壁家的小郎君放风筝。

小郎君大我两岁，已初初长成少年模样，面如冠玉，唇红齿白，煞是好看。

尤其是他用那双灿烂明亮如星子一般的眸子盯着我，温柔宠溺地唤我"娇娇"时，他说："娇娇，待你及笄，可愿嫁我？"是了，他常唤我"娇娇"，从牙牙学语时唤到如今。他一唤我"娇娇"，我便什么都拒绝不了他了。

即便是人生大事，盯着他那张温润俊秀的脸，我也瞬间就忘了姑娘家的矜持，生怕他反悔似的，一秒就答应。

后果就是得知了此事的爹爹气得差点掀桌子，头顶冒青烟地跑去隔壁算账。

只是这些都与我无关，我只顾着往嘴里塞每天的点心——牛乳酥、杏仁酪、玫瑰豆沙卷……顺便盘算着够不够给小郎君也留两块。

日子就这么一天一天地过去了，眼看着就到了及笄的年龄，我的容貌也出落得愈发秀美娇艳。周遭的人家纷纷上门提亲，吓得我直往树上窜："我只嫁我的小郎君！"

爹爹气得吹胡子瞪眼："嫁嫁嫁！你给我从树上下来，天天惦记着隔壁那小子。"

及笄后就不准见外男了，我在闺房里窝了几天，着实憋不住，趁爹爹不注意偷摸地爬上墙头，望着我心爱的小郎君在庭院里走来走去。

奇怪，分明才几日未见，为何小郎君的发间多了几丝白发？还有那庭院中央何时多出了一棵挺拔的枇杷树，看样子有些年头了。那树给我一种熟悉的感觉，奇怪极了，我摇摇头，不去想这些。

小郎君府里热热闹闹，备着聘礼，我心想着终于要来娶我了，没承想，那车聘礼，却送到了别人府上。

三书六聘，娶了位娇美的小娘子回府。

小娘子眉目含春，姣姣美如画，不同于我表面文静私下欢脱的模样，她却是从里到外都十足温柔娴静的大家闺秀，看上去与我的小郎君顶顶相配。

可那又怎样，才子佳人的话本我早就看倦了，若不是那小娘子的长相与我有六分相似，我才不会承认她长得标致。

但不知为何，看着小娘子与我心爱的小郎君拜堂，我心底竟奇异地松了一口气。

好像压了许久的负担，终于卸下来了。

我望向庭院中央的那棵枇杷树，茫然地觉得自己似乎忘了什么。

但我不服气，那小娘子哪里有我好，为何要娶她不娶我。我隐隐约约觉得有些牵挂未了，便日日趴在墙头偷窥，反正我从小不是什么规矩性子，做起这些事来得心应手。

于是啊，我每日瞧着我心爱的小郎君与那小娘子夫妻恩爱，琴瑟和鸣。

庭院中央的枇杷树，随风轻轻晃动。

我每次一望见那枇杷树，就莫名心口发慌。

次年春天，小娘子生了一个大胖小子，府里一片欢声笑语，庆贺小公子的诞生。

我有些委屈，那些热闹全都与我无关。

他还记得我吗？记得与他一起放风筝的娇娇吗？

他却突然转向枇杷树，轻声喃喃：

"娇娇，你放心了吗？"

我浑身一震，好像意识到什么。

我看向旁边的水塘，水塘清澈透亮，映照出我趴着的那个墙头，却唯独照不出我。

我心头一慌，庭院中间的那棵枇杷树轻轻晃着，我的头突然好疼，泛着白光的片段一一钻进我的脑中。

我全都想起来了。

我原是已嫁过了心爱的小郎君，只是奈何福薄，在第三年春天难产而亡，连累了还未出世的孩子一同离去。

于是那娇美的小娘子，小郎君头上的华发和眼角的细纹，庭院内高大陌生的枇杷树………所有的所有都有了答案。

我笑着笑着眼角就落下了泪。

耳边响起熟悉的对话，穿越经年岁月，回到我的眼前。

"夫君，待我离开后，切勿悲伤，好好用膳，按时休息，注意身体，你胃不好，不要每次光顾着注意处理事务而忘记吃晚膳，也不要晚上迟迟不睡觉。还有……记得娶妻。你往后的小妻子，一定要同我一般秀美，才配得上你。但是别再像我一样闹腾了，你可受不住。在庭院里种一棵枇杷树吧，以后我来探你，便找得着回家的路了……

"祝夫君以后夫妻恩爱，膝下美满。"

我不敢再想下去，眼泪淌了一脸，真奇怪，明明是已死之人，为何还会感到悲伤呢？夫君一日未娶妻生子，我便一日放不下心，执念未尽，如何转世？于是我年年来探他……可如今，执念已了，我也到了该离开的时候了。

可我还有那么多的不甘，他也会同唤我一般唤她吗？会用那样温柔的眼神看她吗？他也会爬树给她摘枇杷吗？他也会……

罢了。

（选自《小小说月刊》2021年第6期）

忘药精灵

李群娟

  阿霞年轻时十分漂亮，一头好头发，乌油油披垂到腰上，走路时，腰一闪一闪地扭着。嫁的男人却很一般，是个货车司机，一个瘦长脸、喉结突出的年轻人，烟瘾大，有点阴沉。几年后，他出轨于阿霞的闺密，两人大打出手，有一回被阿霞掂着刀子满大街撵，被警察拦住了。后来挽回无望，阿霞将男人的家具与玻璃砸个稀巴烂，带着五岁的女儿，倔强地离了婚。
  阿霞是那种敢爱敢恨的女子，动如脱兔，为人热情。离婚后，她很快就申请了婚恋社交软件，开始找男朋友。每次见我，就跟我讲她的新男友如何如何。每一个男人，初相识时，在她嘴里，都是美好。要么有才，要么有钱，要么温柔暖男，要么成熟有安全感，个个有教养值得爱慕。而且时常还有两三个合适人选，让她纠结于要嫁给哪个才合适。
  离婚之后的婚恋市场比较狭窄，面对的是一个受过暗伤等待疗愈的群体，要找到好的另一半不会那么容易。尤其是，绮年玉貌时的初婚都没有好运气，都所遇非人的话。婚姻这事儿，遇到对的人，不能不说，运气占了一大半。遇不到对的人，凭你本事再大，也难免委屈苦痛。

但阿霞却坚决地否定这个看法，她说，错！你不知道，外面那些男人有多好。他们多是经历过沧桑之后，成熟又懂生活的人。

比起她过去的男人，好像个个都值得。

但几年过去了，也没有找到可嫁之人。却对每一个男人的小气、自私，颇有微词。似乎个个男人都有吃软饭嫌疑，只同居，不结婚，只做饭，不买菜。

好容易遇到一个肯给她钱花的男人，哪知却是放的鱼饵，盗刷了她的信用卡跑了，让她陷入巨大的负债，气出一场病来。

病好后，她又交新男友了。新的似乎永远都是很好很好。她一脸喜悦地向你讲述时，也一脸向往，像个迷妹，不时露出小虎牙微笑，面色鲜润，尚有娇羞。

世人在成熟的过程中，多数都变得冷漠与沉默，变得自保与戒备。

然而，还有少数人，哪怕他们受了再多的伤痛，仍能不改初心，将她们的生命故事一再复写。

她姐说她是个"不长记性"或"记吃不记打"的人。

岂知这俚俗的话里，真藏着一个不为人知的秘密。

忘药精灵，总是在人熟睡的时候才工作。它们比萤火虫都小，通体金色，它们是世上最小的精灵。每天晚上，大地熟睡之后，扇着透明的金翅膀，去为人间送药。为那些悲伤的人，抹上"忘药"。

悲伤的人，睡着之后，屋顶上飘着一朵淡灰的蘑菇云。悲伤的程度越大，云朵越灰暗。平静的人，屋顶上是白色的轻云。快乐的人，屋顶上是粉色云朵。喜事临头，美满幸福的人，屋顶上是红云。

还有，嫉妒的人，是褐色云；愤怒的人，是黑色交杂橙色的云；等等。

我们看不见，但忘药精灵，一看便知。那都是人的呼吸凝结成的。

忘药精灵，都是慈悲的天使。天天晚上，提着它的药桶，从门缝里进去，给悲伤的人抹药。它们轻手轻脚地，将一滴淡蓝的忘药抹在你的眉心。

每次，阿霞在恋爱中遇到了挫折，忘药精灵就会趁她熟睡后，去拜访她。因为阿霞爱开着窗户睡觉，忘药精灵进出方便，不免就多为她抹了几回药。又因为阿霞是个善良的好女子，她曾做过很多帮助人的事，忘药精灵就十分同情她，每次给她抹的量，也多了点。别人是一滴，阿霞是两滴。有时候，她气得大哭着诅咒着，含泪睡着时，精灵怕她疯掉，甚至给三滴。

  第二天醒来后，阿霞就会忽然觉得轻松，觉得心里没有那么痛了，事情也没有那么坏了。她穿好裙子，冲镜子挥挥拳头，就又鼓足勇气，风一样旋出门外，开始投入生活。不久之后，又会开始下一场恋爱。

  她的内心，总有一个美好的执念。认定自己会遇到一个真爱她的、优秀的男人，陪伴她度过余生，补偿她前半生所有的风雨与疼痛。他就在人群里，在未来的某个日子里，一转身，就会看见她，微笑着过来拥抱她，说："那时候，你还很年轻，人人都说你美。现在，我是特意来告诉你，对我来说，我觉得现在的你比年轻的时候更美。与你那时的面貌相比，我更爱你现在备受摧残的面容。"

（选自《小小说月刊》2022年第4期）

我奶这辈子

张凯

我爷我奶,经媒人撮合,按当地风俗,拜堂成亲。回门的路上,两人大吵一架,谁知这一吵就是六十多年。

每次吵架,我爷声震天地,歇斯底里,有时还想动粗。我奶呢?任凭我爷发火,总是对劝架的邻居笑笑:"他脾气臭,发发火,就没事了。"

村里人背地里说我爷不配我奶。我爷除下河逮鱼摸虾外,其他一无是处。倒是上帝钟情我奶,似乎把女人的优点全都给了她,就是随意一笑,都不知有多少男人倾心。

我爹我姑,都很争气,有出息。

那年冬天,我姑对我奶说:"娘,我忙里忙外,没时间带金铃,想叫你过去带带金铃,好吗?"我奶一听,笑得合不拢嘴:"闺女哎,我正想外孙呢。"我姑就从我爷身边把我奶接到了上海。

也是那年冬天,我爹对我爷说:"爸,洪伟可想爷爷了。我一天到晚瞎忙,家里没人看门,不放心。我娘到我妹家,您在家里一个人,不如跟我去北京,也能好好孝顺您。"我爷想想也是。

"老头子哎，我这哪叫带外孙啊。"我奶抱着电话说，"你看看，你看看，我来都来了，还要找保姆带金铃，就是有钱烧的。还别说，闺女女婿真是孝顺，给我穿得像大闺女，老带我满上海溜达，吃这喝那，高楼都快把眼晃荡瞎了，真没白疼这闺女。"

"哎呀，他娘，知道不？儿子媳妇呐，别提有多疼俺喽。"我爷也抱着电话笑呵呵地说，"嘿嘿，那贼孩子，光叫我吃好的穿好的，这还不算，花钱叫我学二胡，唱京剧，陪我到巷子里瞎转悠。你说有什么好转的？说是我一个老头子在家孤独，都过了大半辈子了，还怕什么孤独，真是的，也不知道省俩钱。"

我奶听我爷像孩子似的，说天安门升国旗，说故宫，说金銮殿。我奶就在电话那头哈哈大笑，说我爷真是老土。我爷听我奶年轻十岁的笑声，就嘿嘿嘿嘿地听我奶说许多丢人的事，说淮源的贞节牌坊白立了，还听我奶说到一个破山洞，举旗子的小伙子非说成是鲤鱼嘴，年纪轻轻的真会瞎编。

转眼半年过去了。我爷打电话对我奶说："这些天老上火，走路腿脚不好使，也睡不好觉，心里像长了茅草。"

我爹看我爷瘦一圈，心里着急，请假带我爷到京城几家大医院检查，钱花了不少，药吃了一堆，就是不见好。

我奶也对我爷说："我丢头就做梦，吃饭饭不香，连个屁也不放了，一脚踩不死蚂蚁，掉了魂儿一样。"

我姑看到我奶没精打采，走路没劲，病恹恹的样子，心里不踏实，就带我奶去医院检查，结果什么病也没查出来。花了钱，我奶心疼得牙根儿酸。

我爷听到我奶说话软绵绵的，知道她是病了，就冲着电话发火："你是怎么弄的，黄土都埋到哪里了，还不知道？整天跟小孩子一样，就不让人省心，都照顾不好自己，能带好外孙吗？要是还那样，你死在上海我也不给你收尸！"

我姑看到我奶拿着话筒不说话，耷拉着脸，知道我爷又吼她了，夺过电话冲我爷说："我娘有病，你不安慰就算了，还吼她，到底咋想的？"

我奶看我姑发火了，就喃喃地对我姑说："闺女，你爹就那脾气，他心里急呢，别和他一样。"

有一天，我姑问我奶说："娘，能对我讲，你到底想啥呢？"

我奶想都没想就说："我就想你爹！"

我爹知道我爷深更半夜睡不着，拿他没有办法，就问我爷："爸，你说你，天天不睡觉，到底想什么呀？"

我爷把手里的《西游记》一扔，骂道："臭小子，老子想你娘！不能吗？"

我爷骂得我爹心里咯噔一下，终于明白，我爷我奶怕我爹我姑笑话，才忍着对彼此的思念和牵挂，无声无息地待在相隔几千里的北京和上海。

我爹和我姑商量，决定把我爷我奶送回淮源。

刚回到淮源，我爷就打赤脚下地干活儿，晚上回到家，看到我奶忙得像小钻，一进门，就扯着粗大的嗓门儿发火："你看你，就是命贱，一点儿都闲不住！"

我奶听了，没觉得一点儿受屈，反而笑呵呵地说："就你命金贵，就你能闲得住，不要跑去耪地啊。还有脸说我呢？真是的。"

（选自《红豆》2021年第9期）

无痕

袁炳发

在深圳开完笔会,我最想见到的是朋友大坤。

大坤来深圳十多年了,一直未有谋面的机会。

大坤是我在老家县城飞翔文学社的好朋友。我至今还记得大坤朗诵高尔基散文诗《海燕》时的一脸豪迈与激情。

我从手机里调出大坤的手机号,拨了过去。

电话接通,听出大坤的语气很兴奋:是炳哥呀!到深圳了?妈呀!你不会是从天上掉下来的吧?我现在在东莞桥头镇谈个合资项目,明天就过去看你。

临放电话时,大坤又补充说:明天早饭后我就过去,你一天就不要安排别的内容了,都交给我了。

我说:好!明天见。

第二天刚过早饭,我就接到大坤电话:炳哥,下楼吧,我到宾馆大厅了。

走出一楼电梯,我一眼就认出了站在大厅中央的大坤。大坤上身着白色丝绸对襟盘扣衫，裤子是青色的直筒宽大、裤脚口收紧的那种灯笼裤，脚穿北京布鞋，头型板寸，单手持珠，拇指上下掐捻。

大坤的旁边还站着一个细柳高挑个的哥们。我和大坤拥抱之后，大坤跟我介绍旁边的哥们：这是长脖鹿，我司机，也是咱东北的哥们。

我马上和这哥们握手。

大坤又说：炳哥，你没发现他脖子很长吗？

我看了看细高挑，初次见面，不敢玩笑，便摇摇头。

我见大坤这身行头，就问他：大坤，你现在玩武术了？

大坤掐捻着佛珠，看了眼细高挑说：长脖鹿，你告诉炳哥我现在玩啥！

长脖鹿（姑且这么称呼）凑近我，说：炳哥，坤哥现在玩石呢，玩大发了，连香港、仰光等地的玩石高手，都知道坤哥是赌石界的"黄金眼"。

我用惊异的目光看了眼大坤，他此时正微笑着看我。

大坤说：炳哥，一会儿我带你去个园子赏石，如何？

我说：好，客随主便！

说完，我们向外走。大坤带我走向停在门前的一辆路虎揽胜，长脖鹿在前面小跑着给我们打开了车门。

车子开出了市区，大坤头往后一仰，实惠地靠在座背上对我说：那些年真犯二，还整什么飞翔文学社，什么泰戈尔、雪莱，现在一想脸都红。不过也没什么，每个人都年轻过。

对大坤的这番话，我很不爱听。这倒并不是因为我现在每天仍然和泰戈尔、雪莱们厮守，我觉得人的志向选择不同，这与犯二和年轻无关。

但我没有反驳大坤。

车行一个小时后，就到达了大坤说的那个园子。园子大门古式风格，门上方刻有两个大字：粤园。

购票入园，发现园子很大，占地面积有七百多亩，风格近似苏州园林。园子依山傍水，建有亭台、曲廊、荷花池、洲岛、桥堤等景观。

步入一处长廊，廊两侧木拓上放着各种形状怪异的奇石。

大坤给我介绍了一些石的种类：菊花石、水晶石、木化石、玉石、灵璧石等。大坤说：这些石都是有灵魂的。我们赌石的人，有时是把命赌在这些石上的。

我们在连接廊柱的一块厚木板上坐下来。之后，大坤说：赌石的人擦石不算什么，主要在切石。我们行话讲："擦涨不算涨，切涨才算涨。"一刀瞬间暴富，一刀也可倾家荡产。玩的是刺激，但其中也不乏胆识和智慧，尤其是面对那些上百万的造假原石，更要机智灵活，会躲会闪。

我听后，倒吸一口冷气，问大坤：这个行业也能造假呀？

大坤冷冷地说：这年头连媳妇都会是假的！没有什么不能的。

在园子里逛了一上午，到了晌午，大坤说：走，我们出去吧，去吃饭。

出了大门，我看到了"粤园"两个字，便把手机递给长脖鹿，说：给大坤我俩合个影，留个纪念。

大坤立即摆手制止，对我说：干我们这行的从不与人合影照相。

我问，为什么？

大坤想了想说，人永远坚硬不过石头！

这个理由有些牵强，明显是托词，我有些不悦，十多年未见，好朋友一起合个影，这是很正常的一件事。

我像从前那样开玩笑似的说：别扯了，是不是怕卖假石犯事，警方能找到你的图像资料？

我话音刚落，大坤就对我一句暴吼：你不懂我们这行的规矩，就别乱放屁！大坤的这一句吼叫，让我的嗓子似乎一下被什么噎住了，半天无语。接下来的气氛有点不尴不尬。

在园子附近，有一家莆田海鲜酒店，大坤带我们走了进去。大坤点了很多道海鲜。因为我刚才的那句话，大坤的脸色一直阴沉着。我们吃饭时，谁都不言语，大坤一直用筷子头一下一下扎着螃蟹的盖，气氛很沉闷。

这顿饭的主菜我大多都没记住，只记住了喝的两种汤——虫草汤、鲍鱼汤。

（选自《作品》2022年第3期）

洗澡

张洪霞

蔡得福在车间里慢悠悠地走了一个来回。

一台台崭新的机器发出悦耳的轰鸣声,就像撒欢小马,洒脱地在草原上奔跑。一天听不到这小马儿的欢叫,蔡得福的心里就空得慌,浑身不舒坦。

蔡得福背着手走出车间,看到厂报的小记者白荷还没走,正兴高采烈地与轮班休息的工人们聊天。心想着,这小丫头还挺执着,蔡得福笑着摇摇头,从车间后面悄悄地拐进了修理班。

蔡得福刚端起徒弟薛斐递过来的一大缸子茶水,白荷就连跑带颠地追了过来。

白荷自来熟地和薛斐打过招呼,隔着一张桌子坐在了蔡得福的对面。她把笔记本往桌子旁边一推,说,蔡师傅,今天咱不谈采访的事儿,就是随便聊聊天。

白荷就像唠家常似的问道,师傅,你每天无数次在车间里走,听机器声是不是就像听交响乐?听了白荷的话,蔡得福"噌"地一下站起来,一口水差点没喷出来。

旁边的薛斐看出蔡得福的异样，边用手去接蔡得福的茶缸子，边问道，师父，是不是水太烫？

蔡得福叹了口气。白荷的话就像是两边抽紧的皮筋儿，松开了一边，另一边抽打到心坎上，丝丝拉拉地疼。他看了薛斐一眼，摇摇头，又慢慢地坐了下来。

白荷忐忑不安地看了一眼蔡得福，看到他打着手势示意她继续。白荷说道，你行走其间，找出不和谐的"音符"，然后果断处理，你不喜欢哪里出现故障被叫到哪里的被动行为。

蔡得福频频点头，饶有兴趣地听着，白荷乘胜追击，试探地说，师傅，你接受我的采访了？

蔡得福直了直身子，说，我就是个普普通通的维修工，真的没啥写头。

白荷一听有门儿，赶紧说，有写头，我事先做足了功课。接着就像数家宝一样开始喋喋不休：师傅是工厂维修工里唯一的技师，由当年的老厂长钦点。那时，工厂汇演还根据你的事迹编排了相声，名字就叫《手到病除的蔡技师》。那时候，老厂长想提拔你当车间主任，你拒绝了，拒绝得斩钉截铁，一点也不拖泥带水，你说你不会管理人，就会管理机器。老厂长当时就对你竖起了大拇指……

停，快停下吧。蔡得福笑了，连连摆手，丫头，不要给我扣高帽子，你这个小丫头，这小嘴，像说评书。

白荷也笑了，停了一会又有点吞吞吐吐地说，我还听说，师傅你在修理机器前，不仅不允许操作者在旁边看着，还得先给机器彻底地……

你不说，我也知道，他们都说我矫情。蔡得福点点头，打断她说。白荷捂着嘴笑了，师傅，原来外面的议论你都知道啊？

蔡得福知道，这些都不是能打动他的理由。而是白荷那句关于交响乐的话，把缠在蔡得福心里那根皮筋儿给拽了出来。

那一年，工厂分配来几个技校毕业生，老厂长让蔡得福在他们中物色两个徒弟。

蔡得福带着学生们在车间里参观流水线。听着此起彼伏的机器声，几个学生有些不耐烦，恨不得赶紧走出去。他们中间，只有一个大个子男孩，跟他们不一样，他仔细地看，静静地听。后来，男孩走到蔡得福的身边说，这么多机器，就像是在演奏交响乐，感觉真好！

就是这一句话，让蔡得福激动得说不出话来，愣怔了半天，他没吱声，但心里早已心花怒放，就差手舞足蹈了。这何止是徒弟，更是知音啊！接下来，蔡得福掏心掏肺地教，男孩不知疲倦地学，这个男孩叫王大明。大明聪明，学啥都快，不知不觉半年的时间过去了。

那天，分厂磨球机坏了，他们那儿的维修工拆来卸去的，也找不出毛病，于是，打电话请蔡技师去。蔡得福是要带王大明一起去的，可是还没走出维修班，就有工人来找，说他操作的机器出了一点小故障。没等蔡得福说话，王大明就抢着说，师父，你先去吧，这点小活儿，我手到擒来。说完，还调皮地冲蔡得福伸出胜利的手势。

蔡得福刚走到分厂车间门口，就听到一声沉闷的响声，随后是冒起的滚滚浓烟……

那个把机器声听作交响乐的王大明和两个操作者，永远地定格在了那一天……

蔡得福看着不断擦拭眼睛的白荷和薛斐，意味深长地说，不管什么时候，你们都应该知道，心里该装着什么。

白荷走出维修班，明晃晃的太阳照得人睁不开眼睛。

一直跟在白荷身后的薛斐，红着眼睛说，我终于明白，师父为什么在每一次维修前，都要用酒精彻底给机器"洗洗澡"了。

（选自《三亚日报》2022年3月18日）

想你的时候问月亮

侯发山

朱明与她的相识是在市人民医院。

那一次,在一场扑火的任务中,朱明冲进火海,接连救出三个人,又返回现场时被一股热浪击倒,所幸戴着防护面罩,未伤及面部,只是胳膊、胸部有不同程度的灼伤。她是照顾朱明的护士。住了一个月的医院,两个人的关系有了质的提升,由最初的护士和患者的关系,升温为男女朋友关系。

起初,朱明还有点犹豫,说:"我是消防员,平时的工作很危险……"

"不吉利的话不许说。"她用葱段似的小手捂住了朱明的嘴。从朱明平时的谈吐中,她已了解到,朱明的两个战友都在执行任务的过程出了意外。

朱明扒拉开她的手,喘着气说:"再捂一会儿我就'酒驾'了。"

她扑哧一声笑了——自己的手刚用酒精消过毒。她说:"嫁给军人就意味着奉献和牺牲,但,我乐意。你知道吗?当年咱这里送新兵打出的那条横幅就是我的主意。"

"哪条?"朱明扑闪着眼睛,他真的不知道。他才当消防员两年,还是个生瓜蛋。

她嗔了朱明一眼，张了张嘴欲言又止，便给他回复了一条微信。

微信的内容是：嫁人就嫁兵哥哥。

朱明解释说："我们消防员已经取消军人编制，归应急事务局管理，属合同制打工仔。"

她说："我不管什么编制不编制，在我眼里，消防员也是军人。"

朱明的心里像平静的湖水一下子荡漾开了，这才接受了她。

等到两个人步入正常的恋爱轨道，朱明才发现，她的工作比自己还要忙，每天从没按点下过班，微信都没时间回复。

只要朱明有时间，每次在医院门口等，都要等到月上柳梢头。他算得上一个暖男，在等她的时候，手里提个保温桶，有时候是饺子，有时候是馄饨，有时候是米线。她下了班，看到保温桶里热乎的美食，比见了亲娘还亲。她一边狼吞虎咽，一边享受着朱明的唠叨，无非是工作上的琐碎，或者是听来的笑话。那一次，朱明来了兴致，哼唱起豫剧《倒霉大叔的婚事》里的唱段："月光下，我把她仔细相看，只见她羞答答低头无言……"朱明五音不全，嗓音像狼掐着了脖子似的，一边唱一边比画着动作，乐得她嘴里没来得及下咽的饭喷了朱明一身。

新冠肺炎疫情暴发后，她更忙了，真的是聚少离多。朱明曾抱怨道："我们都快成牛郎织女了。"

她朝朱明眨巴两下眼睛，抱歉地说："想我的时候你就问月亮。"那时候，网上流行一首歌曲——《想你的时候问月亮》。

她报名参加当地医疗小分队支援上海后，一个人的晚上，面对挂在天上的明月，朱明经常哼唱《想你的时候问月亮》："想你的夜晚总是很漫长，萧萧的冷风还带着寒霜，远隔千里你身处在他乡，苦苦滋味我独自去品尝，问问月亮思念它有多长，你是否也会把我去守望，无法忘掉你旧时的模样，想你的心伴着淡淡忧伤，相思的泪水在不停流淌，只有默默地遥望着远方，把那相思的苦深深埋藏，等你在那曾经的老地方……"有时候，唱着唱着便泪流满面。朱明对她说过，这首歌就是为他写的。

每天从新闻上看到上海疫情变换的数字，朱明的心像被人揪住似的，紧紧的，既为上海人难受，同时又在为她担心。好在武汉暴发疫情的时候，她曾去支援过，积累了一定的经验。不过，她一定很累。为了缓解她的紧张和压力，朱明在微信上一番恩恩爱爱祝你平安之后，留言道：我现在已经不再是狼吼了，已经达到专业的歌唱水准了。怕她不信，便拍了抖音给她。

看来她的确忙，顾不上卿卿我我，回复只有简单的几个字：我很好，你放心。

有一晚上，大约十二点，得知她平安下班，朱明松了一口气，忍不住问道：预计上海的疫情什么时间能过去？

她说：全国各地的志愿者都来守"沪"，上海一定没事的。现在的上海好比初一的月牙，要不了多时，就到了月圆的那一天。

朱明发了个微笑的表情包，同时回复：有你在，上海的夜空一定会皎洁而明亮。

她说：别贫嘴，我吃晚饭去了。

"亲爱的你不知现在怎样，夜深人静时是否把我想，月亮恰似你那甜美脸庞，想你的时候只能问月亮……"朱明不知道，每天下班后，听着朱明的歌声，她的眼里也会涌出泪来；听着朱明的歌声，她满身的疲惫便会烟消云散，再接班时，依然精气神十足。

她的名字叫月亮。

（原载《郑州日报》2022年4月10日）

旋覆花

宗玉柱

春天的一个中午,和孙工吃完饭,知道他一定是要去单位,就结伴同行。路上,我知道他不爱闲聊,两个人默默走着,觉得很尴尬,就想找些话题。近日着迷于在手机软件上学习花草知识,就一边走,一边指着路边的花草说,这个是路边青,那个是车前子;这个是蓟,那个是薄荷。

孙工看了一眼被我称为薄荷的植物,十分肯定地说,这个不是薄荷。

我也觉得不是,可识别软件说它是薄荷。我心里没底,有点不好意思地说。孙工是林业大学毕业的,一定不会认错。在此之前,孙工给我的印象是一个老实诚恳、讷言敏行的人,不料说到植物,却兴致极高,这一路,他纠正了我好几处错误。我问了他一种常见的、怎么也查不到名字的小草,心想这回该把你问倒了吧。没想到,孙工看着眼前的小草,笑着说,这是旋覆花。旋覆花是我最初认识的几种野花之一,它开花的时候,我张嘴就能叫出它的名字,可开花之前,它是啥样,我却不知道。我感觉脸在阵阵发烫。本来,这段时间我挺自信的,路边的植物大多都能叫出名字,现在看来,差得还远。

长白山区，四月末五月初，是春花竞相绽放的时节。路边和机关大院的绿化带中，常见的草本植物有葶苈、紫花地丁、莓叶委陵菜、鲜黄连、延胡索、黄堇等，它们共同的特点是比较矮。加上兴安杜鹃、山梨花、榆叶梅、连翘等木本植物，可以说，这些都是春花的首秀了。

紧接着，是荨麻叶龙头草、刻叶紫堇、珍珠绣线菊、稠李、接骨木、忍冬、海棠、山里红等第二波春花的亮相。有两种印象深刻的野花，在五月末开放，一个是碎米荠，一个是屋根草。

旋覆花之所以给我的印象极深，是因为屋根草。这两种花外表非常相似，屋根草开花较早，我一直觉得旋覆花是接了它的班，因为旋覆花一开，屋根草就基本不见了。如今才知道，那是因为旋覆花不开则已，一开就站到了夏花的舞台中间。

涉及植物类的专业知识，孙工打开了话匣子，跟我讲了很多，印证了许多我通过观察得到的结论。之后，我经常向他请教，他总是不厌其烦地给我讲解，从来没有不耐烦的神情。

下半年，省厅新设了一些部门，工作人员在下面各企业中招聘。报名参加考试的人很多，因为考上了，就从企业编制进入事业编制。这种事与我们从事宣传工作的人无缘，我就不太关注。后来我们这儿只考上一个人，就是孙工。羡慕之余，感叹孙工的执着，人家一直在补充知识，至少是保持住了一个不断学习的状态。这是同事们公认的事实，所以在这一刻到来时，才会脱颖而出。

一天在早市，遇上一个林场的朋友卖山梨，见到我，二话不说就装了一大袋递给我，足有七八斤重。走出来没多远，遇见孙工，看着我手里的山梨，他笑道，这东西是宝贝啊。

我随口道，这算啥宝贝啊？今年收山，松子、葡萄、圆枣子、核桃、榛子、山梨蛋，早市上要啥有啥呢。

孙工说，你回去用山梨泡酒吧。泡出的山梨酒含有18种人体所需的氨基酸，其中7种是人体必需而本身又不能合成的。山梨酒还含有钾、钠、钙、镁、铜、锌、铁、锰等矿物质和微量元素。孙工给我科普，是因为这些知识在他肚子里都撂成一摞了，可谓信手拈来。

我笑道，你大清早给我上课，咋听着像做广告呢。我正不知道怎么处理它呢，你会泡酒就拿去，想着给我几瓶尝尝啊。

孙工说，行，你出山梨我出酒，可你不喝酒，要酒干啥呢。

我送人还不行么，我同学里有好几个酒鬼呢。

转年，春花开放时节，有空我就约孙工去野外，想让他给我补课，但常常不能同行。孙工在森林监督执法部门工作，这些年盗伐林木案件、非法占用林地案件越来越少了，如何有效禁止非法放牧又成了森林保护中的一项新课题。

夏初，我一直观察着的旋覆花结出了蓓蕾，眼看就要开放了，正想着再约孙工，却突然听人说孙工受伤了，从山崖上滚下来。原来孙工去现场调查，在给当事人耐心讲解时，被一位非法放牧的老乡狠狠推了一把。

我去医院看他时，他正躺在病床上看书，见到我很高兴，说，正想和你道个歉呢。我奇怪地问，道啥歉？你是不是把咱窖藏的山梨酒自己喝光了？

孙工说，酒给你留着呢。我要道歉的，是关于薄荷的事。那次我给你纠错，其实是我错了，你指的那个植物，真的是薄荷。唇形科植物有些我记不准，尤其是在小苗的时候。

同科植物原本相近，到了花期和果期，各自的特征才显现出来，幼苗期谁能记得清啊。就像那个旋覆花，之前只有到了花期我才认识它，你不告诉我，我哪知道啊。我说这些，好像是在安慰他，其实在心里，对孙工，我更加服气了。

从病房出来，我突然觉得，坚持，真是一种了不起的美德。比如孙工，之前一直默默无闻，现在在我们这里，不知道孙工的人已经很少了。就像这旋覆花，没开花之前，就是一株普通的小草，一到花期，就成了最抢眼的那个。

（刊发在《天池小小说》2022 年第 9 期）

月亮深处的故乡

刘帆

那个时候,大甸子的月亮好圆啊!

很多年过去了,伊万年还在回忆大甸子镇上的月亮和远去的铁轨。那月亮躲进云层的时候,从镇上唯一的电影院看电影出来的人们,男男女女,就会往四周散去,其中从电影院门口右拐的工厂门前的宽阔马路上,人最多。

绿皮火车"咔嚓、咔嚓"地驶过镇子,火车亮着刺眼的光,在夜色里,喘着气,似乎要撕破沉重的黑暗,驶向苍茫的远方。

住在大甸子镇火车站不远的伊万年,对站里有多少个候车座位、哪里上车比较快了如指掌。伊万年在镇上一个工厂上班,工厂属二轻系统,是个集体企业。

被厂长从遥远的吴门请来的技术师傅和他的爱人住在伊万年的隔壁,夫妻俩年纪不是很大,伊万年第一次看到他们,心里想,不就跟自己差不多大吗?竟然当了技术师傅,还被厂长、供销科长当神一样供着。伊万年后来到吴门,多半是因为技术师傅的缘故。

师傅住在伊万年隔壁，一来二往，就熟了。伊万年书生气重，而师傅是产业工人出身，没有什么架子，工资高，经常自己开小灶，伊万年有时被请去吃地道的苏菜，口福不少。

师傅身材不高，但人很精神，夫妻俩常是出双入对，好像很少分开过。伊万年后来了解到师傅也就比自己大个十来岁而已。

师傅的爱人比起师傅来要活泼开朗些，看到她就想起小桥流水、油纸伞、烟雨江南。伊万年第一次经过他们的门边，门缝里跳着光，就朝里一瞅，看到两人并排站在窗户边仰望。那真是一个美好的夜晚！伊万年知道窗外是什么，除了月亮，还有不远处火车经过的节律，伊万年后来一直忘不了那个望乡的画面。

师傅的爱人比师傅大三岁，这是伊万年后来知道的。女大三，抱金砖，师傅当时是很享福的，饭菜不用自己动手，衣服不用自己洗，除了指导厂里的生产需要自己亲自动手外，他完全可以称得上是个老爷一样的人物。

师傅的妻子两弯柳叶眉，鹅蛋脸，身材匀称，工作之余常穿苏杭的绸缎衣服，人显得气质和美艳。他们两个是如何走到一起的，对伊万年来说一直是个谜，这事人家不说，伊万年自然永远不知晓。

没事的时候，师傅的爱人拿一把椅子在走廊上坐着看看书，伊万年本来是个书虫，没想到师傅的爱人也爱看书。夫妻俩傍晚时常去镇上唯一的电影院看电影，看完就到厂外面的大马路上散步，当地人叫"压马路"，月亮越来越清亮的时候他们才慢悠悠地回来。那个时候，火车是要从大甸子镇过的。站在二楼走廊上的伊万年朝迷蒙的远方望了又望，月光里失眠，病就是那个时候患上的。

每年六月初六，师傅的爱人会把房间里的书搬出来，放在阳台上晒一晒，伊万年当时不解，也不好意思问。到了吴门后在工厂里上班，闲暇之余研究当地的方言，才知道原来大有来头。这里的人有晒书习俗。六月初六这一天将图画书籍晒于庭中，防虫蛀腐蚀。

六月初六也就算了，偏偏还有个七月初七。这师傅的爱人啊，又是一个有意思的人。厂里的女工有那么十来位，这一天没有回家的女工，多半是和师傅的爱人在一起。师傅的爱人领着她们在七夕之夜祭祖织女，宣称女工们这一天可以向织女祈求智慧和巧艺。师傅的爱人用面粉加糖拌和结实，切成2寸左右的长条，扭成芒结形状，然后油煎，出来后松脆香甜，名曰巧果，她用这些当供品，事后跟女工们一起品尝，其乐融融。这一天银月高挂，年轻的心总是飞向夜空。经过的火车仿佛特意低回，不见了往日的喧闹声。

不过，这样的日子没有持续多久。两年后，工厂日薄西山，厂里的工资不准时了，厂长经常往二轻工业局跑，贷款总是没有着落，厂长愁眉苦脸，工人一个个到岭南去打工，都是从大甸子镇火车站走的，这些人当年也是从远处坐着火车到大甸子镇来的，如今他们走的是老路，站台见证他们的来向与去向。

技术师傅最后也走了，因为厂里的工人越来越少。他们是被伊万年和供销科长一起送到大甸子镇火车站的。在火车快要开动的时候，夫妻俩朝月台上的伊万年喊道："欢迎到吴门来。"

第二年六月初六，伊万年到了吴门火车站。那一天夫妻俩来接伊万年。师傅的爱人一见面就说："我知道你在想什么，这里的人不单是进厂做工，也爱看书，当然也晒书。"说完就咯咯地笑起来。伊万年内心一震，也跟着笑起来。

伊万年以后也常去火车站不远的地方看电影，散场后踩着月亮想着故乡回到住处。久而久之，伊万年才悟出师傅夫妻俩当年为什么夜晚去压马路，在火车远去后才回工厂。

因为那火车往前奔驰，正是家的方向。

（原载《中国铁路文艺》2022年6月号）

再上九鼎山

骆驼

是 2008 年汶川地震前的事了。

车终于到了目的地,我长长地舒了口气。

一路颠簸,已经让我们力尽精疲。好在刚才在山上的一切,让我心生安慰。

"不好,不好!我必须返回山上一趟!"雷子的一句话,让全车人刚刚放下的心,再次提到了嗓子眼。

车上的几位先看看雷子,然后看看我。

雷子又说:"我必须返回去,对不起大家了!"我极不情愿,但装得十分大度地说:"没事的,我陪你去吧。"

雷子满面堆笑。

在路上,我问雷子:"是不是什么东西丢在了山上?"

雷子说:"不是,但必须返回去!不然,我注定会通宵难眠!"

我开始怀疑,写诗的女人,是不是都这样神经质?我两眼望窗外,一路无语。

我是昨天来到雷子所在的这座小城茂县的，作为文友，雷子自然十分高兴，自然尽可能地尽着地主之谊。

她今天带领我们参观了小城的几处有名的景点后，便突发奇想，要带我们去离小城十余公里的九鼎山上去看看。生长在川北九龙山区、好不容易从大山里走出来的我，面对大山，早已缺少了那份激情。但碍于情面，我还是欣然前往，依然面带微笑。

雷子告诉我，她所居住的这座小城，山下少绿，山顶终年积雪。特殊的地质结构，使得树木都难以生长。前些年轰轰烈烈地搞过飞机播种，人工造林，但都收效甚微！几年前，她们几个姐妹商议，在山上义务种植了一片树林。每年的植树节、劳动节、清明节，她们几个姐妹都要一起来到山上，植上几棵树。谁的生日到了，也要到山上来植树。就连谁得了奖、晋升了职务，都必须用植树的方式庆贺！

这倒是让我产生了好奇，对几个认识或不认识的女人，心生敬意。

尽管山路崎岖，路面凹凸不平，但我依然心向往之。真的想看看那片充满情感的树林。

这是一片标准的人工林，但又是一片极不规范的林子。林中的树品种杂乱，树木长势参差不齐。

雷子一会儿像个活泼的孩子，滔滔不绝地讲述；一会儿又像个慈爱的母亲，对每一棵树，都关爱有加。她兴奋地向我讲述着每一棵树的来由，如数家珍。

我在心中叹息，女人啊……

雷子拿出事先准备好的零食、饮料，摆在准备好的简易布料上，便开始了这场野外的聚会。雷子拿出事先准备好的几个塑料袋，喋喋不休地对我们说，这个，放瓜子壳；这个，放水果皮；这个，放小吃的外包装……

我不解地看了看雷子，但还是只得依照她的要求，小心地将废物归类。雷子的那位叫燕秋的姐妹告诉我，她们每隔一段时间，都会相邀来此地聚聚，她们将这片林子取名为馨心园，意为温馨的心灵乐园。

在这样一个缺少绿色的小城，能有这样一个满眼皆绿的乐园，是多么难能可贵！早先种种隐隐的不快，随即便荡然无存。

时间，总是在快乐的时候才像书中说的那样，飞逝如电。

我们只得准备往回走。

雷子和她的几个姐妹，在收拾东西的时候，先在地上挖出一个小坑，将袋子里的果皮埋了，再将其余的废料包，挽一个结，放入了背包。雷子说，果皮烂了，可以做肥料；饮料瓶、零食的外包装等，必须带回去，丢到垃圾箱，不然，会污染了环境，让她们心里蒙尘。雷子又说，多年了，她们都是这样做的。

我对几个女人的举动，暗自佩服。但是，雷子突然要求原路返回的举动，着实让我心生不快。

终于来到了刚才的那片树林。车未停稳，雷子便迫不及待地跳下车去。

雷子在山坡上找寻起来。我在心里暗自感叹，哎，说她丢了东西，居然还不承认！女人啊，总是丢三落四的。

"找到了，找到了！"雷子快乐地叫起来。

我定睛一看，雷子手里拿着的，是一个还剩小半瓶水的矿泉水瓶，她将剩下的小半瓶水，轻轻地倒在身旁的那棵小树上。然后，拿着那个空了的矿泉水瓶，脸上洋溢着如释重负的微笑，向我们跑来！

（原载《剑南文学》2022 年第 2 期）

这个秋天没有风

娟子

陈奇和崔三立都是到龙凤矿的挖金人，又是一对好朋友。几年下来虽说井下的活儿累，又有危险，可两人还是坚持下来了。他们也不仅是为钱，主要是他们习惯了这里的生活，还有，就是他们喜欢这里的黑。无论是住房庭院还是草木，仿佛都赤裸地或者隐性地覆盖着原煤的颜色。有一次两人喝醉了酒，崔三立问陈奇，如果世界上只剩一种颜色了，你选择什么？陈奇嘿嘿地笑，然后说，我宁愿天天待在井下。

两人的生活本来很平静，从井下上来洗过了涮过了，然后喝二两小酒闷觉。可自从柳亭亭来到龙凤矿食堂，他们酒也不喝了觉也睡得少了，有事儿没事儿两人总赖在食堂不走。时间长了柳亭亭和两人混熟了，便在饭口以后给他们唱歌。

一曲《青花瓷》千回百转地唱了一遍又一遍，可两人怎么也听不够。特别是唱到"天青色等烟雨/而我在等你/炊烟袅袅升起/隔江千万里"的时候，陈奇总是两眼放光摇晃着脑袋跟着哼哼。陈奇的真情流露让柳亭亭十分感动，慢慢地柳亭亭觉得这个男人已经走到她的心里了。

崔三立很快看出了柳亭亭对陈奇的意思，他有些失落。陈奇再招呼他去食堂的时候，他就借故躲开。

陈奇和柳亭亭的感情升温很快，柳亭亭依然唱《青花瓷》，陈奇依然是两眼放光跟着摇头晃脑地哼哼。

陈奇在淘宝上给柳亭亭买了一只绿色的玉镯，是山寨货，这事崔三立也知道。

柳亭亭这是第一次接受一个男孩的礼物，所以特别珍惜。她没事儿的时候经常露出自己白皙的手腕，然后对着日光看。一圈儿一圈儿浅碧色的光晕，在日光下散射出来，隐隐约约的很像婴儿的透明指甲，圆圆的看着特别让人心颤。

很久以来柳亭亭就想有这样的一只镯子，是陈奇满足了她的心愿。她再唱《青花瓷》的时候，便有意无意地晃动着手臂，把绿玉手镯露出来，她觉得炊烟袅袅升起时……只要戴上这只镯子，故乡好像就在眼前。

柳亭亭心里的这些细微变化，陈奇是不知道的。但有了这只镯子以后，柳亭亭明显地对自己更好了，她已经不止一次地提过要让陈奇去见她的父母。

陈奇知道一旦去了柳亭亭家，这事儿就算定下来了。他把这个信息告诉了崔三立，想让他跟着自己高兴一下。崔三立说，按理说我该为你高兴，可你不该买个山寨货糊弄人家柳亭亭啊！

陈奇说，我家的情况你也知道，我妈病着我弟又要上学，我哪来的钱买真货啊！但我相信真正的爱情和手镯是没关系的。

崔三立本来是想提醒陈奇，也是好心；可陈奇却反过来给他上了一课，这让崔三立的心里很不舒服。

没过多久，柳亭亭又对着日光欣赏手镯，正好被崔三立看见了。当时柳亭亭笑得很好看，可当听到崔三立说这只镯子有可能是假的时，神色立马暗了下来。

后来柳亭亭什么也没说，把手镯还给了陈奇。一段纯净的爱情就这样因为一只手镯脱档了。

等崔三立和柳亭亭确立恋爱关系已经是秋天的事了。当时陈奇从井下上来天已经黑了,他刚来到宿舍门前,便看见休班的崔三立拉着柳亭亭的手走过来,他想躲避已经来不及了,所以只好尴尬地上前搭话。

柳亭亭看一眼陈奇,借故有事儿先走了,在她甩动胳膊的时候。陈奇分明看见她的手腕上有一只绿玉镯子。他只觉得心痛,可还是真心地为好朋友崔三立祝福。

崔三立说,陈奇对不起,我也喜欢柳亭亭,只是开始我没好意思表白。

陈奇说,知道了,你没错。

话是这样说,可两人的关系明显不如从前了。崔三立总是有事儿没事儿地躲着陈奇,而陈奇呢有什么话也不愿意跟崔三立说了。

又过了一段时间,柳亭亭得病住院了。崔三立来找陈奇说,柳亭亭得了肾衰竭,他想结束和柳亭亭的恋爱。陈奇以为自己听错了,在确认崔三立说的是真话以后,他半天也没说话。

这个秋天没有风,但陈奇却觉得似乎有一股神奇的风的力量,在推着自己走进医院,柳亭亭明显地憔悴了,人也瘦了一圈儿。她看着陈奇苦涩地笑,然后缓慢地说,你来干什么?

陈奇轻声说,我想听你唱歌!

柳亭亭的泪水立即流了出来。伴随着《青花瓷》的歌声,陈奇又摇头晃脑地两眼放光跟着哼哼起来。

(选自《小说月刊》2022年第4期)

这水

孙奎建

一

他在水边被人发现，谁也不知其来自哪里。他不随意与人交流，他终日与这水为邻。他跑不了太远，因为他离不开这水。他不知远处还有什么，他也不知远处还有多远。站在山岗上放眼望去，除了蓝天白云还是蓝天白云。

他在早晨醒来时，鸟儿已经聚集，满山谷、满鼻腔都是花香。脚下这水叮咚作响。他把手里的书翻烂了，再去找先生求教。近水聪慧，他是典型的例子。因为他整天在观察这水，他反复跑上跑下，把岗上、坡下的植物标本都存下来。他绘了一张地图。这张地图标明了这水的长度、深度、温度、力度……还有这水的源头标记。

他来到这山谷之前，没有想到世间真有这样的地方。多年前，他在家中整日翻看书本里文人的描绘，还要听着父亲的唠叨，感到枯燥乏味。尤其那个与他相恋十年的女人与一个翻译官私奔后,他愈加伤心。一个月黑风高之夜,他流着泪翻越了那个在当地人眼里最富有的大院的高墙,没有带走一分钱,只背了两捆书。他发誓再不会进那个大院了。父亲那句"喝了洋墨水不还是无所作为吗?"深深刺中了他的心,时常在他脑海里回响。

如今他的窝棚早已换成了大房子了。他对这水的兴趣与日俱增。

二

有一天,睡意蒙眬中,他被呼啦啦由水边飞起的鸟惊了一下。这水,这方圆似乎从没有这样慌乱,风声比以往都大。他爬起来猛看到对面百米外蒿丛中,几面刺眼的贴有红膏药的白布在飘展。他同时闻到了空气中的股股铁锈味。那些人同时也发现了他。

子弹把树叶打落,在空中飘着,谷底水面上有零散炮弹炸响,他们在抓四处奔跑的山兔。

他的大房子被烧成了灰,他的去向不明。

十几天后,空中有一个绿色的像大苍蝇叫的东西盘旋一圈飞远了。山谷中横七竖八排满了尸体,那几面血红膏药旗都泡在芦苇塘中。

他光着膀子清理两天,把侵占这水的外来者尸首、枪械、车辆,运到山岗那边,一把大火烧了。

后来,他说,他配制的山药很霸道,他想他必须借助这水驱逐那些人。

云雾慢慢散去,他再次听到了山谷下这水的叮咚声,他长出了一口气。

他几次尝试走出山谷,穿过浓密的挡着阳光的树林,到山谷外小住几天。好客的老乡极力劝留也无效,他说,他不习惯,包括空气,他不是失眠,就是腹泻,就是吃不下食物。他回到山谷,立刻神清气爽。

山谷外的人尊他为仙人。他说:吃这水、住这山谷的都是仙人。老乡们笑了。附近的老乡都先后到山谷底担这水,他告诉他们,什么时候的水最甜、什么时候的水最凉。他说这水育庄稼、抗虫害。老乡们都去试验,果真如此。他的名声越传越远。

三

  大雪悄悄覆盖了这儿的山岗，树杈、苇荡被压得咔咔响。寂静之外还是寂静，许多穿着整齐的人站满了他的屋子，他说，这水拦不住。我比你们清楚，我守着这水四十几年了。这水自有归宿的！

  虽是严寒，被挖掘的地上还是冒着白气，人们欢呼雀跃，说人定胜天。远远望去，黑黝黝的人工大坝突兀在这水的脚下。工程是伟大的，构想是宏伟的，希望是美好的。当人们争先恐后议论发电、养鱼、风景游览等一系列话题时，门开了，他带着一股雪花进了屋，人们都收了话语，都看到他伸手从棉大衣里拽出一大把蒲公英，绿绿的看上去水灵灵的，又拽出一大把，还带出几棵青草……

  人们不敢相信，大雪封得如此严酷，这水边怎么长得出这些植物。他说，这水是活的，这水若被人改变灵性，只有死亡……人们因为看到这些绿绿的植被，这水边被大雪覆盖着了却没有停止呼吸的植物，开始重新考虑他说的那句话：这水拦不住的。

  第二年春天，一个风雨交加的夜晚，这水把脚下黑黝黝的拦坝淹没。雨后的清晨，山岗上的野百合、菊花再次微笑了，对着他。

  他逐渐感觉到了，到这水边来的人在一天天增多。他也发现了歪歪扭扭的羊肠小道沿这水走向山谷深处。

  他想了很久，他感觉到，确切地说，他感到这水边要来好多人。

  这水滋养了这个山谷，这个山谷就是天然动植物宝库，这山谷被越来越多感兴趣的人丈量着。不知不觉中，一条柏油路由这山谷最南端穿过。客车每次经过，车内乘客都不约而同把头探向车窗外张望那被各种叫不出名字的大树密封着的山谷，黑绿黑绿，属实给人一种神秘感。

  这一天终于来了。

  他被人请上一辆黑色小轿车，车缓缓开动，后边跟着十多辆。没有走远，而是沿山谷一周，由南向北再由北向南，整整走了半天时间。专家双手递给他一包东西,他看后愣了一下,急忙把包返给专家。随行人员提醒他:对他几十年采集的植物标本、这水的源头标记图、动物活动记录等感兴趣,希望能够得到。

他说,这水是活的,我是靠这水生长到今天的,生命的东西,钱不能交换。他说,那些资料是属于这水的,属于这片土地上的人民,属于国家。

他说,这水最怕被改变灵性。

(选自《微型小说选刊》2021年第17期)

醉虎滩

宗玉柱

马小子家的狗丢了,急得他满林场大声吆喝,虎子,虎子……

赵文来看着略有几分书生气质,小名却叫虎子,听了喊声很不高兴,冲马小子嚷,喊啥呀?

马小子正着急,没好气儿地说,我喊我家狗,又没喊别人,你管得着吗?

赵文来之前看到过马小子家的狗,知道它去了哪里,见马小子这样说,就瞪了他一眼,转身走了。

翻过驼腰岭就是东十五里小山,虽然已接近深秋,这天却是天气晴好,骄阳似火。赵文来走出一身汗,他要去找小靳买人参。其实家附近市场上卖人参的就很多,赵文来要买的是四个头参,即每斤人参不能超过四苗。人参俗称棒槌,不论棵,论苗。托赵文来买参的人和他是亦师亦友的关系,所以无论如何也要买到上等的。而买这种大人参,在赵文来认识的人当中,只能找小靳。

东十五里小山下是砬子河,河边左岸有一处沙滩,叫醉虎滩,不知为啥一直不长树,连芦苇都很稀疏。沙滩边缘的苇根附着沙砾,探进去十几米就不再延伸了,应该长苇子的地方也只冒出两三片绿叶,它的生机到此就成了极限。

赵文来经过醉虎滩时,被苇根绊了个趔趄,手里的电话没拿住,甩出去老远。捡回电话,赵文来想起马小子的好来。马小子只是脾气有点暴躁,对人还是挺不错的。那年赵文来的老娘生病,需要一味草药做药引,马小子二话没说就爬上大花砬子把药材采了回来。还有一次,赵文来采牛毛广野菜时,被蝮蛇咬了一口,也是马小子嚼了北重楼给解的毒,据马小子说,事后他的嘴麻了好几天,喝酒都没味儿了。

赵文来给马小子打电话,说,你家的狗让你媳妇送给她弟弟了,你要是追还来得及。

马小子的小舅子在砬子河镇开狗肉馆,狗到了那里,肯定不是用来看门的。马小子一听,急了,那可是我花了好几千块钱买的边牧啊,这个娘们儿太狠心了,看我不休了她。

赵文来说,还不知道谁休谁呢,你说边牧值好几千,人家网上有好多白送人领养的,真是有钱没处花。

马小子说,我不跟你废话,我得赶紧找我的边牧去,谢了赵哥。

赵文来头一次听马小子叫他哥,还没反应过来,那边电话就挂断了。

赵文来越过醉虎滩,沿着小毛毛道往山上走,走了二里多地,就看到了远处的参地,小靳正在和一个人交代着什么。

看到赵文来,小靳惊奇地问,你啥情况?两条腿走来的?

赵文来说,我把车停河边了。

小靳笑道,是为了省油不舍得绕远吧?绕一圈能开到我门口,你这可有点抠门儿啦。

赵文来呵呵一笑说,这路走习惯了,绕一圈得走高速,不光油钱,还有过路费呢。

小靳道,棒槌给你准备好了,八苗超两斤,还按两斤算,你少跟我说没用的,中午陪我喝两杯,这阵子可把我累坏了。

赵文来看过人参，十分中意，说，酒就不喝了，我还有车呢。

小靳说，那我不管，喝完酒就睡我这儿，明天再回去，还治不了你了。

赵文来没办法，只好留下来。小靳叫人对付了几个菜，拿出一罐酒，倒了一杯递过去说，你尝尝，能尝出来就敞开喝，尝不出来可就这一杯。

赵文来抿了一口，回味了半天说，这酒得存了三十年以上，药性浓烈，是配方酒。我记得好多年前喝过一次，但纯度和这个差远了，里面有虎骨的成分，我说的对不？

小靳说，那就这一杯了，你说的差二十年呢。

啊？有五十多年？赵文来吃惊道，咱俩喝这酒，有点败家啊。五十年前的虎骨酒，那可是天价。

天什么价，给你钱你能买到？

那倒是，多少钱也没地方买。

一杯酒下肚，赵文来示意再倒上。这回轮到小靳犹豫了，说，咱换一样？赵文来摇头，就这个，换别的我就不喝了。

赵文来满心欢喜地看着小靳倒上第二杯，随口问小靳，那个醉虎滩，谁给起的名字，是有老虎在那里喝醉了吗？

小靳说，巧了，这事你还真得问我。那里真的醉倒过一只老虎，不过不是喝了酒，而是吃了狗。

赵文来问，我在一本书里看到过，说老虎吃了看家狗就会醉倒，难道是真的？

小靳说，我也听我爷爷讲过，老虎常到人类居住的地方找猎物，猪马牛羊、鸡鸭鹅狗，逮着啥吃啥。那还是1947年，我爷爷看着参园子，一只老虎下山，把他养了好几年的大狗给吃了。

赵文来赶紧问，然后呢？

然后老虎就醉了，在醉虎滩躺了一宿，第二天下午才醒过来回老林子。我爷爷说，老话讲，虎食狗则醉，食猪则瘫。老虎食猪瘫没见过，食狗醉可是亲眼所见。

赵文来一拍桌子道，我想起来了，你爷爷是不是叫靳连学？你爷爷遇到的这件事就记载在书里面呢。

第二杯下肚,赵文来感觉有点迷糊。这酒喝着不觉得冲,可将近60度啊。赵文来不顾小靳的挽留,带上人参,头重脚轻地下山了。走到醉虎滩,酒的后劲涌上来,赵文来一屁股坐在沙滩上,躺倒便睡。

马小子终于及时地赶到小舅子的狗肉馆要回了虎子,一人一狗高高兴兴地往家走。路过醉虎滩,虎子发现了醉汉赵文来,马小子连搀带抱把赵文来弄到河边三轮车上,赵文来的车只能等他醒酒后再回来取了。虎子本来最不爱坐三轮车,嫌颠簸得厉害,这时见有了伴儿,立刻欢喜起来,偎依到赵文来怀里,和他比起了呼噜。

(选自《天池小小说》2022年第11期)